Zum Buch:

Aus der engen Freundschaft zwischen Corinne und der großmütterlichen Sarah Rosenbaum ist etwas Großartiges gewachsen: Die Sarah-Rosenbaum-Stiftung, die junge Kaffeeunternehmen weltweit in ihrer Entstehung und Entwicklung unterstützt. Eine Aufgabe, die nicht immer leicht ist, und nachdem Sarah ganz unerwartet stirbt, muss Corinne allein die Probleme bewältigen, die sich ihr in den Weg stellen. Dass Sarah ihr ein großes Vermögen hinterlassen hat, ist dabei nur ein geringer Trost. Es gibt Schwierigkeiten bei einem Projekt, das Corinne besonders am Herzen liegt, und so plant sie, sich selbst auf den Weg nach Brasilien zu machen. Doch als wäre all das nicht genug, steht plötzlich ein Mann in ihrer Rösterei, der behauptet, Sarahs Bruder zu sein und Anspruch auf das Erbe erhebt.

Zur Autorin:

Susanne Oswald ist Bestsellerautorin - ihr Traum wurde wahr. Die gebürtige Freiburgerin liebt das Meer. Gemeinsam mit ihrem Mann am Strand spazieren zu gehen und den Abend vor dem Kamin mit Strickzeug auf dem Schoß ausklingen zu lassen, ist für sie das Schönste. Mit dem Kopf ist sie fast immer bei ihren Heldinnen und Helden, und es macht sie glücklich, ihre Fantasie Wirklichkeit und Buchstaben zu Geschichten werden zu lassen.

Lieferbare Titel:

Ein Jahr Inselglück
Verliebt im Café Inselglück
Inselglück im kleinen Strickladen in den Highlands
Der kleine Strickladen in den Highlands
Wintertee im kleinen Strickladen in den Highlands
Neues Glück im kleinen Strickladen in den Highlands
Neubeginn im kleinen Strickladen in den Highlands
Willokmmen in der kleinen Kaffeerösterei
Liebesglück in der kleinen Kaffeerösterei

SUSANNE OSWALD

Für immer in der kleinen Kaffeerösterei

ROMAN

HarperCollins

1. Auflage 2022
Originalausgabe

Dieses Werk wurde durch die Literaturagentur Beate Riess vermittelt.
Umschlaggestaltung von wilhelm typo grafisch
Umschlagabbildung von SAHAS2015, Nik Merkulov,
makeitdouble / Shutterstock
Gesetzt aus der Stempel Garamond
von GGP Media GmbH, Pößneck
Druck und Bindung von CPI books GmbH, Leck
Printed in Germany
ISBN 978-3-365-00114-1
www.harpercollins.de

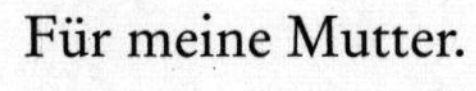

Für meine Mutter.

Personen und Handlungsorte

Euweiler

Ein kleiner fiktiver Ort in der Eifel, in der Nähe von Aachen. Hier lebt Eberhard Ahrensberg in den ersten Jahren der Nachkriegszeit.

Aachen

Die Villa Ahrensberg ist im Preusweg angesiedelt.
Die Firmenvilla von *Ahrensberg Kaffee* steht in der Lütticher Straße. Das Firmengebäude bekam im Laufe der Jahrzehnte mehrere Anbauten – in diesen Hallen wird Kaffee gelagert, geröstet und für den Einzelhandel verpackt.
Corinnes Rösterei Öcher Böhnchen liegt in der Aachener Innenstadt, in der Nähe des Doms.

Brasilien

Die verpachtete Kaffeeplantage der Familie Ahrensberg liegt in São Paulo.
Dort ist in unmittelbarer Nachbarschaft auch das erste Stiftungsprojekt angesiedelt.

Schweiz – Aargau – Bottwil

Ein kleiner erfundener Ort in der Schweiz, in dem die Rosenbaums nach dem Krieg eine neue Heimat finden.

Familie Ahrensberg

Die Urgroßeltern
August Ahrensberg
Johanna Ahrensberg

Die Kinder
Marianne, Rudolf, Barbara und Eberhard

Die Großeltern
Eberhard Ahrensberg, geb. 1929
Magdalena Ahrensberg, geb. 1930

Sohn
Günther

Die Eltern
Günther Ahrensberg, geb. 1950
Esther Ahrensberg, geb. 1960

Die Kinder
Alexander Ahrensberg, geb. 1985
Corinne Ahrensberg, geb. 1992

Das Enkelkind
Mia Engel

Mitarbeiter bei Ahrensberg Kaffee, im Öcher Böhnchen und in der Villa
Dr. Waldemar Hartmann – Unternehmensjurist
Thomas Feldmann – Marketing
Beatrice Breithaupt – Chefsekretärin
Karsten Otto – Qualitätsbeauftragter
Karl Lohmeyer – Außendienst
Emil – Pförtner
Kurt – Hausmeister
Klara – Haushälterin in der Villa Ahrensberg
Alfred – Gärtner
Frieda – Verkäuferin im Öcher Böhnchen

Freunde
Susan Jones
Sebastian Wagner
Noah Engel
Sarah Rosenbaum
Hans Brudermann

Familie Pelzmann
Bernhard Pelzmann
Charlotte Pelzmann

Tochter
Isabella Pelzmann

Familie Rosenbaum
Jacob Rosenbaum, geb. 1918
Rebecca Rosenbaum, geb. 1917

Tochter
Sarah, geb. 1941

Die Bewohner der Kaffeeplantage
Fernando Oliveira Silva
Luciana Crepaldi Oliveira

Tochter
Katalina Oliveira Silva

Prolog

Kurz vor seinem Abschied machte der Mai seinem Namen als Wonnemonat an diesem besonderen Tag noch einmal alle Ehre. Nach Regen und Sturm stand pünktlich zur Hochzeit die funkelnde Sonne am blauen Himmel. Kein noch so kleines Wölkchen zeigte sich. Der Park der Villa Ahrensberg strahlte in fröhlichen Sommerfarben, Vögel zwitscherten, dicke Hummeln summten von Blüte zu Blüte, und in den Brunnen plätscherte das Wasser. Alles wirkte sehr idyllisch, wie verzaubert.

Dabei waren noch gestern heftige Gewitter mit Hagel und Sturm über Aachen gefegt. Beinahe wäre die Hochzeit im Park der Villa sprichwörtlich ins Wasser gefallen. Sie hatten Mühe gehabt, die bereits aufgestellten Pavillons vor dem Davonwehen zu retten. Heute aber bewegten sich die Blätter des üppig blühenden Flieders, die gestern in den Windböen wild getanzt hatten, nur ganz sacht in dem zarten Hauch des Frühsommerwindes. Fast schien es, als hätte sich die Welt noch einmal ordentlich abbrausen wollen, um heute den Brautpaaren einen strahlenden Tag mit leuchtenden Farben schenken zu können.

In den frühen Morgenstunden waren bereits Scharen von Helfern auf den Beinen gewesen, um die letzten Sturmfolgen zu beseitigen. Gärtner hatten abgeknickte

Äste geschnitten und mit letzten Handgriffen die üppig blühende Pracht des Gartens zur Geltung gebracht. Das Cateringteam hatte Möbel trocken gewischt und die Dekoration mit unzähligen frischen bunten Blumen vollendet.

Die Entscheidung zwischen Ton in Ton, rein weißen Blüten oder einem Farbenmix war schwierig gewesen. Thomas, Alexander, Noah und Corinne hatten lange diskutiert, denn jede Variante versprühte ihren eigenen besonderen Charme. Ursprünglich war Corinne dafür gewesen, alles in Weiß zu halten. Jetzt, während ihr Blick über die sommerfröhliche bunte Pracht glitt, war sie froh, dass die anderen sie überstimmt hatten. Die kunterbunten Farben bildeten einen lebendigen Kontrast zum ansonsten vorherrschenden reinen Weiß. Es hatte Stil, war aber nicht zu elegant und steif.

Nachdem das Farbkonzept beschlossen gewesen war, hatten ihre Freunde den Rest der Hochzeitsplanung übernommen. Das gesamte Fest sollte eine große Überraschung werden. Auch die Gestaltung der feierlichen Zeremonie hatten die Brautpaare vertrauensvoll in die Hände ihrer Trauzeugen gelegt.

Standesamtlich geheiratet hatten Alexander und Thomas und Corinne und Noah bereits vergangene Woche. Ganz still und leise, nur im allerkleinsten Kreis, zu dem ganz selbstverständlich auch Sarah Rosenbaum zählte. Sie war schon vor zwei Wochen aus der Schweiz angereist und mehr Familienmitglied als Gast.

Sarah, die bereits über achtzig Jahre zählte, spielte besonders in Corinnes Leben eine besondere Rolle. Sie kannten sich noch gar nicht sehr lange, aber die Schicksale ihrer Familien hatten sich während des Zweiten Weltkrieges auf tragische Weise gekreuzt, und das wirkte bis in die Gegenwart nach. Die innige Verbundenheit zwischen Sarah und Corinne war das Zeichen der Versöhnung.

Die standesamtliche Hochzeit letzte Woche war zwar feierlich, aber ganz schnörkellos abgelaufen. Glückliche Menschen, die gemeinsam einen bürokratischen Akt vollzogen. Natürlich hätten sie auch im wunderschönen Weißen Saal des Aachener Rathauses heiraten können, aber darauf hatten sie mit Blick auf ihre persönliche Zeremonie verzichtet.

Nach der nüchtern gehaltenen Trauung im Rathaus waren sie alle in die Villa zurückgekehrt, wo Klara, die Köchin, es sich nicht hatte nehmen lassen, einen Sektempfang für die kleine Runde vorzubereiten.

Heute aber wollten sie ihr Glück mit der Welt teilen und ihre ganz persönliche Hochzeit mit allen feiern, die sie kannten und gern hatten.

Corinnes Puls jagte in schnellem Galopp, als sie an der Seite ihres Bruders Alexander auf den großen Pavillon zuschritt. Der Rasen, über den sie schritten, lag wie ein grüner Samtteppich vor ihnen. Bunt bepflanzte Terracotta-Töpfe flankierten den Weg der Geschwister. Fast kam es Corinne vor, als würden die Blumen ihnen zunicken. Sie musste über ihre eigene Fantasie kichern und zappelte vor lauter Aufregung und Vorfreude an Alexanders Arm herum.

»Contenance, Löckchen«, mahnte er seine Schwester und grinste sie an. Auf seinem Gesicht spiegelte sich Corinnes eigene Aufregung wider. »Beherrsch dich, sonst fange ich auch an zu lachen, und es ist vorbei mit unserem feierlichen Auftritt.«

»Ich würde zwar am liebsten hüpfen vor Glück, aber du hast recht.« Corinne seufzte. »Contenance also.« Kurz zog sie eine nicht sehr damenhafte Schnute, dann aber straffte sie die Schultern und versuchte sich zu sammeln. Es klappte auch – fast. Sie musste noch aus tiefstem Herzen ein »Ach, ich freu mich so« hinterherschieben, sonst wäre sie vielleicht geplatzt. So fühlte es sich jedenfalls an. Übermütig quetschte Corinne den Arm ihres Bruders.

»Hey, mach mich nicht kaputt«, protestierte Alexander prompt. »Ich habe heute noch was vor.«

»Entschuldigung. Also gut. Ich bin jetzt ganz brav.«

Das kleine Geplänkel hatte Corinne geholfen, sich wieder unter Kontrolle zu bekommen. Alexander hatte wirklich recht, sie sollte diesen feierlichen Moment nicht durch Albernheiten stören – zumal vermutlich längst etliche Kameras auf sie gerichtet waren, nicht nur die des extra engagierten Hochzeitsfilmers.

Schon immer hatte Corinne von einer Sommerhochzeit im Park der Villa geträumt. In ihren Kleinmädchenfantasien von der vollkommenen Märchenhochzeit hatte sie sich diesen Gang tausendfach ausgemalt. In ihrer Vorstellung war es allerdings ihr Vater gewesen, der sie zu ihrem künftigen Ehemann führte. Sie hatte den Kaffeebaron vor sich gesehen, wie er mit stolzgeschwellter Brust die Hand seiner Tochter in die Hand ihres künftigen Mannes legte und sie ihm anvertraute.

Doch das Leben spielte nicht immer nach den Träumen kleiner Mädchen, und so war es in zweifacher Sicht anders gekommen. Ihr Vater lebte nicht mehr, und es war nicht Corinne allein, die an diesem Tag gewillt war, ihr Jawort für eine gemeinsame Zukunft mit ihrem Traummann zu geben. Sie und Alexander feierten Doppelhochzeit. Deshalb gaben sich die Geschwister gegenseitig Geleit. Auch die Blumen waren in ihren Träumen andere gewesen, sie hatte sich immer eine schneeweiße Hochzeit gewünscht.

Ansonsten kam die Realität mit Girlanden und den strahlend weißen Zelten Corinnes Kinderträumen allerdings ziemlich nahe.

Der kurze Gedanke an ihren verstorbenen Vater löste ein wehmütiges Gefühl in Corinne aus. Sie spürte einen Kloß im Hals, der sich nicht hinunterschlucken lassen wollte. Energisch atmete sie gegen die aufkommende Beklemmung an. Tief ein und wieder aus. Auch wenn der Kaffeebaron nicht mit ihnen feiern konnte, so war ein Teil von ihm doch in ihren Herzen dabei. Dieser Gedanke gab ihr den Trost, den sie brauchte.

Um den letzten Rest Traurigkeit abzuschütteln, konzentrierte Corinne sich wieder auf die Gegenwart. Auf diesen besonderen Moment und das, was gleich geschehen würde. Sie dachte an all die Liebe, die an diesem Tag in der Luft lag und die vielen wunderbaren Menschen an ihrer Seite. Dankbar registrierte sie, wie der Druck nachließ.

Als ihr auffiel, in welcher Geschwindigkeit ihre Gefühle von kindischer Albernheit zu wehmütiger Trauer gewechselt waren, musste sie beinahe wieder kichern. Sie war einfach zu aufgeregt, um sich im Griff zu haben.

Um sich weiter abzulenken, ließ Corinne ihren Blick schweifen. Die vielen Helfer hatten den Park wirklich in ein wahres Märchenreich verwandelt. Überwältigt betrachtete sie die zauberhafte Dekoration und entdeckte immer mehr liebevolle Details. Die Bäume und Sträucher waren mit bunten Bändern, Herzen und Luftballons geschmückt. Ein kleines nostalgisches Karussell stand bereit und wartete auf seinen Einsatz. Corinne freute sich schon auf die erste Fahrt. Der Baum neben dem Karussell war in einen Schatzbaum verwandelt worden, an dessen Ästen allerlei kleine Geschenke und Süßigkeiten baumelten. Nach der Zeremonie durften sich die jüngeren Gäste dort vergnügen und mit einem Kescher Schätze vom Baum pflücken, damit ihnen nicht langweilig wurde. Auch einen Basteltisch konnte Corinne ausmachen.

Neben dem großen Pavillon gab es einige kleinere, die wie Nischen an das große Zelt angebaut waren. Da es so ein wunderschöner Tag war, hatten Helfer die Seitenwände aller Zelte nach oben gerollt, das Metallgestänge war mit weißem Krepp ummantelt und mit Blumen verziert. Der Aufbau wirkte luftig leicht.

Corinne erhaschte einen Blick auf eine Fotowand. Bevor sie genau erkennen konnte, was es damit auf sich hatte, erreichten sie jedoch den Pavillon. Jetzt wurde es ernst. Nur noch ein paar Meter trennten sie von ihren Liebsten, nur noch ein paar Minuten vor einem neuen Abschnitt ihres Lebens.

Den Eingang flankierten zwei Tafeln, auf denen die Namen der Braut und der Bräutigame standen. Über den Tafeln bewegte sich ein mit Verzierungen gestaltetes Spruchband sacht im Wind. Corinne und Alexander blieben stehen. Sie gönnten sich einen kurzen Moment der Besinnung, um das Band und die gesamte Szenerie auf sich wirken zu lassen und den Gästen Gelegenheit zu geben, ihre Plätze einzunehmen.

Mit Liebe und Kaffee wird alles gut.

Corinnes Herz wurde weit vor Freude, als sie die Worte las. Dieser Spruch war ihr Lebensmotto, und gerade jetzt, in diesem Moment, war wirklich alles gut. Und es würde noch viel besser werden, davon war sie fest überzeugt. Noch ein paar Minuten, dann würden sie ihr Glück vor all diesen Menschen noch einmal besiegeln. Diese Zeremonie war ihnen allen ausgesprochen wichtig. Hier und heute würden Corinne und Noah wie auch Alexander und Thomas endlich zu Ehepartnern werden. Die standesamtliche Trauung war für Corinne weniger wichtig als diese persönliche Zeremonie heute.

Wie sehr sie sich diesen Moment herbeigesehnt hatte. Ein warmer Schauer freudiger Aufregung erfasste Corinne. Schon seit dem frühen Morgen hatte sie Schmetterlinge in ihrem Bauch. Mit jedem ihrer Schritte wurde das Kribbeln nun intensiver.

Unter dem Dach des großen Pavillons ging es bereits hoch her. Die Gäste standen in Grüppchen an Stehtischen beieinander oder hatten sich einen Sitzplatz an einem der großen runden Esstische gesucht. Alle hatten sich sommerlich fein gemacht für diesen besonderen Tag. Es wurden Champagner und Cocktails gereicht und vielerlei Amuse-Gueule als Fingerfood standen bereit. Auch hier unter dem Zelt war alles liebevoll und sehr bezaubernd dekoriert. Unwillkürlich legte sich ein dankbares Lächeln auf Corinnes Lippen. Was für wunderbare Freunde sie doch hatten.

Doch jetzt blieb Corinne keine Zeit mehr, weiter alles zu bewundern, Alexander drängte sie vorwärts. An dem Meer von Gästen vorbei ging es geradewegs auf die Bühne zu, wo Thomas und Noah ihre Liebsten erwarteten.

Etwa einhundertfünfzig Menschen hatten sich versammelt, um mit ihnen diesen Moment zu feiern. Alle hatten sich so platziert, dass sie das Geschehen auf der Bühne gleich würden verfolgen können.

Corinnes Herz wummerte in ihrer Brust. Ganz vorne direkt neben der Bühne entdeckte sie Sebastian, Frieda, Susan, Julius und Finn. Die Trauzeugen strahlten mit den Bräutigamen auf der Bühne um die Wette. Die fünf hatten sich als Planungsteam seit Wochen um jedes Detail für das heutige Fest gekümmert. Einiges hatten sie mit den Brautpaaren abgesprochen, doch Corinne war sich sicher, dass es auch die ein oder andere Überraschung geben würde. Sie war schon sehr neugierig und gespannt, was ihre Freunde sich wohl ausgedacht hatten.

Der Schwarm Schmetterlinge in Corinnes Bauch flatterte inzwischen wild, ihre Nerven vibrierten. Alexander spürte wohl das Zittern seiner Schwester, denn er drückte Corinnes Hand und warf ihr ein kurzes Lächeln zu. Seine Augen funkelten verräterisch. Er war mindestens genauso nervös wie sie, das konnte Corinne erkennen. Sie erwiderte den Druck seiner Hand und auch sein Lächeln. Dieser kurze Moment geschwisterlicher Innigkeit genügte, um Corinnes Aufregung wieder auf ein erträgliches Maß zu senken.

Der Weg an den Gästen vorbei schien endlos zu sein, doch dann hatten sie den Aufgang zur Bühne endlich erreicht. Beim Erklimmen der drei Stufen strich der Stoff ihres Hochzeitskleides Corinne weich über die Knie und streichelte ihre Haut. Sie hatte sich für ein nostalgisches Modell aus cremeweißer Spitze entschieden, das ihren Körper sanft umschmeichelte und ihre Kurven perfekt zur Geltung brachte. Das Oberteil war schmal geschnitten mit kurzen Ärmeln und einem U-Boot-Ausschnitt, der gerade so tief ging, dass es nicht zu brav, aber auch nicht aufreizend wirkte. Der weite asymmetrische Rock reichte Corinne vorne bis zu den Knien und hinten bis zur Mitte der Waden. Er fiel glockig. Der angesetzte breite Volant spielte bei jeder ihrer Bewegungen um Corinnes Beine.

Passend zum Kleid hatte sie eine große Spitzenstola über ihre Schultern und die Arme drapiert. Dieses Tuch war von ihrem Lieblingsmodelabel Camila, das in Aachen ansässig war. Die Designerin hatte es in raffinierter Lacetechnik extra für Corinne gestrickt. Für den Entwurf hatte sie sich von hauchzarten Hochzeitstüchern inspirieren lassen, wie sie auf den Shetlandinseln und auch in Orenburg gefertigt wurden. Das kunstvolle Gespinst hüllte Corinne wie ein zarter Hauch ein. Sie liebte das Gefühl der Seide auf ihrer Haut.

Um ihren lockerleichten Hochzeitslook abzurunden, hatte Corinne sich für eine verspielte Flechtfrisur entschieden. Gabriele, ihre Friseurin, war vormittags in die Villa gekommen und hatte sich um Corinnes Haare gekümmert. Ein Teil der braunen Locken war nun in einem französischen Zopf gebändigt, in den Gabriele weiße Bänder hineingeflochten hatte. Die restlichen Haare fielen Corinne lockig bis auf die Schultern.

Nachdem sie fertig gestylt gewesen war, hatte sie sich in ihrem früheren Mädchenzimmer in der Villa vor dem großen Spiegel gedreht und vor Freude in die Hände geklatscht. Es war perfekt. Mädchen, Prinzessin, moderne Frau und in dieser Mischung hundert Prozent Corinne – genau so, wie sie es sich erhofft hatte.

Zufrieden stellte Corinne fest, dass Noahs kornblumenblaue Augen funkelten, als sie auf ihn zuging. Offensichtlich gefiel ihm ihr Styling auch. Aber nicht nur sie hatte sich schick gemacht. Corinne ließ ihren Blick bewundernd über Noahs Erscheinung huschen. Wow. Er sah umwerfend aus. Das Blau des Anzugs passte perfekt zur Farbe seiner Augen, und die silbrig schimmernde Weste ließ es noch edler wirken. Ihr Liebster müsste viel häufiger Anzüge tragen, schoss es Corinne durch den

Kopf. Er hatte darin so eine natürliche Lässigkeit, die ihm hervorragend stand.

Es fiel Corinne schwer, sich von dem Anblick ihres Bräutigams loszureißen, aber sie war auch neugierig, also unterzog sie Thomas einer Musterung. Auch er konnte sich absolut sehen lassen. Er und Alexander hatten sich für einen taubenblauen und einen nachtblauen Anzug und die Weste jeweils in der Farbe des anderen entschieden. Zusammen mit Noahs kornblumenblauem Outfit ergab sich ein sehr harmonisches und doch abwechslungsreiches Bild. Weiße Hemden, und bei allen drei Bräutigamen Fliegen in der Farbe der Westen, rundeten das Bild ab.

Corinne, die noch bei Alexander eingehakt war, spürte ein Zittern, das von ihrem Bruder ausging. Oder zitterte sie selbst? Sie konnte es nicht bestimmen. Einen weiteren kurzen Moment sahen sich die Geschwister in die Augen. In Alexanders Blick lagen Liebe, Fürsorge und sehr viel Vertrautheit. Für Corinne war dieser innige Austausch das Versprechen, füreinander da zu sein. Nie wieder würde sie zulassen, dass sich etwas zwischen sie und ihren Bruder stellte. Dann wandte Alexander sich an Noah.

»Pass gut auf mein Löckchen auf, hörst du«, sagte er, als er Corinnes Hand in die seines künftigen Schwagers legte. Noah nickte und drückte sie liebevoll.

»Das verspreche ich dir«, antwortete Noah.

Noch ein kurzer Blick, dann machte Alexander zwei Schritte auf Thomas zu, der ihn herzlich umarmte. Corinne spürte, dass sich Tränen der Rührung in ihren Augen sammelten. Sie blinzelte sie weg und befahl sich,

Haltung zu wahren. Es war der falsche Zeitpunkt, um die Wasserfestigkeit der Wimperntusche auf die Probe zu stellen.

»Sorge dafür, dass ihr eure Liebe pflegt und aufeinander achtet«, sagte Corinne zu Thomas. Wie eben schon Noah, nickte nun auch er.

»Das werde ich, Corinne«, versprach er, und auch seine Augen schimmerten verdächtig. Sie mussten aufpassen, dass diese Hochzeit nicht ein Fest der Tränen wurde – auch wenn es sicher Glückstränen wären. Corinne wollte sich lieber an Lachen erinnern, nicht an Weinen.

Jetzt war es so weit.

Sebastian trat an das Mikrofon. Er räusperte sich, wartete ein paar Sekunden, bis die letzten Gespräche sich gelegt hatten, dann begrüßte er die Gäste und die Brautpaare.

»Heute ist ein besonderer Tag, denn Kaffee und Liebe verbinden sich zu einem gemeinsamen weiteren Weg. Zwei Brautpaare stehen hier, bereit, ihr persönliches Glück mit uns allen zu teilen. Natürlich haben wir«, Sebastian wandte sich den Trauzeugen zu und machte eine Handbewegung in ihre Richtung, »mit vollstem Einsatz dafür gesorgt, dass dieses Fest unvergesslich werden wird, aber«, er drehte sich wieder den Brautleuten zu, »letztlich seid ihr es, die diesen besonderen Moment schaffen. Unsere Planung wäre nichts ohne euch. Und deshalb mache ich jetzt erst einmal gar nicht viele Worte, sondern bitte euch, Corinne und Noah und Alexander und Thomas, das Sprechen zu übernehmen. Die Bühne gehört euch – na los, traut euch.«

Sebastian klatschte in die Hände und lachte zusammen mit den Gästen und den Brautpaaren über das gelungene Wortspiel. Unter allgemeinem Beifall traten zuerst Corinne und Noah nach vorn.

Stille legte sich über die Szenerie. Corinne, die bis gerade eben noch Angst gehabt hatte, dass sie vor lauter Bauchflattern und Herzrasen in Ohnmacht fallen könnte, wurde innerlich ganz ruhig. Sie blendete das Drumherum aus. Jetzt gab es nur noch Noah und sie. Das war ihr Moment. Hand in Hand standen sie sich gegenüber und schenkten sich einen tiefen Blick – durch die Augen direkt in die Seele des anderen.

»Mit Liebe und Kaffee wird alles gut«, begann Corinne nun als Erste. Sie lächelte und schluckte energisch gegen die Rührung an, die ihr die Stimme nehmen wollte. »Mit dir an meiner Seite, Noah, werde ich beides haben. Für immer. Darauf vertraue ich, und darauf freue ich mich. Jeden Tag meines Lebens werde ich dankbar sein, dass es dich gibt. Und ich werde mein Bestes geben, dass auch du dankbar sein kannst, mich an deiner Seite zu haben. Ich weiß, es wird nicht immer Sonnenschein geben, aber ich habe keine Angst vor Sturm, Regen oder Hagel, denn wenn du bei mir bist, kann ich alles schaffen. Und ich verspreche dir, Noah Engel, ich werde dich immer lieben, von heute an bis zu meinem letzten Atemzug. Ich lege mein Herz in deine Hände und weiß, du wirst es beschützen.«

Das Kornblumenblau seiner Augen hatte sich verdunkelt, und sie las darin die Liebe, die auch sie gerade fühlte. Auch er musste schlucken. Corinne beobachtete, wie er tief atmete. Ihre Hände in seinen fühlten sich wunderbar geborgen an. Jetzt war Noah an der Reihe.

»Ich will dir mein Herz schenken, Corinne. Und das bedeutet für mich alles. Schon von der ersten Sekunde an, als du damals zu mir in die Rösterei gekommen bist, hast du mich verzaubert. Ich bin jeden Tag glücklich, dich an meiner Seite zu haben und werde das immer sein. Ich weiß nicht, was das Leben für uns bereithalten wird, aber ich will mit dir gemeinsam in die Zukunft gehen. ›Ich will!‹ bedeutet: Ich überwinde meine Angst verletzt zu werden und bin voller Vertrauen, dass deine Liebe meinen Kummer heilt. ›Ich will!‹ heißt: Ich werde dich lieben und auf deine Liebe vertrauen, auch wenn ich dir nicht versprechen kann, dass ich dich nicht hin und wieder wütend machen werde. Es ist möglich, dass wir manchmal streiten werden und dass wir um unsere gemeinsame Linie kämpfen müssen. Aber ich verspreche dir, ›Ich will!‹ bedeutet, dass die Liebe immer stärker und dein Herz bei mir immer behütet sein wird. Ich will dich lieben, Corinne, und auf diese Liebe darfst du vertrauen. Das gelobe ich bei meinem Leben.«

Mit jedem seiner Worte war Corinnes Herz ihrem Liebsten noch ein Stück nähergekommen. Noah hob die Hand und strich ihr über die Wange. Ganz zart und vorsichtig. Dann holte er die Ringe aus seiner Jacketttasche und gab ihr seinen in die Hand. Dann nahm er ihren Ring und ihre Hand. Sie zitterte.

Als Noah Corinne den goldenen Ring über ihren Finger streifte, fühlte es sich an, als würden zwei Teile ineinander fassen, die füreinander bestimmt waren. Wie das passende Teil in einem Puzzle, das an seinen Platz rutschte.

»Ich liebe dich, Corinne«, sagte Noah.

Die Außenseite ihrer beider Ringe war eismatt bearbeitet, Corinnes Ring zierten aber zusätzlich drei wunderschöne Diamanten, die eben in das Metall eingearbeitet waren. Sie drehte und wendete ihre Hand und bestaunte das Schmuckstück.

Nun war Corinne mit Überstreifen an der Reihe. Um über den Mittelknöchel zu kommen, musste sie etwas drücken, aber dann war es geschafft.

Sie betrachtete erst die Hand, dann sah sie Noah an.

»Ich liebe dich«, sagte sie.

Corinne und Noah gaben sich den ersten Kuss als offizielles Ehepaar – zumindest fühlte es sich für Corinne so an. Für sie waren sie erst jetzt, nach diesem Gelöbnis, wirklich Mann und Frau.

Noahs Lippen fühlten sich warm und vertraut an. Corinne ließ sich in die Berührung fallen und spürte dem Glück nach, das in ihr prickelte wie Millionen Champagnerbläschen.

Applaus brandete auf, und nur zögernd lösten sich die beiden frisch Vermählten voneinander. Sie verbeugten sich und traten ein Stück zur Seite. Alexander und Thomas nahmen jetzt den Platz ganz vorn auf der Bühne ein.

Eng aneinandergeschmiegt, lauschten Corinne und Noah den beiden, die sich ebenfalls ihre Liebe versicherten.

»Liebe und Glück werden größer, wenn man sie teilt«, sagte Thomas gerade, während Corinne versonnen Noahs Hand und über seinen Ring streichelte.

Mann und Frau. Sie konnte es kaum glauben. War es nicht erst gestern gewesen, dass Noah sie zum ersten Mal geküsst hatte? Es kam ihr so vor, und gleichzeitig hatte sie das Gefühl, diesen Menschen an ihrer Seite schon ihr ganzes Leben lang zu kennen.

Applaus brandete auf. Alexander und Thomas küssten sich und Corinne wurde klar, dass sie vor lauter Tagträumerei einen Teil der Zeremonie verpasst hatte. Auf jeden Fall musste es ergreifend gewesen sein, denn wie zuvor sie und Noah hatten nun auch die beiden Bräutigame Tränen in den Augen und ein glückliches Strahlen im Gesicht.

»Ihr lieben, wunderbaren, besonderen Menschen, herzlichen Glückwunsch!«, sagte nun Sebastian, der wieder das Mikro übernommen hatte. Er kam zu ihnen und umarmte zuerst die Bräutigame und dann Corinne. »Du bist wunderschön, Corinne. Ich wünsche dir Jahre voller Glück.« Bevor er zu rührselig werden konnte, schaltete er das Mikrofon ein und wandte sich dem Publikum zu.

»Kommen wir nun direkt zum ersten Programmpunkt. Darauf freue ich mich schon seit Wochen. Es ist mir ein großes Vergnügen, die heutigen Ehrengäste willkommen zu heißen. Sie haben ein besonderes Geschenk für unsere Brautpaare mitgebracht. Meine Damen und Herren, begrüßen Sie mit mir gemeinsam Sarah und Steffen, besser bekannt als Mrs. Greenbird.«

»Was?« Corinne riss Augen und Mund auf. Hatte sie sich verhört, oder hatte Sebastian gerade wirklich ihr Lieblingsmusikduo angekündigt?

Ihr blieb keine Zeit für Fragen, denn unter tosendem Applaus traten die beiden Musiker auch schon auf die Bühne.

»Herzlichen Glückwunsch«, sagten sie, kaum, dass sie ihre Plätze eingenommen hatte. Sie tauschten einen kurzen Blick aus und begannen ohne weitere Worte direkt zu spielen.

Bereits nach den ersten sanften Gitarrenklängen wusste Corinne, welchen Song sie angestimmt hatten. Als die ersten Worte an ihr Ohr perlten, bebte sie vor Glück.

»I can't promise there'll …«, sang Steffen, kurz darauf fiel Sarah mit ein. *Love you to the Bone!* Es war der Hochzeitssong, den die beiden für ihre eigene Hochzeit geschrieben hatten.

Corinne warf Sebastian, der sie erwartungsvoll beobachtete, eine Kusshand zu. Er hatte ihr damit eine unfassbar große Freude gemacht. Sie wusste, genau jetzt war dieser perfekte Moment, von dem sie schon immer geträumt hatte. Noah hielt Corinne von hinten umfasst. Sie wiegte sich an ihren Ehemann gelehnt sanft im Takt und ließ sich in die Musik fallen.

Nach *Love you to the Bone* sangen Mrs. Greenbird noch *Learn how to love you*, dann kam Sebastian wieder nach vorne und hielt eine kurze pointierte Rede.

Feierlich, aber nicht zu steif oder zu lang. Er brachte es perfekt auf den Punkt und endete mit: »Und so wünsche ich unseren Brautpaaren eine Zukunft voller Liebe und Kaffee – denn wir wissen ja, damit wird alles gut. In diesem Sinne: Lasst uns das Leben feiern und die wunderbare Musik von Mrs. Greenbird genießen.« Sebastian kam zu ihnen. »Jetzt wird nochmal richtig gedrückt!«, rief er. »Sind ja zwei Hochzeitspaare, also gibt es auch zweimal Umarmungen.«

Gesagt, getan. Zuerst wurden Alexander und Thomas beglückwünscht und gedrückt, dann Noah und ganz zum Schluss und natürlich besonders innig Corinne. »Von Herzen alles Liebe, Corinne«, sagte er und auch in Sebastians Augen schimmerten Tränen.

Während Mrs. Greenbird den nächsten Song anstimmten, gingen sie alle von der Bühne. Unten standen die Gäste bereits Schlange, um ihre Glückwünsche anbringen zu können. Allen voran natürlich ihre Mutter Esther Ahrensberg, die Eltern von Noah und Thomas, und Sarah Rosenbaum.

Die Brautpaare ließen sich umarmen und küssen, sie schüttelten Hände und bedankten sich. Aus unzähligen Pistolen regnete es Seifenblasen auf sie nieder. Mrs. Greenbird stimmte derweil *Shooting Stars & Fairy Tales* an. Corinne schnappte sich Noahs Hand und zog ihn auf die Tanzfläche. Alexander und Thomas taten es ihnen gleich. Zu viert eröffneten sie damit nun endgültig die Feier. Bald folgten weitere Tanzpaare.

Noah drehte Corinne wild. Sie legte den Kopf in den Nacken und lachte.

Glücksschwindelig, dachte sie. Genau so fühle ich mich.

Kapitel 1
Der Anruf

Aachen · Oche · Aix-la-Chapelle · Aken · Aquae Granni

Gegenwart: April

Das verführerische Aroma frisch gebrühten Kaffees schlich sich in Corinnes Bewusstsein. Mit geschlossenen Augen schnupperte sie und erhaschte einen Hauch Schokolade und dunkle Beeren. Dieser Duft ließ sie automatisch tief einatmen und wohlig seufzen. Lächelnd schlug Corinne die Augen auf. Das Erste, was sie wahrnahm, war Noah. Er lag auf den Ellbogen gestützt neben ihr und betrachtete sie liebevoll. In seiner Hand hielt er die Tasse, aus der dieser köstliche Duft aufstieg. Ganz sanft pustete er den aufsteigenden Kaffeedampf zu Corinne hinüber.

»Guten Morgen, Schlafmütze«, sagte er.

Noahs warme Stimme war wie ein Streicheln. Auch jetzt, nach bald zwei Jahren Eheleben, gab es für Corinne nichts Schöneres, als neben ihrem Mann aufzuwachen und die Liebe und Geborgenheit zu spüren, die er ihr schenkte.

»Oh, du bist ein Engel«, murmelte sie noch etwas verschlafen und wollte nach der Tasse greifen. Doch Noah war schneller. Flugs zog er die Hand aus Corinnes Reichweite.

»Nicht so hastig«, sagte er und grinste schelmisch. »Engel stimmt, steht sogar in meinem Ausweis. Aber das heißt nicht, dass ich etwas zu verschenken habe. Bevor du den Kaffee bekommst, möchte ich zuerst einen Kuss.«

»Erpresser«, brummelte Corinne und grinste ihren Liebsten von unten herauf an. Selbstverständlich musste er nicht zweimal um einen Kuss bitten. Corinne erfüllte seinen Wunsch umgehend und griff gleich darauf wieder nach der Tasse. Doch Noah hob den Arm noch ein Stück höher. Der Kaffee blieb für Corinne weiterhin außer Reichweite.

»Hey«, protestierte sie lachend und streckte sich, um vielleicht doch an die Tasse zu kommen. »Gib her, ich habe gerade bezahlt.«

»Noch einen«, forderte Noah »Das ist schließlich ein sehr guter Kaffee von einer besonderen Rösterei.« Er spitzte seine Lippen.

»Halsabschneider«, konterte Corinne. »Das sind ja Wucherpreise. Zufällig kenne ich die Rösterin persönlich, sie hat in ihrem *Öcher Böhnchen* ziemlich faire Preise«, stieg Corinne in die Alberei ein.

Natürlich kannte sie die Rösterin persönlich, schließlich ging es um sie selbst und ihre eigene Rösterei. Den Caturra, den Noah für sie aufgebrüht hatte, hatte sie höchstpersönlich geröstet und mit nach Hause gebracht. Noah ging allerdings nicht auf ihre Argumente ein. Er hob lediglich vielsagend die Augenbrauen und ließ die Lippen weiter erwartungsvoll gespitzt.

»Also gut«, schnaufte Corinne. »Du hast es so gewollt.« Kichernd stemmte sie sich in die Höhe, beugte sich zu Noah hinüber und gab ihm nicht nur ein Küsschen, sondern viele. Ein ganzer Kuss-Schauer ging auf Noah nieder. Auf die Wangen, die Augen, die Stirn, die Nasenspitze, bis Corinne schließlich bei seinen Lippen landete, die sie warm und weich begrüßten. Aus den Küsschen wurde ein inniger tiefer Kuss.

Während Corinne Noahs weiche Lippen auf ihren spürte und ihr Körper sich unwillkürlich an seinen drängte, griff sie mit der rechten Hand nach der Tasse und schnappte sich die Beute.

»Hey!«, protestierte Noah.

Corinne zwinkerte ihm triumphierend zu, setzte sich an ihr Kopfkissen gelehnt hin und hielt ihre Nase über die Tasse. Tief atmete sie den Kaffeedampf ein und genoss ein paar Sekunden die Vorfreude, bevor sie bedächtig einen ersten Schluck nahm. Das tat so gut! Sie ließ den Kaffee über ihre Zunge laufen, spürte ihn am Gaumen und seufzte zufrieden. Nach einem zweiten und dritten Schluck stellte Corinne die Tasse auf das Tischchen neben ihrem Bett und wandte sich wieder Noah zu, der sie schmunzelnd beobachtet hatte.

»Du bist unglaublich süß, wenn du deine Kaffeelust stillst«, sagte er.

»Apropos Lust«, antwortete Corinne. »Wo waren wir gerade stehen geblieben?«

Bevor Noah antworten konnte, hatte ihr Mund den seinen bereits erneut in Beschlag genommen.

Noahs Hände wanderten unter Corinnes Pyjamaoberteil und strichen zärtlich über ihren Rücken und seitlich an ihren Brüsten entlang. Als Corinne Noah gerade von seiner Hose befreien wollte, knackste es im Babyfon. Gleich darauf hörten sie Mia, die wie jeden Morgen sofort nach dem Aufwachen anfing, fröhlich vor sich hin zu brabbeln. Sie quietschte und erzählte. Dann rumpelte es. Offensichtlich hatte sie ihre Spieluhr aus dem Bett geworfen. Das Brabbeln wurde energischer, Corinne kannte den Ton genau, gleich würde ihre Tochter anfangen zu weinen.

»Ich geh schon«, sagte Noah. »Genieß du deinen Kaffee.«

Noah war nicht nur ein fantastischer Ehemann, sondern auch ein ganz wunderbarer Vater. Doch Corinne hatte nun auch keine Ruhe mehr, um liegen zu bleiben. Sie gönnte sich noch ein paar Schluck Kaffee, dann stand sie auf, sprang flink unter die Dusche und huschte nach unten, um das Frühstück zu richten.

Mia saß in ihrem Hochstuhl und ließ sich das Erdbeermarmeladenbrot schmecken, das Noah ihr in kleine Stücke geschnitten und vor sie auf den Tisch gestellt hatte. Die Marmelade klebte bereits in den blonden Locken und im ganzen Gesicht, doch Mia schmatzte sehr genüsslich und trank zwischendurch lauwarmen Kakao aus ihrer Schnabeltasse. Selbst essen und trinken zu dürfen, war für sie das Größte. Zufrieden quietschte sie und wackelte mit ihren Babybeinchen. Ihre kleinen Füße steckten in rosa

Söckchen mit einer Reihe weißer Herzen. Das war Klaras Werk.

Seit Mia auf der Welt war, ließ die Haushälterin der Villa Ahrensberg in jeder freien Sekunde die Nadeln klappern. Lätzchen, Höschen, Babydecken und niedliche Schnuffeltücher – Klara war nicht zu bremsen. Sie liebte die kleine Mia abgöttisch. Und sie war nicht die Einzige. Auch Corinnes Freundin und Mitarbeiterin Frieda sorgte für Mias Ausstattung. Sie nähte Kleidchen, Lätzchen, Hüte und Decken. Zur Taufe hatte sie Mia eine zauberhafte Patchworkdecke geschenkt. Sie hatte jedes einzelne Patch liebevoll gestaltet, mit Marienkäferchen, Blümchen, lustigen dicken Hummeln und Regenbögen. Frieda musste wochenlang daran gesessen haben, und es hatte sich gelohnt. Es war Mias Lieblingsdecke. Sie lag oft darauf und bestaunte die Bilder, es war fast wie im Bilderbuch, nur dass es eben eine Decke war.

Corinne lächelte ihr Töchterchen glücklich an, und Mia erwiderte den Blick strahlend. Sie streckte ihrer Mama das Brotstückchen hin, von dem sie gerade schon die Marmelade abgeschleckt hatte, und sagte auffordernd: »Mam!«

»Schätzchen, iss du das lieber selbst«, sagte Corinne und schüttelte den Kopf. »Ich habe ein Käsebrot, schau.« Sie biss von ihrem Brot ab und kaute demonstrativ.

Mia beobachtete ihre Mutter aufmerksam, dann wandte sie sich mit ihrem angematschten Brot an Noah und streckte es ihm hin.

»Mam«, sagte sie wieder.

Doch auch Noah konnte sich nicht für Mias Angebot begeistern. Er lehnte dankend ab und löffelte lieber sein wachsweich gekochtes Ei.

»Wenn deine Mama gleich in die Rösterei geht, dann darfst du erst einmal baden, Mia. Ich glaube, du hast sogar schon Erdbeermarmelade im Ohr«, sagte er und lachte.

Sofort grabschte Mia nach ihrem Ohr.

»Oh«, machte sie. »Wass«, fragte sie Noah, quietschte freudig und legte ihren Kopf schief.

Der nickte. »Ja, gleich darfst du ins Wasser.«

Corinne warf einen Blick auf die Küchenuhr und trank den letzten Schluck Kaffee aus ihrer Tasse.

»Apropos«, meinte sie. »Wo du es gerade sagst. Es wird Zeit für mich. Ich will heute Vormittag ein paar Chargen rösten und muss mich um die neu eingegangenen Stiftungsanträge kümmern, da hat sich schon wieder einiges angesammelt. Außerdem muss ich unbedingt …«

Das Handyklingeln unterbrach Corinnes Aufzählung des straffen Vormittagsprogrammes.

»Corinne Ahrensberg«, meldete sie sich. Sie hatte es im täglichen Gebrauch bei ihrem Mädchennamen belassen, obwohl sie seit der Heirat offiziell Ahrensberg-Engel hieß. Der Name Ahrensberg stand für Kaffee, damit trug sie die Tradition ihrer Familie weiter und ehrte ihren Großvater. Für Noah war das kein Problem. »Solange du mein Engel bist«, hatte er gesagt. Damit war die Frage entschieden gewesen.

»Olá Corinne, Fernando hier. Hast du kurz Zeit?«, tönte es durch den Lautsprecher ihres Handys. Die Verbindung knarzte.

»Olá Fernando, ich wollte dich später ohnehin anrufen, dann können wir auch jetzt sprechen. Aber bei euch muss es ja noch mitten in der Nacht sein. Kannst du nicht schlafen?« Fernando arbeitete oft nachts, er schlief selten mehr als fünf Stunden. Lieber gönnte er sich zwischendurch eine Siesta. Deshalb fand Corinne die Uhrzeit auch nicht weiter verwunderlich. »Wie läuft es mit dem Hausbau? Kommt ihr voran? Können wir die Schule bald eröffnen?«

Sie hoffte, dass Fernando gute Nachrichten für sie hatte. Laut ihrem letzten Stand müsste der Rohbau inzwischen stehen. Es war so wichtig, dass sie bald den nächsten Schritt machen konnten.

Die Stiftungsarbeit war unglaublich befriedigend. Corinne wollte nicht nur die Kaffeequalität verbessern, sondern auch das Leben der Menschen in den Anbaugebieten. Sie hatte das Gefühl, mit ihren Projekten wirklich etwas bewirken zu können. Aber es war auch enorm zeitaufwändig und streckenweise ziemlich nervenaufreibend. Besonders wenn ihre westeuropäische Genauigkeit auf die südamerikanische Gelassenheit traf. Da ringelten sich das ein oder andere Mal ein paar zusätzliche Locken auf Corinnes Kopf.

Aber so anstrengend es auch war, so sehr die lockere Art sie manches Mal zur Weißglut brachte, sie liebte die südamerikanische Leichtigkeit auch und nahm die ein oder andere schlaflose Nacht in Kauf, die sie ihr bescherte. Vielleicht, weil es sie von Zeit zu Zeit daran erinnerte, selbst nicht alles zu ernst zu nehmen und die Magie des

Augenblicks nicht vor lauter Pflichtbewusstsein zu übersehen.

Immerhin hatte sie gemeinsam mit Fernando schon einiges auf die Beine gestellt. Im Moment arbeiteten sie daran, eine Frauenkooperation aufzubauen. Sie wollten eine Plantage für Frauen aufbauen, die sie in Eigenregie führen sollten, aber auch die Zusammenarbeit mit umliegenden Plantagen fördern und dadurch für alle bessere Bedingungen schaffen. Dabei ging es nicht nur darum, den Frauen in Workshops das Handwerkszeug und vor allem Wissen für eigenständiges Arbeiten an die Hand zu geben und für einen fairen Absatz des Kaffees zu sorgen. Das allein wäre schon eine ziemliche Herausforderung gewesen. Aber es genügte nicht. Um den Erfolg einer solchen Kooperation zu ermöglichen, mussten sie sich auch um die Unterbringung und Bildung der Kinder kümmern. Das neue Schulhaus war ein Projekt im Rahmen dieser neu gegründeten Kooperation. Auch Häuser für alleinstehende Frauen waren geplant und neue Unterkünfte für ganze Familien. Die Planung orientierte sich sehr eng an den Bedürfnissen vor Ort.

Seit Corinne die *Ahrensberg-Rosenbaum-Stiftung* leitete, setzte sie sich neben der Verbesserung der Arbeitsbedingungen vor allem auch für die Rechte der Frauen ein und versuchte für sie eine Basis für ein selbstbestimmtes Leben zu schaffen. Doch es gab viele Hürden zu überwinden, nicht nur die Bürokratie stand im Weg. Die tief verwurzelten gesellschaftlichen Strukturen ließen sich nicht ohne Weiteres aufbrechen.

Zuerst mussten die Frauen selbst überzeugt werden, dass sie nicht von ihren Männern abhängig waren. Es brauchte Geduld, um ihnen begreiflich zu machen, wie wichtig ihre Eigenständigkeit für sie und die Schulbildung für ihre Kinder war. Hatten sie diese Hürde genommen, versperrte ihnen für den nächsten Schritt oft männliche Eitelkeit den Weg. Die Männer waren Machos, die sich von den stärker werdenden Frauen bedroht fühlten. Es ging um Macht, Bequemlichkeit und den eigenen Status.

Obwohl Corinne in einer vollkommen anderen Kultur aufgewachsen war, hatte sie Verständnis für die Sorgen der Menschen. Sie kannten oft nur die traditionellen Muster, und das Neue machte ihnen Angst – zum Teil auch zu Recht. Eine eigenständige Frau war für einen Mann sicher nicht so bequem wie ein gehorsames Weibchen. Doch bequem war eben noch lange nicht gut, das versuchte Corinne den Menschen zu vermitteln. Um das Leben aller zu verbessern, mussten vor allem die Männer umdenken.

Das Ziel war klar: Um etwas zu verändern, mussten die Kinder weg von den Kaffeeplantagen und rein in die Klassenzimmer. Durch die eigenständige Arbeit würden die Frauen ein neues Selbstbewusstsein entwickeln.

Mit Fernando und seiner Frau Luciana an ihrer Seite kämpfte Corinne seit der Stiftungsgründung unbeirrt für ihre Visionen, und es ging langsam, aber stetig voran.

Das Schulhaus war ein wichtiger Meilenstein. Wenn sie das geschafft hatten, konnten die Frauen sich auf ihre Arbeit konzentrieren, während die Kinder die Schule besuchten. Sie sollten dort auch Essen bekommen, das würde den Müttern enorme Freiräume geben.

In dieses Projekt steckte Corinne nicht nur ihre Leidenschaft für Kaffee und ihre Sorge um den Klimaschutz, sondern auch ihr europäisches Selbstverständnis, als eigenständige Frau leben zu können. Das wollte sie auch den Frauen in Brasilien ermöglichen. Mit diesen Bemühungen handelte sie absolut im Sinne ihrer Freundin und Stiftungsgründerin Sarah Rosenbaum. Wann immer sie Sarah von dem Frauenprojekt erzählte, bekam Corinne geballte Begeisterung zurück. Erst am Vortag hatten sie telefoniert, und Corinne hatte Sarah versprochen, sie sofort zu informieren, wenn der Schulhausbau abgeschlossen war.

»Genau das habe ich mir gewünscht, als ich die Stiftung gegründet habe, Corinne«, hatte Sarah gesagt. »Nicht nur die Verbesserung der Arbeitsbedingungen im Allgemeinen, sondern eben im Besonderen. Wenn diese Frauen irgendwann nachhaltig Kaffee anbauen und vernünftig für ihre Arbeit entlohnt werden, während ihre Kinder zur Schule gehen, dann haben wir das geschafft, wovon schon dein Großvater geträumt hat. Er wäre so stolz auf dich, Corinne, und ich bin es auch. Ich wusste einfach, dass du genau die richtige Person dafür bist. Ich danke dir sehr für deinen Einsatz.«

Umgekehrt dankte Corinne Sarah von Herzen. Für die Möglichkeit, diese wunderbare Stiftung leiten zu dürfen. Vor allem aber auch für ihre Freundschaft.

Lautes Knacken riss Corinne aus ihren Überlegungen.

»… Problem, Corinne. … Baumaterial. Ich glaube …«

»Fernando? Hallo! Es tut mir leid, ich verstehe dich kaum.« Sie nahm das Handy vom Ohr und sah es etwas ratlos an. Dann schüttelte sie den Kopf. Das hatte so wenig Sinn.

»Fernando, ich gehe jetzt ins Büro. Ich rufe dich gleich wieder an.« Damit beendete sie das Gespräch.

Entschlossen tupfte Corinne sich die Lippen mit der Serviette ab und stand auf.

»Probleme?«, wollte Noah wissen.

»Keine Ahnung, es klang jedenfalls danach. Die Verbindung war miserabel, du hast es ja mitbekommen. Na, ich rufe ihn gleich vom *Öcher Böhnchen* aus an, dann werde ich hören, was los ist.«

Es war nicht das erste Problem und würde sicher nicht das letzte bleiben. Davon ließ Corinne sich erst einmal nicht aus der Ruhe bringen. Was auch immer es war, gemeinsam würden sie sicher eine Lösung finden.

Sie gab Mia einen Kuss auf die klebrige Wange und umarmte Noah, der sie liebevoll an sich drückte.

»Wollen wir uns mittags bei Susan treffen? Sie beschwert sich ohnehin schon, dass sie Mia zu selten sieht«, fragte er.

»Prima Idee«, stimmte Corinne sofort zu. Sie waren schon zwei Wochen nicht mehr bei Susan im Café *Emotion* gewesen. »Reservierst du uns einen Tisch? Ich sag Sebastian Bescheid und bringe Frieda mit. Einverstanden?«

Ihr bester Freund und ihre Angestellte, die inzwischen auch eine gute Freundin war, tänzelten, seit sie sich kannten, umeinander herum. Sie gingen miteinander aus, hingen ständig beieinander und gaben sich als allerbeste Freunde. Freunde plus, behauptete Frieda immer. Alles ganz locker, keine Verpflichtungen. Doch da war mehr. Das war so deutlich wie das Rascheln der Kaffeebohnen, wenn Corinne sie in den Röster schüttete.

»Perfekt. Dann bis später.«

Mit einem letzten Kuss löste Corinne sich von Noah, schnappte sich den leichten Mantel und ihre Handtasche und war auch schon draußen.

Gut gelaunt marschierte sie mit weit ausgreifenden Schritten den Preusweg entlang Richtung Innenstadt. Sie hätte auch das Fahrrad nehmen können, aber Corinne liebte es, zu Fuß zu gehen.

Es war ein herrlicher Frühlingsmorgen. Die Vögel zwitscherten und flogen ausgelassen von Baum zu Baum. In einem Vorgarten beobachtete Corinne, wie ein Herr Spatz um seine Auserwählte herumtanzte. Das Federkleid aufgeplustert, die Schwanzfedern wie ein Fächer gespreizt, flatterte er mit den Flügeln und tschilpte dabei um sein Leben. Er trippelte, tschilpte, verbeugte sich und umrundete das Weibchen ein ums andere Mal. Doch das Spatzenweibchen zeigte sich unbeeindruckt und ließ Herrn Spatz zappeln.

Sie wollte zwar eigentlich längst in der Rösterei sein, aber diese Szene war zu niedlich. Corinne gönnte sich diesen Moment und blieb stehen. Tatsächlich erbarmte sich die Spatzendame nach ein paar weiteren Umrundungen und gab dem Umgarnen nach. In diesem Vorgarten würden wohl bald Spatzenkinder gierig nach Futter tschilpen und ihre Eltern auf Trab halten. So wie Mia uns, ging es Corinne durch den Kopf.

Auch wenn sie die Unterbrechung vorhin im Bett bedauerte, wurde ihr Herz weit, als sie an ihren kleinen Sonnenschein dachte. Und sie durfte sich auch nicht beklagen, denn sie und Noah hatten viel Unterstützung. Freunde und Familie gierten richtiggehend danach, Babysitten zu dürfen. Dadurch hatten Corinne und Noah viele Freiräume für sich als Paar. Im Grunde mehr, als sie benötigten, denn sie liebten es beide innig, Eltern zu sein und verbrachten sehr gern viel Zeit mit ihrer Tochter.

Manchmal war Corinne fast neidisch auf Noah, der die Rolle des Hausmanns übernommen hatte und so ganz automatisch mehr Zeit mit Mia hatte. Für Corinne war es nicht immer einfach, zwischen der Rösterei und ihrer Stiftungsarbeit für die *Ahrensberg-Rosenbaum-Stiftung*, deren Geschäftsführerin sie war.

Der Gedanke an die Stiftung brachte sie wieder zu Fernandos Anruf zurück. Was er wohl für ein Problem hatte? Es half alles nichts, sie musste weiter und sich kümmern. Entschlossen setzte sie ihren Weg fort und keine zehn Minuten später öffnete sie auch schon die Ladentür.

»Guten Morgen, Frieda«, grüßte Corinne, als sie das *Öcher Böhnchen* betrat.

Frieda ging gerade die Regale entlang und wedelte den Staub von den Waren. Sie liebte ihre Arbeit und engagierte sich, als wäre es ihr eigener Laden. Auf Frieda konnte Corinne blind vertrauen.

»Hey, Corinne. Da bist du ja. Alles gut bei dir? Was macht meine Lieblingsmia?«

»Deine Lieblingsmia lässt sich vermutlich gerade Erdbeermarmelade aus den Ohren waschen«, erklärte Corinne, was Frieda mit einem lauten Lachen quittierte.

»Das passt ja, da muss ich dir zeigen, was ich ihr genäht habe«, sagte sie. Schnell staubte sie noch die letzte Kaffeemühle ab. »Bin gleich wieder da.«

Während sie auf Frieda wartete, sah Corinne sich in ihrem *Öcher Böhnchen* um. Sie seufzte glücklich. Wie sehr sie diesen kleinen Laden liebte. Ohne Sarah hätte sie die Räume verloren. Ob sie den Mut und die Kraft gehabt hätte, noch mal von vorn zu beginnen, wusste sie nicht. Damals war sie drauf und dran gewesen, einfach aufzugeben. Jetzt gehörte ihr das alles. Sie dankte dem Schicksal tagtäglich dafür.

»Tadaa«, rief Frieda. Sie setzte sich einen kleinen Sommerhut auf ihren Kopf und drehte sich. »Ich hoffe, er passt.«

»Ist der süß«, rief Corinne und schnappte sich das Hütchen. Frieda hatte einen rosafarbenen Baumwollstoff mit aufgedruckten Erdbeeren verwendet und einen niedlichen Sommerhut mit Volant genäht. Rechts und links hatte sie rote Bänder angebracht, die man unter dem Kinn binden konnte, damit der Hut nicht beim ersten Windhauch davonflog. »Mia wird begeistert sein. Sie hat gerade ihre Erdbeerphase.«

»Na, dann könnte ich ihr doch noch ein Sommerkleid aus dem Stoff nähen, was meinst du?«

»Tolle Idee. Aber denk auch mal an dich und tu dir was Gutes. Dauernd nähst du entweder für das *Böhnchen* oder für Mia. Näh mal was für dich und vor allem: Geh mal wieder aus.«

Frieda zog eine Schnute. »Mach ich doch. Das Nähen für andere macht mir eben Freude.«

»Apropos Ausgehen«, fiel Corinne ein. »Hast du Lust in der Mittagspause mit zu Susan zu gehen? Noah und Mia kommen auch. Und ich werde … ach was, würdest du Sebastian eine Nachricht schicken und fragen, ob er Lust hat, uns dort zu treffen?«

»Schöne Idee, klar, ich bin dabei, und Sebastian kommt sicher auch. Ich schreib ihm gleich. Soll ich einen Tisch reservieren?«, wollte Frieda wissen.

Doch Corinne schüttelte den Kopf. »Noah kümmert sich darum.«

Eine Kundin betrat den Laden, und Frieda ging lächelnd auf sie zu. »Guten Tag, darf ich Ihnen weiterhelfen?«

»Ich komme gleich auf Sie zurück, junges Fräulein«, sagte die betagte Dame. »Zuerst möchte ich mich etwas umsehen.«

»Selbstverständlich. Geben Sie mir einfach Bescheid, wenn ich etwas für Sie tun kann.«

Frieda war die perfekte Verkäuferin.

»Wie sieht es aus, wirst du gleich rösten? Wenn ich mir unser Lager ansehe, wäre es höchste Zeit«, fragte sie, ließ die Kundin dabei aber nicht aus den Augen.

»Ich muss zuerst Fernando anrufen, aber ja, danach werde ich rösten. Falls etwas ist – ich bin jetzt mal oben.«

Corinne ging durch das Geschäft auf die Tür mit der Aufschrift *Privat* zu. Dahinter befanden sich nicht nur das Lager und ein Aufenthaltsraum, sondern auch der Treppenaufgang zu den Stiftungsräumen.

Ihr Büro im ersten Stock hatte sie gemütlich mit weiß lasierten Holzmöbeln eingerichtet. Besonders das Bücherregal mit sicher hundert Büchern zu Kaffee und Kaffeeanbau liebte sie. Sie hatte auch einen Büroschrank mit Ablagen für Papiere und Stellflächen für Ordner und einen eigens für sie gebauten höhenverstellbaren Schreibtisch. So konnte sie abwechselnd sitzend und stehend arbeiten. Das war Noahs Vorschlag gewesen. Zuerst hatte Corinne protestiert. Sie hatte keine Rückenprobleme, weshalb dann so ein Aufwand? Noahs »So soll es bitte auch bleiben« hatte sie dann allerdings überzeugt. Inzwischen war sie froh über die Möglichkeit, denn sie verbrachte viel mehr Stunden hier mit Büroarbeit, als sie anfangs erwartet hatte.

An der Wand gegenüber dem Schreibtisch prangte ein großes gerahmtes Bild der Kaffeeplantage in Brasilien. Corinne liebte es, die sanften Hügel, das satte Grün und den blauen Himmel zu betrachten. Wenn sie den Blick darauf ruhen ließ, wurde es in ihr friedlich. Sie erinnerte sich an ihren kurzen Aufenthalt in Brasilien. Sie konnte in das Bild eintauchen, den warmen Wind auf ihrer Haut spüren, die Rufe der Jacubirds hören und das Lachen und Singen der Plantagenarbeiter. Seit sie selbst Kaffee geerntet und erlebt hatte, wie anspruchsvoll diese Arbeit war, wusste sie dieses Geschenk der Natur noch viel mehr zu schätzen. Dieses Bild war ihre Oase.

Hinter sich an der Wand hatte Corinne Bilder ihrer Familie und von Freunden aufgehängt. Das Foto ihres Großvaters neben seinem Trommelröster, der mittlerweile das Herzstück ihrer eigenen Rösterei bildete, war ihr besonders lieb. Sie hatte es extra vergrößern lassen. Alle anderen Bilder hatte sie um den Großvater herum platziert. Ihren Vater, den Kaffeebaron, ihre Mutter, ihren Bruder Alexander mit seinem Mann Thomas, Noah und Mia, Susan, Sebastian, Frieda und selbstverständlich auch Sarah.

Nachdem das Notebook hochgefahren war, nahm Corinne das Telefon und tippte auf Fernandos Namen.

»Olá«, tönte es gleich nach dem ersten Läuten aus dem Lautsprecher. »Corinne, gut, dass du anrufst.«

Dieses Mal war die Verbindung einwandfrei, sie hörte Fernando klar und deutlich. Und so nahm sie auch sofort seine Anspannung wahr. Corinne atmete scharf ein. Sie kannte Fernando gut genug – er klang nicht nach einem kleinen Problem.

»Was ist los?«, fragte sie ohne Umschweife.

»Wir haben eine faule Bohne in der Truppe. Jemand klaut uns Material.«

»Diebe?« Verflixt. Das war wirklich schlimm. Sie musste mit den Geldern der Stiftung haushalten, damit sie möglichst viel erreichen konnten. Außerdem war es nicht immer einfach, das nötige Material zu organisieren. Oft musste man lange auf Lieferungen warten. Das konnte sie unter Umständen sehr in ihrem Zeitplan zurückwerfen.

»Nicht nur irgendwelche Diebe. Eine faule Bohne im Team.«

Corinne konnte Fernando nicht folgen. »Eine faule Bohne?«, wiederholte sie.

»Ja. Das muss jemand von meinen Leuten sein. Du weißt, dass wir sehr auf die Sicherheit achten. Wir haben Wachen, die regelmäßig Kontrollgänge durchführen – wobei wir extra nicht immer die gleichen Abstände wählen, um sicher zu sein, dass wir nicht zu berechenbar sind. Ein Fremder kommt nicht ohne Weiteres an die Sachen heran. Es muss jemand sein, der die Zeiten kennt.«

»Und jetzt? Hast du einen Verdacht?«

»Ich bin dran. Aber Corinne, ich muss Holz bestellen, und Schrauben, sonst können wir …«

»Natürlich«, unterbrach Corinne Fernando. »Aber Fernando, kläre das so schnell wie möglich. Hast du die Polizei informiert?«

Abfälliges Lachen war die Antwort, die Corinne erwartet hatte.

»Was glaubst du, werden sie machen?«, wollte Fernando wissen. »Lass mal, Corinne. Ich werde mir den Schuldigen greifen. Verlass dich auf mich.«

»Und wie sieht der Zeitplan aus?«, wollte sie nun wissen. »Wirft uns das zurück?«

»Nicht wesentlich, ich habe das im Griff. Es ist nur unnötig Ärger und Arbeit.«

Corinne seufzte. Im Moment blieb ihr nicht viel mehr übrig, als die Angelegenheit Fernando zu überlassen.

Auf ihrem Notebook wurde ein eingehender Anruf via

Skype angezeigt. Es war Sarah. Mit Fernando hatte Corinne für den Moment alles besprochen, also entschloss sie sich, Sarahs Anruf anzunehmen.

»Fernando, entschuldige, aber ich muss Schluss machen. Sarah ruft gerade an. Ich melde mich morgen wieder, vielleicht hast du bis dahin schon neue Informationen. Und bitte sei vorsichtig.«

»In Ordnung. Tchau Corinne.«

»Tchau Fernando«, sagte sie noch, dann klickte sie bereits auf dem Bildschirm auf *Anruf annehmen*.

Noch während sie darauf wartete, dass die Verbindung sich aufbaute, beschloss Corinne, Sarah nichts von den Problemen zu sagen. Um mit solchen Dingen klarzukommen, war sie schließlich die Geschäftsführerin. Sarah freute sich zwar, wenn Corinne sie in Sachen Stiftung auf dem Laufenden hielt, die Details aber waren ihr nicht so wichtig, das überließ sie sehr gern Corinne. Und Corinne wiederum war es ein Anliegen, Ärger von ihrer über achtzigjährigen Freundin fernzuhalten.

Schnell atmete sie ein und setzte gerade noch rechtzeitig ein fröhliches Lächeln auf, bevor das Fenster des Videochats sich öffnete. Doch es war nicht wie erwartet das liebevolle Gesicht von Sarah, die ihr entgegenlächelte. Ein fremder Mann saß vor dem Bildschirm und sah mit flackerndem Blick in die Kamera.

»Corinne?«, fragte er.

»Ja, die bin ich.« Unwillkürlich setzte sie sich etwas aufrechter hin. »Und wer sind Sie? Was tun Sie am Computer von Frau Rosenbaum?«

Der Mann fuhr sich verlegen mit der Hand durch die Haare.

»Ich bin Thomas«, sagte er. »Sarahs Nachbar. Sarah hat mich gebeten, sie anzuskypen, wenn etwas ist.«

»Aha«, sagte Corinne, und sie spürte, wie ihr Herzschlag sich beschleunigte. Sie hatte Angst, die Frage zu stellen, aber es führte kein Weg daran vorbei. »Und was ist mit Sarah? Weshalb meldet sie sich nicht selbst?«

Kapitel 2
Abschied

Aachen · Oche · Aix-la-Chapelle · Aken · Aquae Granni
Schweiz · Suisse · Svizzera · Helvetia

Gegenwart: April/Mai

Mit zitternden Händen schloss Corinne die Tür zu ihrem Häuschen auf. Sonst liebte sie es immer, nach Hause zu kommen. Sie nahm sich oft Zeit, einen Moment stehen zu bleiben und die Freude über ihr kleines Schlösschen zu genießen – denn genau das hatten Noah und sie aus dem ehemaligen Gesindehaus gemacht: ein kleines zauberhaftes Schloss. Die Fassade hatten sie neu verputzen und weiß streichen lassen, und der Anbau, zu dem sie sich während Corinnes Schwangerschaft entschlossen hatten, fügte sich perfekt an das Haus. Die Fensterläden leuchteten kornblumenblau, genau wie Noahs Augen. Corinne hatte sich das so gewünscht. Ihr kleiner Garten vor dem Haus war ein Paradies für Schmetterlinge mit vielen Kräutern und Blumen, hinten hatten sie eine Spielwiese mit Sandkasten, Rutsche und Indianerzelt angelegt.

Doch heute hatte Corinne keinen Sinn für ihr persönliches Glück, sondern wollte nur so schnell wie möglich in das Haus hinein. Schon beim Eintreten hörte sie Mias helles und Noahs dunkles Lachen. Es kam aus dem Kinderzimmer. Einen Moment wusste Corinne nicht, wohin sie sich wenden sollte. Am liebsten hätte sie sich heimlich ins Schlafzimmer geschlichen und im Bett verkrochen. Aber das ging nicht. Sie musste Noah informieren, ihm erzählen, was passiert war.

Mühsam kämpfte Corinne darum, die Tränenflut zu stoppen, die ihr seit dem Skypegespräch mit Sarahs Nachbarn nicht mehr versiegt war.

Sarah war tot.

Ihre wunderbare, quicklebendige, lebenshungrige und immer fröhliche Sarah lebte nicht mehr. Einfach so. Von einer Sekunde auf die andere. Corinne schüttelte den Kopf. Sie konnte es noch immer nicht fassen.

Wie in Trance hatte sie das Gespräch hinter sich gebracht und wusste schon beim Beenden der Sitzung nicht mehr, was sie überhaupt gesprochen hatten. Es gab nur diese eine Information, die sich in Corinnes Bewusstsein gefräst hatte.

Sarah war tot.

Der Satz hallte in ihrem Kopf, zerriss ihr das Herz und raubte ihr die Fassung. Eine Weile saß Corinne einfach nur an ihrem Schreibtisch und starrte ins Leere. Sie hatte nicht die Kraft aufzustehen.

Doch irgendwann hatte sie sich ein Herz gefasst. Es half nichts, Corinne musste etwas tun. Also war sie zu Frieda in den Laden gegangen, hatte sie informiert und gebeten die Stellung zu halten. Dann war sie nach Hause gejagt, als wären Monster hinter ihr her. Und nun stand sie hier und wusste nicht, wie sie es Noah beibringen sollte.

Die Kinderzimmertür öffnete sich, und Noah trat heraus. Er hatte Mia auf dem Arm. Energisch zwang Corinne sich dazu, nicht mehr zu weinen, wischte hastig die Tränen von ihren feuchten Wangen. Sie wollte ihr Töchterchen nicht erschrecken.

»Corinne«, rief Noah überrascht. »Was machst du denn hier? Hast du was vergessen?«

Er warf ihr einen fragenden Blick zu, und sofort erkannte sie Besorgnis darin. Er sah ihr direkt an, dass es ihr nicht gut ging. Corinne konnte nicht anders, sie schluchzte auf. Der letzte Rest ihrer Beherrschung brach ein, die Gefühle rissen Corinne mit sich. Sofort war Noah bei ihr und drückte sie an sich, Mia noch immer auf dem Arm. Corinne klammerte sich an ihre beiden Lieblingsmenschen, und mit viel Mühe schaffte sie es, Sarahs Namen zumindest so weit zu artikulieren, dass Noah es verstand.

»Sarah? Was ist mit ihr?«, fragte er erschrocken, und als Corinne nur hilflos den Kopf schüttelte, wusste er sofort, was das bedeutete.

»Komm mit«, sagte er knapp.

Mia betrachtete ihre weinende Mama erschrocken und schob die zitternde Unterlippe nach vorn. In ihren Augen sammelten sich nun ebenfalls Tränen. Es tat Corinne so leid, genau das hatte sie vermeiden wollen. Aber der Schmerz war einfach zu groß. Die Nachricht von Sarahs

Tod hatte sie vollkommen unerwartet getroffen, sie hatte keine Zeit gehabt, sich auf diesen Moment vorzubereiten. Zum Glück blieb Noah gefasst. Er rettete die Situation.

»Nicht weinen, Schatz«, säuselte er. »Die Mama hat sich weh getan, aber das wird wieder heile. Mach dir keine Sorgen. Wir müssen jetzt ganz lieb zu ihr sein, dann ist es bald wieder gut. Komm mit«, sagte er noch einmal zu Corinne und griff nach ihrer Hand.

Tatsächlich beruhigte Mia sich wieder. Noah ging mit ihr auf dem Arm die Treppe hinauf und zog Corinne hinter sich her. Sie folgte ihm. Sie hätte gar nicht die Kraft gehabt, ihm zu widersprechen.

»Leg dich hin«, forderte Noah sie gleich darauf auf.

Folgsam schlüpfte Corinne mitsamt ihrer dunkelblauen Stoffhose ins Bett. Noah setzte Mia neben sie. »Kann ich sie kurz bei dir lassen? Ich bin gleich wieder da.«

Corinne nickte und versuchte endlich aufzuhören zu weinen. Es gelang ihr nicht.

»Mama ei?«, fragte Mia zaghaft und kuschelte sich an Corinne heran.

Sanft strich sie ihrer Mama über den Arm und lächelte sie fragend an.

»Eiii«, sagte sie lang gezogen und pustete anschließend auch noch den Schmerz weg, den sie auf dem Arm vermutete. Genau wie Noah und Corinne es immer bei ihr machten, wenn sie sich wehgetan hatte.

Mit Liebe und Kaffee ist alles gut, dachte Corinne. Kaffee hatte sie gerade nicht, und es war bei Weitem nicht alles gut. Aber die Liebe, die ihr im Überfluss geschenkt wurde, war ein wunderbares Heilmittel. Corinne war aus tiefstem Herzen dankbar, dass sie ihr Töchterchen bei sich hatte. Entschlossen wischte sie sich die tränennassen Wangen trocken.

»Danke, mein Schatz. Das tut gut. Jetzt ist es schon viel besser.« Es stimmte wirklich. Mias Tröstversuche hatten der scharfen Klinge des Schmerzes ein wenig ihrer Kraft genommen. Die Trauer war noch immer beinahe unerträglich, aber dank Mia fühlte sie neben ihr auch Hoffnung. Sarah war tot, das war schrecklich und unvorstellbar. Aber Mia war die Gegenwart und die Zukunft, sie stand am Anfang ihres Lebens, und das war wundervoll.

Corinne würde ihr von Sarah Rosenbaum erzählen. Und von ihrem Urgroßvater Eberhard Ahrensberg. Später einmal, in vielen Jahren, würde sie mit Mia gemeinsam auch die Tagebücher lesen, die sie von ihrem Großvater geerbt hatte. Sie würde ihrer Tochter von dieser Zeit erzählen. Von der Tapferkeit, dem Mut, aber auch von der Angst und der Verblendung.

Jetzt merkte Corinne, dass Mia sie noch immer erwartungsvoll ansah. Sie schenkte ihr ein Lächeln, beugte sich zu ihr hinab und gab ihr ein Küsschen auf die Stirn. Zärtlich strich sie ihr mit dem Daumen über die rosige Wange. Sie sog den Duft ihrer Tochter tief ein, sie roch nach Baby, Unschuld und Hoffnung.

Mia legte, offenbar erleichtert, dass ihre Mama nicht mehr so traurig war, den Kopf an Corinnes Brust und schob sich den Zipfel ihres Schnuffeltuchs in den Mund. Es dauerte nicht lange, dann fielen der Kleinen die Augen zu. Dankbar streichelte Corinne Mia über den Rücken, während ihre Gedanken zu Sarah wanderten.

Die Schlafzimmertür wurde leise geöffnet, und Noah kam herein. Er balancierte ein Tablett zu Corinne ans Bett und stellte es auf dem Nachttisch ab. Er hatte ihr einen Kakao gekocht und auch einen Teller mit Keksen dazugestellt.

»Ich bring unsere Maus in ihr Bett, dann können wir reden«, flüsterte er.

Schon ging er in die Hocke und schob vorsichtig die Arme unter Mia. Ganz sachte hob er sie hoch. Die kleine Schläferin merkte nichts von dem Transport, sie nuckelte hin und wieder an dem Zipfel ihres Schnuffeltuches und verzog im Traum den Mund zu einem Lächeln. Corinne konnte nicht anders, sie musste ihrem Baby über den Kopf streicheln.

Noah trug Mia in ihr Zimmer.

Corinne stand auf, nahm das Tablett mit hinüber zu ihrem kleinen Sofa. Sie setzte sich, zog die Beine hoch und nahm die heiße Tasse in die Hand. Der Schokoladenduft wirkte wie eine Umarmung für die Seele. Über das Babyphone hörte Corinne ihre kleine Prinzessin leise brabbeln. Noah summte: »You're beautiful, just …« Es war *Everyone's the Same* von Mrs. Greenbird, ein fröhliches, herzwärmendes Lied, das von den Unterschieden erzählte, die alle Menschen einten, und wie wunderschön und richtig jedes Wesen auf seine Art war. Dieses Lied war seit ihrer Geburt Mias Wohlfühlsong. Noah hatte es ihr noch im Kreissaal bereits das erste Mal vorgesungen. Zur Begeisterung aller Schwestern.

Als Nächstes hörte Corinne, wie Noah die Kinderzimmertür schloss, und nur wenig später war er wieder bei ihr. Er setzte sich zu ihr auf das Sofa, und Corinne legte ihre Beine auf seinen Schoß. Noah streichelte sie.

»Mia schläft, und nachher geht Klara mit ihr spazieren, ich habe sie angerufen und darum gebeten, damit wir Zeit für uns haben. Kannst du mir erzählen, was passiert ist?«, fragte Noah sie leise.

»Ist das nicht merkwürdig?«, fragte Corinne. Sie hatte einen Schluck Kakao genommen und stellte die Tasse wieder ab. »Gerade musste ich an Mias Geburt denken. Der Anfang und das Ende.«

»Ich bin dankbar, dass Sarah Mia kennenlernen konnte«, sagte Noah nachdenklich.

Corinne nickte und schmiegte sich noch etwas näher an Noah. Er ließ ihr die Zeit, die sie brauchte.

»Sie war bei ihren Rosen«, begann Corinne nach einer Weile zu erzählen. »Du weißt, wie sehr Sarah ihre Rosen geliebt hat. Jedes Jahr wartete sie ungeduldig auf die ersten Blüten.«

Noah lachte leise. »Das stimmt. Sie war so besonnen und geduldig, nur wenn es um ihre Rosen ging, da konnte sie es immer kaum abwarten.«

»Sie ist einfach zusammengebrochen. Thomas hat es vom Fenster aus gesehen und sofort Hilfe organisiert. Aber sie konnten nichts mehr für sie tun. Ihr Herz ist einfach stehen geblieben. Als wir gestern miteinander gesprochen haben, hat sie noch so fröhlich und unbeschwert gewirkt. Sie hatte Reisepläne und wollte auf ihrem Weg nach Schweden für ein paar Tage bei uns in Aachen vorbeikommen. Ich hatte noch nicht einmal Gelegenheit, dir davon zu erzählen.«

»Weißt du noch, wie sie vor Kurzem gescherzt hat: Ich könnte auch gleich nach Aachen ziehen, so oft, wie ich bei euch bin«, erinnerte Noah sie und musste lachen.

»Ich hätte es großartig gefunden«, ging Corinne darauf ein. »Und Sarah hat sich richtig gefreut, wie ich auf ihre Idee reagiert habe. Und was war ihre Antwort? ›Wir werden sehen, was das Leben für Pläne hat.‹ Und jetzt soll sie tot sein? Ich kann mir das einfach nicht vorstellen. Für mich fühlt Sarah sich noch immer so lebendig an.«

Noah drückte sie an sich: »Weißt du, was Sarah dazu sagen würde, wenn sie hier wäre? ›Das bin ich doch auch, Corinne. Ich werde in deiner Erinnerung weiterleben. Und ich bin dankbar für die wundervolle Zeit, die wir zusammen hatten.‹«

Damit schaffte Noah es, ihr ein Lächeln zu entlocken. »Ja, wahrscheinlich hast du recht. Und der Gedanke hilft tatsächlich. Sarah gekannt haben zu dürfen, ist ein kostbares Geschenk. Diese Frau hat so viel Güte in sich getragen, so viel Versöhnlichkeit und Lebensfreude. Sie hat als kleines Mädchen das Konzentrationslager überlebt, ihren Vater durch die Folgen der Folter verloren, und ihre Mutter musste sie zeitlebens unter den Schatten der Vergangenheit leiden sehen. Und doch hat Sarahs Seele keinen Groll gekannt. Nur Liebe. Sie hat unser Leben so bereichert – beruflich und privat. Ich verdanke ihr unendlich viel.«

»Wir haben nur diesen Moment, Corinne. Lass ihn uns feiern«, wiederholte Noah jetzt die Worte, die Sarah so gern benutzt hatte und trieb Corinne damit erneut die Tränen in die Augen. Tränen der Trauer, aber auch der glücklichen Erinnerung. Sie hatte mit diesem Spruch nie auf ihr Alter angespielt, sondern auf die Kapriolen, die das Leben manchmal für die Menschen bereithielt. Den Moment zu ehren, war nach Sarahs Auffassung die Aufgabe jedes Menschen, nicht nur der Alten. Wer wusste schon, was als Nächstes kam.

Corinne nahm sich vor, künftig noch bewusster ihr eigenes Glück zu genießen. Sie spürte die Wärme ihres Liebsten und erlaubte sich, das Glücksgefühl und gleichzeitig die Tränen zuzulassen. Es verdrängte die Trauer nicht, es gesellte sich zu ihr und ließ den Moment bittersüß werden.

Corinne weinte, und Noah hielt sie im Arm. Lange saßen sie so da.

»Weißt du, was ich schrecklich finde?«, wollte Corinne irgendwann wissen. Sie wischte sich die Wangen trocken und putzte sich die Nase.

»Dass noch keine Rose geblüht hat?«, fragte Noah und nickte, als er Corinnes überrascht hochgezogene Augenbrauen sah. »Das ging mir auch durch den Kopf. Sie konnte den Duft nicht noch einmal einatmen.«

Corinne rückte näher an Noah heran und schniefte. »Das ist wirklich traurig«, sagte sie.

»Wir werden ihr eine ihrer Rosen auf das Grab pflanzen«, erklärte Noah. »Dann hat sie den Duft Jahr für Jahr.«

»Danke«, murmelte Corinne, die sich vor lauter Aufregung und Traurigkeit plötzlich vollkommen erschöpft fühlte. Ihr fielen die Augen zu.

***

Die Landschaft flog an ihnen vorbei. Corinne saß auf dem Beifahrersitz und lehnte die Stirn an das kühle Glas des Fensters. Morgen war die Beerdigung. Das alles kam Corinne noch immer vor wie ein schlechter Film.

Natürlich war Sarah über achtzig gewesen, aber es war trotzdem zu früh. Sie hätte noch viele glückliche Jahre haben sollen. Es gab noch so viel, was Corinne gern mit ihrer weisen Freundin besprochen hätte. Ihr Tod hatte ein Loch in die Welt gerissen. Dort, wo ihre Fürsorge, ihre Weisheit und ihre liebevolle Art gewesen waren, blieb nur ein schwarzer Fleck.

»Sie fehlt mir«, sagte Corinne leise.

Alexander saß am Steuer. Sie hatten bei Karlsruhe lange im Stau gestanden und passierten gerade die Ausfahrt Freiburg Nord. Es war ziemlich dichter Verkehr, Alexander zog an einer Kolonne Lastwagen vorbei. Dann setzte er den Blinker und fuhr wieder auf den rechten Streifen. Ganz kurz drehte er Corinne das Gesicht zu, nickte und wandte den Blick dann sofort wieder auf die Straße.

»Sie hatte so eine herzlich strahlende Art«, sagte er. »Als würde der Sonnenschein in ihr wohnen. Und das bei ihrer Lebensgeschichte. Absolut bewundernswert. Es war wirklich, als wäre sie Teil unserer Familie. Und ihr beide wart auf eine besondere Weise verbunden, unser Großvater war das Bindeglied. Die beiden sind ganz sicher sehr stolz auf dich, Löckchen. Vielleicht sitzen sie jetzt zusammen auf einer Wolke und schauen dir zu, wie du jeden Tag dafür sorgst, dass die Welt ein bisschen besser wird.«

Das Bild gefiel Corinne. Sie sah es vor sich, wie ihr Großvater und Sarah im fluffigen Weiß saßen, die Beine über den Wolkenrand baumeln ließen, zusammen eine Tasse Kaffee tranken und das Treiben auf der Welt beobachteten. Ach, was gäbe sie darum, noch einmal mit diesen beiden Menschen sprechen zu können. Ihr Großvater war schon viele Jahre tot, aber sie vermisste ihn noch immer. Und so würde das auch bei Sarah sein.

Es gab kein Zurück. »Alles, was uns bleibt, ist dieser Moment, Corinne«, hörte sie in ihrer Vorstellung Sarah sagen. Es war ihr immer wichtig gewesen, das Leben und die vielen wunderbaren Momente, die es mit sich brachte, bewusst zu genießen. Das war für Sarah der Schlüssel des Glücks gewesen.

Corinne war froh, dass sie diesen schweren Moment des endgültigen Abschieds nicht alleine durchstehen musste. Vor gerade mal sechs Tagen hatte die Todesnachricht sie erreicht, und jetzt waren sie zu sechst auf dem Weg nach Bottwil in der Schweiz. Sarahs Nachbar Thomas hatte sich um die Organisation der Beerdigung gekümmert, Corinne stand in engem Kontakt zu ihm.

Dr. Hartmann hatte zugestimmt, während Alexanders Abwesenheit die Geschäftsführung von Ahrensberg Kaffee kommissarisch zu übernehmen. Ihre Mutter hatte leider nicht so kurzfristig kommen können. Sie war gerade auf Teneriffa und dort mit Freunden auf einer Segeltour. Seit der Kaffeebaron gestorben war, hatte Esther Ahrensberg die Reiselust gepackt. Auch Frieda und Sebastian fehlten. Sie wären zwar sehr gern mitgefahren, aber sie wurden in Aachen gebraucht. Frieda kümmerte sich um die Rösterei, und Sebastian unterstützte sie. Die beiden wollten zwischendurch auch in der Villa und im Haus von Corinne und Noah nach dem Rechten sehen. Aber Thomas, Noah, Klara und Mia waren dabei. Sie saßen hinten im Wagen.

Wie gut, dass Noah nach Mias Geburt einen großen Wagen mit einer zusätzlichen Sitzreihe gekauft hatte. Corinne war zuerst nicht begeistert gewesen von dieser Riesenkutsche, wie sie den Santa Fe anfangs genannt hatte. »Wir bekommen nur ein Kind, Noah, keine Fußballmannschaft«, hatte sie argumentiert. Doch Noah hatte sich nicht beirren lassen. »Wir bekommen zwar höchstwahrscheinlich nur ein Kind«, hatte er gesagt. »Aber wir haben jede Menge Freunde, und ich garantiere dir, das wird fast wie in einer Großfamilie werden.«

Bei dem *höchstwahrscheinlich* hatte der Schalk in seinen Augen geblitzt, und Noah hatte Corinne zugezwinkert. Das war eine Anspielung auf einen Running Gag zwischen ihnen bezüglich Zwillingsgeburten. Prompt hatte Corinne geschnaubt, die Augen verdreht und das Grinsen nicht unterdrücken können.

Inzwischen war der Wagen in Anspielung an den Markennamen für alle nur noch die *Kaffee-Fee*. Nicht nur, weil Noah darauf bestanden hatte, ihn in Kaffeebraun zu kaufen, sondern auch, weil er schon den ein oder anderen Sack Kaffee transportiert hatte. So ein großes Fahrzeug war eben nicht nur für eine Großfamilie nützlich.

»So, mir reicht es. Pausenzeit«, entschied Alexander, setzte den Blinker und fuhr auf einen Parkplatz. Alle stiegen aus, streckten sich und gingen ein paar Schritte. Klara holte einen großen Picknickkorb aus dem Kofferraum. Es scharten sich alle um einen Tisch mit integrierten Bänken und fielen über die Köstlichkeiten her, die Klara wieder einmal gezaubert hatte.

Zufrieden und satt kletterten alle nach dieser Stärkung wieder in den Wagen. Diesmal übernahm Noah für das letzte Stück der Reise das Steuer.

An der Beerdigung nahmen außer ihnen nur Sarahs Freundin Ingeborg, ihr Nachbar Thomas und ein paar zufällige Zaungäste teil. Genau wie Sarah es gewollt hatte. Sie hatte strikte Anweisungen gegeben, was nach ihrem Tod geschehen sollte und ihren Nachbarn Thomas gebeten, sich im Falle des Falles um alles zu kümmern. Sie wollte keinen großen Staatszirkus, sondern eine Beerdigung im Rahmen ihrer engsten Freunde und ohne fremde Trauerredner. Alles sollte ganz schlicht und still vonstattengehen. Statt Blumen hatte sie sich eine Spende an die *Ahrensberg-Rosenbaum-Stiftung* gewünscht.

Corinne und Noah gingen Hand in Hand den Friedhofsweg entlang bis zu der ausgehobenen Grube, die

Sarahs letzte Ruhestätte werden sollte. Klara war mit Mia spazieren gegangen, so konnte Corinne sich ganz auf sich und den Abschied konzentrieren. Sie klammerte sich an Noah, während ein Friedhofsmitarbeiter alles vorbereitete und dann zur Seite trat, um den Trauernden die Möglichkeit zu geben, sich zu verabschieden.

Zuerst standen sie alle nur da und versuchten zu akzeptieren, dass es nun wirklich so weit war. Dann fasste Noah sich ein Herz und trat nach vorn.

Corinne hatte ihn gebeten, für Sarah die Worte zu sprechen, die er schon am Grab des Kaffeebarons gesprochen hatte. Er hatte damals für einen Moment des Trostes gesorgt, und so würde es ganz gewiss auch heute sein.

Noah begann zu sprechen.

»Der Tod ist überhaupt nichts:
Ich glitt lediglich über in den nächsten Raum.
Ich bin ich, und ihr seid ihr.
Warum sollte ich aus dem Sinn sein,
nur weil ich aus dem Blick bin?
Was auch immer wir füreinander waren,
sind wir auch jetzt noch.
Spielt, lächelt, denkt an mich.
Leben bedeutet auch jetzt all das,
was es auch sonst bedeutet hat.
Es hat sich nichts verändert,
ich warte auf euch,
irgendwo
sehr nah bei euch.
Alles ist gut.«

Alexander und Sarahs Freundin Ingeborg schnäuzten sich. Corinne liefen Tränen über das Gesicht. Aber sie lächelte. Es hatte sich alles verändert, aber auch nichts, denn Sarah würde immer auf gewisse Art bei ihr bleiben.

Jetzt war es an Corinne, etwas zu sagen. Sie holte einen Zettel aus ihrer Tasche und faltete ihn auseinander. Vorsichtshalber hatte sie sich ein paar Stichpunkte aufgeschrieben, aus Angst, dass sie vor lauter Emotionen vergessen würde, was sie sagen wollte.

»Mein Großvater und du – ihr habt euch nie bewusst kennengelernt. Du warst noch ein kleines Kind, als das Schicksal euch auseinandergerissen hat. Aber du hattest Zeit seines Lebens einen Platz in seinem Herzen, Sarah. Er hat dich nie vergessen, und der Gedanke, dass ihr euch jetzt in dieser anderen Welt begegnen könnt, tröstet mich. Das Tagebuch meines Großvaters hat mich zu dir geführt, und so möchte ich gern ein paar Zeilen daraus vorlesen. Gedanken, die meinen Opa wohl bis zu seinem Tod begleitet haben. Er hat immer wieder darüber geschrieben. Er hatte nie den Mut, nachzuforschen, was aus dir und deinen Eltern geworden ist. Zu groß war seine Scham über seinen verblendeten Vater. Lieber hat er sich die Hintertür der Hoffnung offengelassen und sich vorgestellt, dass es euch entgegen aller Wahrscheinlichkeit gut ging.« Sie schluckte, hob einen Moment den Blick und traf den von Noah. Die Zuneigung, die sie darin sah, gab ihr die Kraft weiterzureden.

»Dieser Eintrag stammt aus der Zeit seiner Kriegsgefangenschaft:

Ich bin müde und hungrig, obwohl es mir vergleichsweise gut geht, fühle ich mich so elend, wie ich es mir nie hätte vorstellen können. Und dann diese Geschichten, die hier im Lager erzählt werden. Es ist, als hätte der Teufel die Welt im Klammergriff.

Nach allem, was ich inzwischen gehört habe, muss es den Menschen in diesen Konzentrationslagern noch sehr viel schlechter gehen als uns in der Kriegsgefangenschaft. Ich kann mir das nicht ausmalen, es zerreißt mich.

Es macht mich wahnsinnig, nicht zu wissen, was mit Isabella und was mit den Rosenbaums geschehen ist. Sie hatten doch ein Kind, fast noch ein Baby. Dieses kleine Mädchen gibt mir einen Funken Hoffnung. Vielleicht … ich weiß, es ist unsinnig, aber dennoch: vielleicht … In meiner Fantasie sehe ich das Mädchen lachend auf einer Blumenwiese, es dreht sich mit ausgestreckten Armen im Kreis. Ich halte mich an dieser Vorstellung fest, auch wenn mein Verstand mir sagt, dass ich ein Träumer bin.«

Wieder hielt sie einen Moment inne, bevor sie weitersprach.

»Wie schön wäre es für euch gewesen, hättet ihr euch in diesem Leben kennenlernen dürfen. Doch auch wenn euch das verwehrt blieb, jetzt seid ihr vereint. Ach, liebe Sarah, es gäbe noch so viel, was ich mit dir besprechen wollte, worüber ich mit dir lachen wollte und deinen Rat erbitten. Nun ist es an der Zeit, mich zu verabschieden, und es fällt mir unsäglich schwer. Dein Körper ist nicht mehr bei uns, und du fehlst mir sehr. Aber trotz der Trauer weiß ich, deine Liebe bleibt. Die Erinnerung an dich ist eine Schatzkiste voller wertvoller Momente. Ich werde sie hüten und immer wieder voller Dankbarkeit öffnen, um in der kostbaren Erinnerung zu schwelgen. Danke für deine Güte. Danke für dein Lächeln, das sich in meine Seele gesetzt und sie positiv geprägt hat. Danke, dass du – wenn auch viel zu kurz – Teil meines Lebens warst. Dich zu kennen, hat aus mir einen besseren Menschen gemacht. Auf Wiedersehen, liebe Sarah.«

Corinne warf eine Rose und eine Handvoll Erde in das Grab. Das dumpfe Geräusch, als die Erde auf der Urne landete, war wie ein Schlag in Corinnes Magen.

Sie krümmte sich etwas zusammen, der Verlust tat ihr in diesem Moment körperlich weh. Doch in der gleichen Sekunde spürte sie Hände, die sie hielten. Noah und Alexander nahmen Corinne in ihre Mitte.

Auch die anderen verabschiedeten sich nun und schließlich, nach einem letzten Moment der Besinnung, setzte sich die kleine Trauergruppe langsam in Bewegung.

Corinne hatte sich bei Noah eingehakt und hing ihren Gedanken nach, als Sarahs Nachbar Thomas zu ihnen aufschloss. »Das waren sehr schöne Worte, danke, dass du sie mit uns geteilt hast«, sagte er. »Man konnte spüren, wie nah ihr euch wart. Ich glaube, auch Sarah hätten sie gefallen. Sie hat so sehr von dir geschwärmt. Es verging kein Tag, an dem sie nicht von dir erzählt hat.«

Auf dem Parkplatz vor der kleinen Friedhofskapelle angekommen, blieben sie stehen. Thomas zog ein Kuvert aus der Tasche und hielt es Corinne entgegen.

»Sarah hat mich gebeten, dir das nach der Beerdigung zu geben.«

»Danke«, sagte Corinne und drehte den Umschlag erstaunt in der Hand.

»Und diese Schlüssel auch«, ergänzte Thomas und reichte ihr einen Schlüsselbund. »Wenn es dir recht ist, behalte ich vorläufig einen Schlüssel für das Haus, damit ich nach dem Rechten sehen und die Blumen gießen kann. Ich glaube, das ist sinnvoll, bis du entschieden hast, was mit der Villa und allem anderen geschehen soll.«

Das ging Corinne eindeutig zu schnell.

»Ich?«, fragte sie. »Wieso ich? Willst du den Schlüssel nicht direkt an den oder die Erben geben? Ich nehme an, es gibt ein Testament.«

»Ich kann dir nur das sagen, was Sarah mir erzählt hat. Vielleicht beantwortet der Brief deine Fragen.« Thomas lächelte. »Bitte entschuldigt mich. Ich muss dringend zurück. Falls noch etwas ist, du weißt ja, wo ich wohne, und meine Nummer hast du auch.«

Thomas gab allen die Hand und verabschiedete sich. Ingeborg, Sarahs Freundin, tat es ihm gleich.

»Wir könnten uns auf die Bank dort setzen und einen Moment Pause machen. Und du kannst den Brief lesen, wenn du möchtest«, schlug Noah vor und zeigte auf einen Platz direkt unter einer mächtigen Eiche mit Blick auf die Grünanlage, die sich unterhalb des Friedhofs erstreckte.

»Gute Idee«, stimmte Alexander zu. »Ich gehe eben zur *Kaffee-Fee* und hole uns etwas zu trinken.« Auch Corinne nickte und folgte Noah.

Nur wenig später hielt Corinne den Briefbogen in der Hand und begann zu lesen.

Liebe Corinne,

ich weiß, wenn du diesen Brief liest, bist du gerade voller Trauer, weil ich mir erlaubt habe, zu sterben. Aber glaub mir, ich habe mir das zwar nicht ausgesucht, aber es ist in Ordnung.

Nach den ersten dunklen Jahren hatte ich das Glück, ein wunderbares und sehr erfülltes Leben führen zu dürfen. Wenn ich zurückblicke, bin ich voller Dankbarkeit für all das Schöne und die Liebe, die ich erfahren durfte. Auf dem letzten Stück meines Weges hatte das Schicksal noch dieses ganz besondere Geschenk für mich – dich.

Was für ein Segen, dass du den Mut hattest, dich der Vergangenheit zu stellen. Trotz der Gefahr, auch unschöne Kapitel der Familiengeschichte aufzudecken. Diesen Mut und das Rückgrat haben nicht viele Menschen, Corinne. Danke, dass du mich gefunden und so sehr inspiriert hast. Dich kennenzulernen war für mich, als wäre ein Licht angegangen. Alles wurde heller. In mir und um mich herum.

Corinne, du leistest hervorragende Arbeit für die Stiftung, und ich wünsche mir, dass du diesen Weg weitergehst. Die Welt braucht Menschen wie dich. Du bist für mich die Tochter, die es mir nicht vergönnt war, zu haben.

Aus diesem Grund möchte ich auch, dass du meinen gesamten Besitz erbst.

Mit zwei kleinen Ausnahmen. Bitte sorge dafür,

dass mein Nachbar Thomas meine Heimkinoanlage und die Filme bekommt. Er hat sie mir eingebaut, und wir hatten manch vergnügliche Stunde in unserem privaten Kinosaal. Wir haben beide eine gemeinsame Leidenschaft für alte Schwarz-Weiß-Filme, und ich hoffe, dass er das eine oder andere Mal vielleicht an mich denkt, wenn er einen unserer Filme sieht.

Und noch etwas: Meine liebe Freundin Ingeborg, die du inzwischen sicher persönlich kennengelernt hast, möge sich bitte eins meiner Schmuckstücke aussuchen, das ihr eine kleine Erinnerung an gemeinsame Spaziergänge und innige Verbundenheit sein soll.

Das war es auch schon. Alles andere wird – sobald es von offizieller Stelle bestätigt ist – in deinen Besitz übergehen. Ich habe alles so arrangiert und schriftlich hinterlassen, dass du sicher bald eine Erbschaftsmitteilung bekommen wirst.

Hör bitte auf, mit dem Kopf zu schütteln, Corinne. Ich weiß genau, was du jetzt denkst und wie du im ersten Impuls reagieren möchtest. Lass es sein.

Es ist mein letzter Wille, und ich bitte dich, ihn zu respektieren.

Selbstverständlich hast du freie Hand, du kannst die Villa verkaufen oder vermieten oder als Ferienhaus für eure nächsten Urlaubsreisen nutzen. Wie es dir beliebt.

Und bitte steck nicht das ganze Vermögen in die Stiftung, auch wenn ich weiß, dass sie dir wichtig ist. Leg etwas für Mia zur Seite. Gönne euch Familienzeit oder kauf ihr ein Pony. Lebe, Corinne. Vergiss niemals: Wir haben immer nur diesen Moment. Achte ihn.

Und nun umarme ich dich in Gedanken ein letztes Mal und wünsche mir, dass du glücklich bist.

Deine Sarah

Fassungslos ließ Corinne den Brief sinken. Ihr Gesicht war tränennass. Alexander und ihr Schwager Thomas und auch Klara, die inzwischen zu ihnen gestoßen war und sacht den Sportwagen mit der schlafenden Mia wippte, sahen sie erwartungsvoll an.

»Sarah hat mich als Erbin benannt«, sagte Corinne leise. »Sie hat mir die Villa und ihr gesamtes Vermögen vermacht.«

Fassungslos schüttelte Corinne den Kopf. Sie konnte das noch immer nicht glauben.

Kapitel 3
Pepe

Aachen · Oche · Aix-la-Chapelle · Aken · Aquae Granni

Mai 1948

»Achtung!«

Eberhards Warnruf schallte von oben in den weiten Raum. Nur Sekundenbruchteile später sauste auch schon der eiserne Kuhfuß knapp an seinem neben der wackelnden Leiter stehenden Freund vorbei abwärts. Das Werkzeug knallte mit einem lauten von den Wänden der Eingangshalle widerhallenden Donner zu Boden und sprengte beim Aufprall eine der letzten Keramikfliesen.

Hans, der auf einem Bein balancierend in akribischer Kleinarbeit Bruchstellen und Einschläge im Mauerwerk ausbesserte, zuckte vor Schreck so heftig zusammen, dass ihm ein dicker Batzen Mörtel von der Kelle rutschte und auf den Boden platschte. Doch nicht nur das. Hans geriet ins Wanken. Verzweifelt versuchte der einbeinige Mann das verlorene Gleichgewicht wiederzufinden, er schaffte es nicht.

Eberhard wäre ihm gern zu Hilfe gesprungen, aber so schnell konnte er die Leitersprossen unmöglich abwärts klettern. Stattdessen musste er tatenlos von oben zusehen, wie sein Freund endgültig umfiel. Im Fallen versuchte Hans noch nach der Krücke zu greifen, die an der Wand lehnte. Doch sie war zu weit entfernt und damit unerreichbar. Hans selbst hatte sie weggestellt, um beide Hände frei zu haben. Das machte er während solcher Arbeiten, bei denen er sich wenig bewegen musste, oft. Um es sich einfacher zu machen, lehnte sich der kriegsversehrte Maurer zwischendurch je nachdem an Leitern, Möbel oder auch mal an eine Wand. Doch jetzt half das alles nichts mehr.

Sehr unsanft und mit einem derben Fluch auf den Lippen landete Hans direkt neben dem von Eberhard verlorenen Werkzeug auf seinem Hinterteil. Unwillig sah er zu Eberhard hinauf.

»Wer solche Freunde hat …«, schimpfte er. »Nicht nur ein Tölpel, sondern auch noch dumm. Warte doch wenigstens, bis ich meine Arbeit erledigt habe, bevor du versuchst, mich umzubringen.«

Der Blick, den Hans Eberhard hochwarf, war halb aufgebracht und halb erleichtert. Er war bleich um die Nase vor Schreck. Und er hatte ja recht, zu schimpfen, die Situation war wirklich gefährlich gewesen, auch für jemanden, der mit zwei Beinen einen festeren Stand gehabt hätte.

Eberhard stand noch immer auf der obersten Sprosse der wackelnden Leiter und kämpfte selbst noch mit dem Schrecken.

»Entschuldige bitte, Hans, das wollte ich nicht. Du weißt, ich bin kein guter Handwerker. Und dieser verflixte Nagel war heimtückisch. Erst hat er sich so sehr in der Wand festgekrallt, dass ich meine ganze Kraft einsetzen musste, und dann hat er auf einen Schlag losgelassen. Er hat mir die Brechstange förmlich aus der Hand geschlagen. Was für ein Glück, dass der Kuhfuß dich nicht erwischt hat. Und dass ich mich oben halten konnte. Es hat nicht viel gefehlt, dann wäre ich hinter dem Ding hergeflogen. Stell dir das mal vor. Wenn ich auf dir gelandet wäre, Junge, das wäre nicht so glimpflich abgelaufen.«

Hans brummte und kratzte den Mörtel vom Boden, der durfte nicht verschwendet werden.

»Ich glaube, ich habe mein Glück für heute genug auf die Probe gestellt«, meinte er deshalb. »Vielleicht mache ich besser auf der anderen Seite weiter. Sicher ist sicher. Und Löcher hat diese Wand wahrlich noch genug.«

»Da hast du allerdings recht«, stimmte Eberhard seinem Freund seufzend zu und bezog sich damit sowohl auf die Sache mit dem Glück als auch den Hinweis auf die unzähligen Schäden in der Wand.

Dann rutschte Hans auf seinem Hinterteil bis zu seiner Krücke und schnappte sie sich. Er hievte sich ächzend in die Höhe und humpelte durch den Raum. Im Krieg hatte er drei Finger der rechten Hand und sein rechtes Bein verloren. Doch trotz seiner Behinderung war er noch immer ein viel besserer Handwerker, als Eberhard je werden würde, auch wenn er nie wieder als Maurer würde Geld verdienen können.

Vor einiger Zeit hatte Hans eine Beinprothese bekommen, doch die Freude über das zweite Bein währte nicht lange. Der Stumpf hatte sich durch den Druck entzündet, deshalb konnte Hans die Prothese im Moment nicht tragen.

Einen Moment blieb er vor dem Mauerwerk stehen. Eberhard beobachtete, wie er nachdenklich an seinem Ohrläppchen knubbelte. Eine Geste, die er oft an den Tag legte, wenn er vor seinem Notizbuch und seiner Schreibmaschine saß und über seinen Geschichten grübelte. Wenn Hans nicht als Handwerker im Einsatz war, schrieb er an seinem ersten Buch. Obwohl Eberhard hin und wieder selbst Tagebuch führte und wusste, wie gut es der eigenen Seele tat, die Erlebnisse während der schwärzesten Zeit des Deutschen Reiches und ihrer aller Leben auf Papier zu bringen, brachte er nicht den Mut auf, diese Berichte mit anderen zu teilen. Dafür bewunderte er Hans sehr.

Es war gut, dass Hans bei ihnen lebte und Zeit hatte, auf diese Weise zu verarbeiten, was ihm wiederfahren war. Doch es war nicht nur das. Er schrieb voller Leidenschaft, auch um des Schreibens willen, und was Eberhard bislang zu Gesicht bekommen hatte, fand er durchaus lesenswert. Wenn es an ihm läge, das zu beurteilen, würde er behaupten, sein Freund hatte Talent.

Als sie von Euweiler nach Aachen gezogen waren, hatte Magdalena vorgeschlagen, ihren Nachbarn zu fragen, ob er sie begleiten wollte. Hans hatte im Krieg nicht nur eigene Gliedmaßen, sondern auch seine Familie verloren. Und so hatte Magdalena irgendwann begonnen, ihn zu ihren regelmäßigen täglichen Mahlzeiten einzuladen. Zunehmend hatte er sich so nach und nach in ihr Familienleben integriert, und für Eberhard hatte es keiner weiteren

Überlegung bedurft, um dem Vorschlag seiner Frau zuzustimmen. Eberhard konnte außerdem die handwerkliche Unterstützung des gelernten Maurers sehr gut gebrauchen, und Hans musste nicht gegen die triste Einsamkeit seines leeren Hauses kämpfen.

Die Aussicht auf die guten Mahlzeiten, die die Ahrensbergfrauen regelmäßig auf den Tisch brachten, hatten sicher ihren Anteil an der Entscheidung gehabt. Wenn er bei ihnen lebte, war er versorgt. Er würde Eberhard zur Hand gehen, soviel er konnte und dafür Kost und Logis erhalten. Es war Eberhard wichtig gewesen, Hans nicht das Gefühl zu geben, Almosen anzunehmen. Er arbeitete für sein Leben hier.

Hans hatte, ohne lange zu überlegen, zugesagt, die wenigen Sachen, die ihm noch etwas bedeuteten, zusammengepackt und war mit ihnen gekommen.

Eberhard ließ seinen Blick durch den riesigen Raum schweifen. Die Wand war nur eines von vielen Problemen. Diese Eingangshalle würde sie sicher noch einige Monate beschäftigen. Von der Decke bis zum quasi nicht mehr vorhandenen Bodenbelag mussten sie alles ausbessern, reparieren, neu verputzen und herrichten. Das war nicht nur enorm viel Arbeit, sondern eine große Herausforderung an Eberhards Verhandlungsgeschick.

Mehrmals in der Woche versuchte er auf der Suche nach Baumaterial sein Glück auf dem Schwarzmarkt. Inzwischen war er bekannt wie ein bunter Hund, und sein Ruf eilte ihm voraus. Die Menschen machten gern mit ihm Geschäfte, denn er galt als harter, aber immer fairer Handelspartner. Doch auch das nutzte ihm nicht viel, denn noch immer war das Material knapp und sehr teuer.

Das war der Hauptgrund, weshalb sie das große Haus und auch das Gesindehaus, in dem Eberhards Rösterei untergekommen war, nur in kleinen Etappen und Stück für Stück renovieren konnten. Verteilt auf die vielen Zimmer in der Villa, im Gesindehaus, die Stallungen und auch noch auf die heruntergekommene Außenanlage, war das Anwesen so groß und die Arbeit so viel, dass Eberhard hin und wieder Bedenken kamen, ob er die richtige Entscheidung getroffen hatte. Ihr Haus und ihr Leben in Euweiler war nicht schlecht gewesen und wesentlich weniger Arbeit. Jetzt musste er seine Zeit aufteilen. Noch immer lief sein Kaffeegeschäft nicht so gut, wie er es sich erhofft hatte. Diese verflixte Kaffeesteuer machte ihm das Leben schwer.

Magdalena kochte ihn auf dem Höllenfeuer, wenn er auch nur an Schmuggel dachte. Sie wollte einfach nicht einsehen, dass er keine andere Möglichkeit hatte. Nach einem heftigen Streit darüber hatte sie ihm den Schwur abgenommen, während der ersten sechs Monate in Aachen alles daran zu setzen, seinen Kaffeehandel auf ehrliche Weise in Schwung zu bekommen. Diese Frist würde in Kürze ablaufen, und von Schwung war *Ahrensberg Kaffee* noch sehr weit entfernt.

Eberhard hatte sich offenen Auges und guten Mutes auf dieses Abenteuer eingelassen, doch an so manchem Tag fürchtete er, sich an dem großen Bissen zu verschlucken, den er genommen hatte. Es war allein an ihm, die Familie zu versorgen, indem er seinen Kaffeehandel aufbaute, das Anwesen instand setzte und zu ihrem neuen Zuhause machte.

Hatte er sich mehr zugetraut, als er zu leisten in der Lage war? Der Druck, der auf ihm lastete, wog so schwer, dass er ihm zuweilen die Luft zum Atmen zu nehmen drohte. Doch es half nichts. Er hatte die Aufgabe angenommen und musste sich ihr nun stellen. Seit sie gemeinsam mit Edda und Hans vor knapp einem halben Jahr nach Aachen gezogen waren, machte er sich mit Hans Hilfe jeden Tag an einem der unzähligen Flicken zu schaffen, um die Villa irgendwann wieder neu in ihrem alten Glanz erstrahlen zu lassen. Jeden Abend fiel er todmüde ins Bett und hatte das Gefühl, viel zu wenig erreicht zu haben.

Seit gestern hatten sie begonnen, sich der Eingangshalle zu widmen. Wäre es nach Eberhard gegangen, hätte dieser Bereich durchaus noch eine Weile warten können. Doch die Frauen hatten ihn inständig gebeten, sich darum zu kümmern. Edda träumte davon, bald möglichst Gäste zum Tee einzuladen, aber auf keinen Fall wollte sie ihre Besucher durch die Schutthalle – wie sie den Eingangsbereich naserümpfend nannte – in das bereits vorzeigbare Wohnzimmer führen.

»Was macht das denn für einen Eindruck, Eberhard?«, hatte sie erst gestern wieder zu ihm gesagt. »Du musst doch auch an deinen Ruf als achtbarer Geschäftsmann denken.«

Vor allem dachte er an Magdalena. Seine wunderbare Frau, die ebenfalls leuchtende Augen bekam, wenn sie von

Einladungen und kleinen Gesellschaften sprachen. Endlich wieder ein bisschen leben und Spaß haben, das würde ihr schon auch gefallen, und für Eberhard war das ein besonderer Ansporn.

Magdalena hatte nach ihrer Fehlgeburt Monate gebraucht, um wieder Lebensmut zu finden. Seit sie von Euweiler nach Aachen gezogen waren, ging es ihr viel besser. Anfangs hatte sie sich größtenteils schweigend in die Arbeit gestürzt und so langsam zu ihrem früheren Sturkopf zurückgefunden. Sie liebte es, ihrem Mann die Stirn zu bieten. Im Gegensatz zu manch anderem Mann genoss Eberhard genau diese Stärke an seiner Frau sehr. Sie war einfach zauberhaft. Er liebte sie mit jedem Tag, den er an ihrer Seite leben durfte, ein bisschen mehr.

Magdalena hatte sogar durchgesetzt, dass sie eine Kuh, zwei Schweine und ein paar Hühner anschafften, die nun in den provisorisch hergerichteten ehemaligen Pferdeställen lebten. Ganz selbstverständlich kümmerte sie sich um die Tiere und den Garten. Es war ebenso viel und schwere Arbeit wie das, was er leistete, doch sie übernahm diese Aufgaben von Herzen gern, das spürte Eberhard.

Sie liebte die Natur und die Arbeit mit ihren Händen an der frischen Luft. Vor allem aber gab der Anbau von eigenem Gemüse und das Anlegen von Vorräten ihr die Sicherheit, nie wieder hungern zu müssen. Sollte die Lage sich noch einmal so zuspitzen wie in dem schrecklichen Hungerwinter, den sie nach dem Krieg hatten durchleben müssen, wären sie gewappnet.

Auf ihren Wunsch hatte Hans neben den Stallungen

auch einen Räucherofen gemauert. Hier wollte sie im Herbst, wenn das erste Schwein geschlachtet war, eigene Würste und Schinken räuchern.

Eberhard staunte, was seine Frau alles konnte. Sie hatte während ihrer Schwangerschaft eine Weile auf einem Bauernhof in Euweiler ausgeholfen, als die Bäuerin sich das Bein gebrochen hatte. Eberhard hatte es gar nicht gern gesehen. Er hatte nicht gewollt, dass seine Frau arbeiten ging. Aber Magdalena hatte seine Einwände nicht gelten lassen. Sie hatte gesagt, es sei keine Arbeit, sondern Nachbarschaftshilfe, und Eberhard hatte sich geschlagen gegeben. Ihr Können und Wissen kam jetzt der ganzen Familie sehr zugute.

Da die Damen des Hauses es sich so sehr wünschten, hatten Hans und Eberhard zugunsten der Halle den Ausbau des Lagerraums in der Rösterei zurückgestellt. Bei seiner schlechten Auftragslage war der Lagerraum ohnehin zu groß, sagte er sich. So konnte er sich wenigstens auf das seelische Glück seiner wunderbaren Frau konzentrieren und ihr eine Freude machen.

Trotzdem zwickte der Gedanke an die schlechten Geschäfte Eberhard in den Magen.

Für Eberhard war der Umzug von Euweiler nach Aachen ein beruflicher Neuanfang gewesen und – daran glaubte er noch immer fest – die Chance seines Lebens. Er wartete nur darauf, dass die sechs Monate vorbei waren. Dann konnte Magdalena zetern wie sie wollte, er würde für seinen Traum vom Kaffeehandel noch einmal eine Zeitlang das Risiko eingehen und schmuggeln.

Eberhard, der merkte, dass er noch immer auf der Leiter stand und in den Tag träumte, begann vorsichtig den Abstieg von seinem Aussichtsposten. Unten angekommen hob er den Kuhfuß auf. Er hatte keine Ahnung, weshalb, aber die oberen Balken steckten voller Nägel, die musste er alle ziehen, bevor er das Holz schleifen konnte. Als er den Fuß wieder auf die Leiter setzte, hupte es.

Ein Auto? Sofort legte Eberhard das Werkzeug zur Seite und stapfte zur Haustür. Wer konnte das denn sein? Vielleicht ein Kaffeekunde. Bevor Eberhard die Tür öffnete, strich er noch schnell die Haare glatt und versuchte, den Staub aus seiner Hose zu klopfen. Abgesehen von einer Staubwolke allerdings ohne großen Erfolg.

Auch Hans kam zum Eingang gehumpelt und fragte: »Erwarten wir Besuch?«

Wieder hupte es. Eberhard zuckte die Schultern, gab den Versuch, sich vorzeigbar zu machen, auf, und öffnete die große Doppeltür.

Dann blieb er wie angewurzelt stehen.

»Nein!«, entfuhr es ihm. Bevor er mehr sagen konnte, stürmte auch schon seine Mutter Johanna aus der Küche herbei und an ihm vorbei nach draußen.

»Jesus Maria!«, rief sie und schlug die Hände über dem Kopf zusammen.

Vor der Villa fuhr ein knallrotes Volkswagen Cabrio ein ums andere Mal um das Rondell herum. Da es ein sonniger und warmer Tag war, war das Verdeck geöffnet.

Am Steuer saß ein junger Mann. Neben ihm auf dem Beifahrersitz saß Edda mit einem Lächeln, das so breit war, dass es beinahe von einem Ohr zum anderen reichte. Sie hatte sich ein Kopftuch umgebunden. Hinten auf der Rückbank hatten der Backfisch Barbara, Eberhards kleine Schwester, und seine Frau Magdalena Platz genommen. Magdalena winkte mit beiden Händen gleichzeitig, und Barbara quietschte und hüpfte vor Aufregung auf dem Sitz auf und ab. Beide strahlten vor Begeisterung.

Nach der vierten Runde brachte der junge Fahrer das Auto vor der Freitreppe, die zum Eingang führte, zum Stehen. Er stieg aus, ging um den Wagen herum und öffnete Edda galant die Tür. Sie reichte ihm die Hand und ließ sich wie eine Dame der besseren Gesellschaft anmutig aus dem Sitz helfen. Magdalena und Barbara dagegen kletterten fröhlich kichernd ganz ohne Hilfe aus dem Fond des Volkswagens.

Barbara kam mit großen Sprüngen die Treppe hinauf.

»Du musst Magdalena erlauben, den Führerschein zu machen, Eberhard. Bitte. Bittebittebitte!«, bettelte sie, und bevor er wusste wie ihm geschah, hing sie an Eberhards Arm. »Sie muss Pepe unbedingt fahren können. Stell dir das nur mal vor. Sie kann mich zum Ballett bringen. Oder von der Schule abholen. Oh, das wäre der Knaller!«

»Langsam. Möchte mir vielleicht jemand erklären, was es mit diesem Vehikel auf sich hat?«, fragte Eberhard und nahm Edda in den Blick. Er ahnte, dass sie hinter der Sache steckte.

Prompt schob sie auch schon ein wenig bockig ihr Kinn nach vorn und zuckte mit den Schultern. »Du weißt, dass wir dringend ein Auto brauchen, Eberhard. Und so habe ich meinen Sparstrumpf geplündert und bitte sehr.« Sie zeigte auf das Auto.

»Er heißt Pepe«, rief Barbara, die es vor lauter Aufregung schier zerriss. »Ach, ich freu mich schon auf unseren ersten Ausflug. Was ist, wollen wir gleich heute Nachmittag etwas unternehmen?«

Eberhard kniff die Augen etwas zusammen und musterte Edda streng. Er hatte ihr gesagt, sie solle ihren Notgroschen aufbewahren. Wer wusste schon, was die Zukunft bringen würde. Aber diese Frau war schlimm. Wenn sie sich etwas in den Kopf gesetzt hatte, gab es kein Halten. Im Grunde waren alle Frauen, die in seinem Haushalt lebten, schlimm, durchfuhr es Eberhard. Vielleicht musste er ihnen klarmachen, dass er der Herr im Haus war.

Doch schon im nächsten Moment musste Eberhard über sich selbst schmunzeln. Der kurze Anflug von Ärger, der in ihm aufwallte, war nichts anderes als verletzte Eitelkeit. Wie gern wäre er derjenige gewesen, der hier im Triumphzug im neuen Volkswagen das Rondell umkreiste. Aber so weit war es noch nicht. Noch lange nicht. Im Moment war *Ahrensberg Kaffee* im Aufbau, und da ihm durch sein Versprechen, das er Magdalena gegeben hatte, die Hände gebunden waren, würde es wohl auch noch eine Weile dauern, bis sich das änderte. Solche Ausgaben wie diese waren für ihn jedenfalls nicht so schnell möglich.

Jetzt erst fiel ihm auf, dass die Frauen inzwischen um ihn herumstanden und ihn keine Sekunde aus den Augen ließen. Der junge Mann, der den Wagen auf den Hof gefahren hatte, polierte mit einem Tuch über den Lack, obwohl der bereits schlierenfrei glänzte. Offenbar war ihm die Situation unangenehm.

Eberhard gab sich einen Ruck. »Das nenne ich eine gelungene Überraschung«, sagte er und nickte Edda anerkennend zu. Dann wandte er sich an Magdalena. »Und du möchtest dieses Vehikel …«

»Peepeee«, rief Barbara dazwischen und pustete sich empört den Pony aus der Stirn.

»Pepe«, korrigierte Eberhard, um sich Diskussionen mit seiner kleinen Schwester zu ersparen, und fing noch mal an. »Du möchtest diesen Pepe steuern?«, fragte er. »Traust du dir das denn zu? Was ist, wenn du keinen Sprit mehr hast? Oder ein Reifen platt ist?«

»Was würdest du denn dann machen?«, fragte Barbara kess.

Eberhard unterdrückte das Schmunzeln und bedachte seine kleine Schwester mit einem strengen Blick.

»Der Volkswagen ist mit seinen fünfundzwanzig Pferdestärken kein Rennpferd«, sagte Magdalena nun in ruhigem Ton und ohne jede Unsicherheit in der Stimme. »Aber er ist ein zuverlässiger Wagen. Selbstverständlich muss man die Tankanzeige beachten und rechtzeitig eine Tankstelle ansteuern. Dort werden dann auch das Kühlerwasser und der Ölstand kontrolliert. Sollte ich unterwegs eine Panne haben, müsste ich um Hilfe bitten. Aber das sollte nun wirklich kein Problem sein. Wenn ich mit dem Fahrrad unterwegs bin, kann mich dieses Schicksal jederzeit auch ereilen.«

»Ihre Frau fährt gut«, mischte sich nun der junge Mann ein.

Eberhard zog seine Brauen zusammen. »So?«, fragte er und sah Magdalena in die Augen.

Sie wirkte ein wenig schuldbewusst, zuckte aber trotzig mit den Schultern. »Wenn wir es dir verraten hätten, wäre die Überraschung futsch gewesen. Aber ich gehe davon aus, dass deine Erlaubnis eine reine Formsache ist. Und so bin ich schon vorbereitet. Du kannst unterschreiben, und ich bekomme den Führerschein.«

Sie kannte ihren Mann wirklich gut. Und sie hatte recht. Es gab keinen vernünftigen Grund, seiner Frau diesen Wunsch zu verwehren. Eberhard seufzte, es war nicht immer einfach, so einen eigenwilligen Trotzkopf als Frau zu haben – aber andererseits liebte er sie gerade dafür. Sie war kein verhuschtes Weibchen, sondern seine Partnerin, auf die er sich verlassen konnte.

»Dann soll es wohl so sein«, sagte er. Barbara stieß einen Freudenschrei aus und klatschte vor Begeisterung in die Hände.

»Ich gehe dann jetzt mal Kartoffeln schälen«, murmelte Edda. In ihren Augen blitzte es zufrieden.

Der junge Mann stand noch immer neben dem Wagen und schien auf etwas zu warten. Er hüstelte ein wenig, um auf sich aufmerksam zu machen.

»Hast du Zeit?«, fragte Magdalena. Eberhard verstand. Das Ganze war ein ausgebufftes Spiel gewesen. Die Frauen hatten ihn überrumpelt, die Frage nach seiner Erlaubnis war eine reine Formsache gewesen.

»Dann wollen wir mal«, stimmte Eberhard zu. »Hans, hältst du die Stellung? Ich bin bald wieder da.«

»Nicht zu bald«, jubelte Barbara. »Vielleicht fahren wir noch ins Hohe Venn. Oder an den Rursee. Oh, das wäre fein. Wollen wir, Eberhard? Sag Ja!«

»Und was ist mit deinen Hausaufgaben?«, stellte Eberhard die ungeliebte Gegenfrage.

»Spielverderber«, murmelte Barbara kleinlaut.

Rache ist süß, dachte Eberhard und freute sich. Jetzt hatte er die Möglichkeit, eine kleine Gegenüberraschung zu starten. Am Rursee war er lange nicht gewesen.

Kapitel 4
Stiftungsarbeit

Aachen • Oche • Aix-la-Chapelle • Aken • Aquae Granni

Gegenwart: Mai

Corinne saß in ihrem Büro über der Rösterei und kämpfte mit der Büroarbeit für die Stiftung. So sehr sie persönlich hinter der Stiftung und deren Zielen stand und es liebte, Dinge in Bewegung zu setzen, so sehr merkte sie an Tagen wie diesem doch auch, dass die Schreibtischarbeit nicht das war, was sie erfüllte. Sie war eine Macherin. Sie wollte sich nicht durch Papierberge kämpfen, sondern den Kaffee mit allen Sinnen spüren. Sie wollte das Bohnenrascheln in den Ohren und den Duft frisch gerösteten Kaffees in der Nase haben. Doch stattdessen kribbelte ihre Nase vom Aktenstaub und brachte sie zum Niesen.

Wieder einmal nahm Corinne sich vor, über ihre Arbeitsstruktur nachzudenken und einen neuen Ansatz zu suchen. Auf jeden Fall brauchte sie eine Mitarbeiterin – und zwar nicht in der Rösterei, wie sie zuerst geplant hatte, sondern in der Stiftung, die seit ihrer Gründung stetig wuchs und an Bekanntheit gewann.

In der Sekunde, als Corinne das dachte, hatte sie einen Gedankenblitz, der die perfekte Lösung ihres Problems bedeuten könnte. Ohne weiter zu überlegen, griff sie auch schon nach dem Telefon und wählte. Wieso war sie nur nicht früher darauf gekommen?

»Hey, Löckchen, was gibt's?«, grüßte ihr Bruder Alexander sie gut gelaunt nach dem zweiten Klingeln.

»Papierberge«, stöhnte Corinne. »Du, Alexander, sag mal, nach Papas Tod hatten wir doch eine Unterhaltung über die Personalsituation in der Firma. Du hast über eine Veränderung nachgedacht. Erinnerst du dich?«

Kurzes Schweigen am anderen Ende der Leitung, doch Alexander brauchte nicht lange, um zu verstehen, worauf sie anspielte.

»Du meinst wegen Beatrice? Ja, ich erinnere mich. Ich war mir nicht sicher, ob … Moment mal. Wie kommst du denn …« Alexander stockte, dann lachte er. »Sag jetzt nicht, dass du mir meine Sekretärin abluchsen willst, Corinne.«

»Das kommt darauf an, wie man abluchsen definiert. Immerhin heißt die Stiftung ja *Ahrensberg-Rosenbaum*. Und *Ahrensberg Kaffee* unterstützt unsere Arbeit bereits von Anfang an. Du hast der Stiftung eine großzügige Spende zukommen lassen, und du spendest Monat für Monat Firmenressourcen. Du weißt, wie dankbar ich bin, dass deine Leute sich um die gesamte Kaffee-Logistik kümmern, Alexander. Ohne deine Hilfe wäre ich noch lange nicht so weit, dass die Stiftung den Kaffee direkt importieren kann. Tja, und wenn du mir Beatrice überlassen würdest, wäre das so etwas wie eine weitere Spende.«

Beatrice war schon die Sekretärin des Kaffeebarons gewesen, bevor der das Geschäft seinen Kindern überlassen hatte. In der Zeit der Ungewissheit, bevor Corinne die Entscheidung getroffen hatte, sich selbstständig zu machen, war Beatrice ihr bei *Ahrensberg Kaffee* eine Stütze und gute Freundin gewesen. Alexander hingegen hatte das Modell des Chefs mit der Sekretärin im Vorzimmer von Anfang an befremdlich gefunden und überlegt, die Aufgabe anderweitig zu verteilen. Doch er hatte Beatrice nicht ihren Job nehmen wollen und die Entscheidung damit vorerst vertagt.

Corinne holte tief Luft und verlagerte sich auf eindringliches Bitten. »Ich brauche sie dringend, Alexander, bitte. Und ein paar Bonuspunkte für dein Karma-Konto könnten doch sicher nicht schaden.«

»Soso. Gleich erzählst du mir, dass du bei der Bitte nur an mich denkst.« Alexander lachte. »Lass stecken, Corinne. Was sagt denn Beatrice zu deiner Idee?«, wollte Alexander wissen.

Corinne stieß einen stummen Jubelschrei aus, er hatte zwar noch nicht Ja gesagt, aber sie hörte an seiner Tonlage, dass sie gewonnen hatte.

»Das sage ich dir, sobald ich mit ihr gesprochen habe. Ich wollte es zuerst mit dir klären, bevor ich sie frage. Danke, Alexander.«

»Du bist mein Untergang, Corinne.« Alexanders Stöhnen drang durch den Hörer. »Ich nehme an, das ist dir klar.«

Corinne antwortete mit einem vergnügten Lachen. »Falls *Ahrensberg Kaffee* untergeht, Brüderchen – im *Öcher Böhnchen* bekommst du jederzeit einen Job. Versprochen. Wir bringen dir sogar das Rösten bei«, neckte sie ihren Bruder.

»Dann bin ich ja beruhigt, das wollte ich schon immer mal lernen«, gab Alexander ebenso lockerleicht zurück. »Also los, sprich schon mit Beatrice. Oder warte, lass mich kurz nachdenken.« Alexander brummte leise vor sich hin, während er überlegte. Es dauerte ein paar Sekunden, dann sagte er: »Ich schlage vor, ich stelle Beatrice für sechs Monate bei laufendem Gehalt frei. In dieser Zeit arbeitet sie für die Stiftung. Nimm es als weitere Spende, Corinne. Und nach diesem halben Jahr unterhalten wir uns zu dritt und legen fest, wie es weitergehen soll.«

»Danke, Alexander, das ist fantastisch! Ich ruf Beatrice sofort an. Bis später.«

Corinne legte auf und wählte sofort neu. Sie bebte vor Aufregung und Freude. Natürlich hatte sie gehofft, dass Alexander kooperativ sein würde, aber mit dieser fantastischen Entwicklung hatte sie nicht gerechnet. Jetzt musste nur noch …

»Ahrensberg Kaffee, Sie sprechen mit Beatrice Breithaupt. Was kann ich für Sie tun?«

»Hey, Beatrice, Corinne hier. Was hältst du davon, künftig für die Stiftung zu arbeiten?«, platzte Corinne direkt mit ihrem Anliegen heraus. Sie hielt die Luft an und hatte ihr eigenes schnelles Herzklopfen im Ohr.

»Hallo Corinne, schön, dich zu hören. Aber sag das bitte noch mal. Was soll ich?«

Corinne stieß ein verlegenes Lachen aus. »Entschuldige bitte, ich musste das schnell loswerden, ich bin so aufgeregt. Also gut, jetzt noch mal in der längeren Fassung. Ich weiß, du bist schon ewig bei *Ahrensberg Kaffee* und fühlst dich da wohl. Kann ich auch verstehen. Du hast prima mit dem Kaffeebaron zusammengearbeitet, und genauso gut läuft es jetzt mit Alexander. Ich glaube, mein Bruder ist ein durchaus angenehmer Chef. Aber hättest du nicht Lust auf eine neue Herausforderung? Ich könnte in der Stiftung dringend Unterstützung gebrauchen, und du wärst perfekt für den Job.«

»In der Stiftung?«, fragte Beatrice gedehnt.

»Ganz genau. Assistentin der Geschäftsführerin – also meine Assistentin. Wir zwei waren bei *Ahrensberg Kaffee* doch auch ein gutes Team. Ich brauche jemanden, der mehr drauf hat, als Briefe zu tippen. Du würdest Verantwortung bekommen und könntest mir den Rücken freihalten. Planung, Organisation, Buchhaltung, Projektbetreuung … es wäre ein breites Feld. Und bevor du jetzt etwas sagst – ich habe Alexander bereits gefragt. Er wäre einverstanden und würde dich für ein halbes Jahr bei laufendem Gehalt freistellen. Sozusagen als Spende für die Stiftung. Danach müssen wir dann gemeinsam darüber sprechen, wie es weitergeht.«

»Wenn das so ist, muss ich nicht lange nachdenken. Aber klar, Corinne, ich bin dabei. Von Herzen gern sogar. Ich freue mich, dass du an mich gedacht hast.«

»Ich finde, wir Frauen müssen zusammenhalten«, sagte Corinne. Damit zitierte sie Beatrice. Die Sekretärin hatte diesen Satz gesagt, als Corinne wegen des Ausfalls ihres Vaters kopfüber ins kalte Wasser des Familienunternehmens hatte springen müssen und nicht nur mit der neuen Aufgabe, sondern auch mit dem damals noch sehr schwierigen Verhältnis zu ihrem Bruder zu kämpfen gehabt hatte. Die Wellen waren hochgeschlagen, und Corinne war drauf und dran gewesen, unterzugehen. In Beatrice hatte sie eine Verbündete gefunden, die ihr über viele Hürden hinweggeholfen hatte und Corinne gegenüber stets loyal gewesen war.

Als sie an diese schwierige Zeit dachte, schauderte Corinne. Was für ein Glück, dass das hinter ihnen lag. Heute war sie mit ihrer kleinen Rösterei glücklich, und Alexander hatte sich – nachdem er seine persönlichen Probleme überwunden und sich geoutet hatte – zu einem durchaus patenten Chef des Familienunternehmens gemausert und – was für Corinne noch wichtiger war – er war wieder der wundervolle, fürsorgliche, freche und liebevolle Bruder, den sie als Kind gekannt, geliebt und zwischendurch verloren geglaubt hatte.

Corinnes Aufregung schwappte auf Beatrice über. Sie beide beteuerten sich mehrfach gegenseitig, wie sehr sie sich freuten und wie wunderbar das werden würde. Nach einer kurzen Plauderei verabredeten sie, dass Beatrice mit Alexander sprechen würde, wer ihre Aufgaben für diese vorerst 6 Monate übernehmen sollte, und sie die Übergabe an ihre Vertretung regeln und dann so bald wie möglich in der Stiftung beginnen würde.

Nach diesem Gespräch machte Corinne sich gut gelaunt wieder an die Arbeit. Sie scrollte durch ihre Mails und öffnete eine, die ihr ins Auge fiel.

Der Betreiber einer Kaffeeplantage aus Kolumbien, aus der Region Tolima, meldete sich. Er hatte von der Stiftung gehört und fragte nach einer möglichen Zusammenarbeit. Corinne wusste, dass es in Kolumbien bereits etliche Kaffeeanbauer gab, die auf Qualität statt Masse setzten, was eine sehr positive Entwicklung darstellte. An diesem Punkt wollte Corinne sehr gern anknüpfen. Allerdings war es wichtig, dass es auch den Arbeitern auf diesen Plantagen gut ging. Die Kinder mussten Zugang zu Bildung erhalten, und die Rechte der Frauen mussten gestärkt werden – genau wie Corinne es in Brasilien bereits aufbaute.

Diese Anfrage zeigte, dass ihre Arbeit bereits über die Grenzen Brasiliens hinweg Aufmerksamkeit erregte, was absolut fantastisch war. Je mehr Menschen von der *Ahrensberg-Rosenbaum-Stiftung* erfuhren, desto stärker wurde das Netzwerk. Corinne hoffte, dass ihr Engagement andere ermutigte, dem Beispiel zu folgen und sich auf die ein oder andere Weise ebenfalls für Nachhaltigkeit und soziale Gerechtigkeit zu engagieren.

Es gab noch so viel zu tun. Jeder Erfolg war momentan noch ein Tropfen auf den heißen Stein, es brauchte viele dieser Tropfen, um langfristig wirklich etwas zu bewirken. Aber eine Veränderung war unabdingbar, jeder musste seinen Beitrag leisten, um den Klimawandel zu stoppen und der Welt eine Atempause zu gönnen. Die Folgen der

Erwärmung waren jetzt schon verheerend, Corinne wollte sich nicht ausmalen, wie es werden würde, wenn die Welt es nicht schaffte, das Ruder herumzureißen. Aber sie war entschlossen, nicht die Augen vor der Bedrohung zu verschließen, sondern der Gefahr aktiv entgegenzutreten und ihren Beitrag zu leisten. Für die Menschen und für die Erde, auf der sie lebten.

Sie las die Mail ein zweites Mal und war durchaus angetan. Der Plantagenbetreiber machte zumindest schon mal einen sehr guten ersten Eindruck. Er erzählte von seinen eigenen Bemühungen, sich von der Monokultur zu lösen. Leider kam er auf sich allein gestellt nur sehr langsam voran. Größere Veränderungen waren bisher immer an der Finanzierbarkeit gescheitert.

In Corinnes Kopf arbeitete es auf Hochtouren. Sie hatte zwar gerade alle Hände voll damit zu tun, die erste Frauenkooperation in Brasilien voranzubringen, aber vielleicht konnte die Stiftung trotzdem in Kolumbien aktiv werden. Zuerst galt es, die Plantage bei der Umstellung zu unterstützen und alles so auf die Beine zu stellen, dass es sich wirtschaftlich rechnete. Die Stiftung konnte den Absatz des teureren Kaffees garantieren, damit war schon viel geholfen. Vielleicht – aber dafür war es im Moment noch zu früh – könnte dort irgendwann eine weitere Kooperation ins Leben gerufen werden, um auch hier die Stellung der Frauen zu verbessern und den Kindern zu helfen. Das alles war keine Sache von einem Jahr, es ging vermutlich um Jahrzehnte. Ein nachhaltiger Wandel brauchte Zeit, um sich zu festigen. Aber es könnte funktionieren. Vor allem brauchte es dafür zuverlässige Mitarbeiter und die notwendigen Mittel.

An diesem Punkt ihrer Überlegungen fiel ihr Sarahs letzter Brief ein. Nein, sie würde nicht ihr ganzes Geld in die Stiftung stecken. Aber einen Teil, dagegen hätte Sarah bestimmt keine Einwände gehabt. Vielleicht hatte sie sogar genau das erwartet.

Kolumbien. Wieso eigentlich nicht? Es war auf jeden Fall eine Überlegung wert. Wie schade, dass Beatrice noch nicht bei ihr war, sonst könnte sie diese Anfrage jetzt mit ihr diskutieren. Die Vorstellung, mit solch wichtigen Entscheidungen nicht mehr allein zu sein, erleichterte Corinne. Die Verantwortung, die sie auf ihren Schultern trug, wog ziemlich schwer – besonders, da sie das alles sehr ernst nahm und das Gefühl hatte, ihrem Großvater und Sarah gegenüber in der Pflicht zu stehen, mit ihrer Arbeit erfolgreich zu sein.

Um etwas mehr über die Plantage zu erfahren, recherchierte Corinne im Internet. Auf der Webseite fand sie einige Videos, die einen Einblick in die Arbeitsabläufe gewährten. Der Betreiber machte auch hier einen guten Eindruck. Allein die Tatsache, dass er der Welt einen Einblick in seine Arbeitsweise bot, erschien ihr bereits als gutes Zeichen. Aber sie verstand auch sofort, woran es haperte.

Die Plantage war auf Harvester ausgelegt – große, schwere Maschinen, die durch die Reihen fuhren und in den großflächigen Monokulturen den Kaffee ernteten. Mit dem Harvester konnte man die Bohnen nicht selektieren, der Kaffeestrauch wurde gesamt abgeerntet, ohne Rücksicht auf den Reifegrad der Kaffeekirschen. Und ein Harvester brauchte viel Platz und möglichst gerade Reihen. Mischkulturanbau war damit nicht möglich.

Nur in einem sehr kleinen Bereich der betroffenen Plantage wurde bereits der für Pflanzen und Boden schonendere und nachhaltigere Schattenanbau betrieben.

Aus Corinnes Sicht mussten Mischkulturen die Zukunft sein. Es durfte nicht immer nur um Masse und Wirtschaftlichkeit gehen. Kaffee war wertvoll, und diesen Wert mussten die Verbraucher anerkennen. Menschen und Umwelt zuliebe musste schnellstmöglich ein Umdenken stattfinden. Aber natürlich mussten die Plantagenbesitzer auch so arbeiten, dass sie und ihre Arbeiter von den Erträgen leben konnten.

Nachdem Corinne sich einen ersten Eindruck verschafft hatte, war klar, dass der Anbau auf der Plantage großflächig umgestellt werden musste. Das war eine langwierige und vor allem auch kostspielige Aufgabe. Allein die Beschaffung und Pflanzung der Schattenbäume wäre ein Kraftakt. Corinne nahm sich vor, mit Fernando zu sprechen. Er hatte die Praxiserfahrung. Mit ihm würde sie sich absprechen und ein Konzept erarbeiten. Vielleicht konnte er sogar mit dem Plantagenbesitzer in Kontakt treten. Kolumbien wäre jedenfalls eine sehr schöne Erweiterung des Stiftungsangebots.

Von unten drang Friedas fröhliches Lachen zu Corinne hinauf. Draußen auf der Straße flanierten die Menschen, sie unterhielten sich, lachten und genossen das frühsommerlich sonnige Wetter. Für einen Moment hielt Corinne in ihrer Arbeit inne und versuchte sich zu entspannen. Vom konzentrierten Lesen am Bildschirm war ihr Nacken verspannt. Sie nahm die Arme hoch und streckte abwechselnd den linken und den rechten Arm weit nach oben. Diese Übung wiederholte sie einige Male, dann reckte sie nur den rechten Arm hoch. Sie beugte ihn über den Kopf nach links und streckte ihn in der Beugung nochmals etwas mehr. Sie wechselte und führte die Übung mit dem anderen Arm durch.

Das tat richtig gut. Während sie ihre Muskeln lockerte, entspannte sich auch Corinnes Geist. Sie dachte an ihre Liebsten. Bestimmt war Noah mit Mia im Garten oder auf dem Spielplatz. Bei dieser Vorstellung spürte Corinne ein wehmütiges Ziehen. Manchmal war sie ein bisschen eifersüchtig, sie hätte auch gern mehr Zeit mit ihrem Töchterchen. Sei nicht ungerecht, rügte Corinne sich bei diesem Gedanken jedoch sofort selbst. Immerhin war es ihre Entscheidung gewesen, weiterarbeiten zu wollen. Noah hatte ihr zuliebe seine eigene Rösterei aufgegeben, um sich um Mia kümmern zu können. Das war ihm nicht leichtgefallen. Sie selbst hatte auf keinen Fall auf ihr *Öcher Böhnchen* verzichten wollen, also musste sie jetzt auch mit den Konsequenzen leben.

Außerdem machte Noah seine Sache ausgesprochen gut, er war ein wundervoller Papa. Seufzend wanderte Corinnes Blick zu dem Eingangskorb, in dem sich noch immer Post stapelte, die sie durchsehen und bearbeiten musste. Gerade war sie noch aufgeregt und voller Pläne gewesen, beim Anblick der Papierberge aber fühlte sie sich erschöpft und ausgebrannt. Wie gut, dass Beatrice sie bald unterstützen würde.

Aber das allein war nicht der Auslöser für den Stimmungsumschwung. Corinne vermisste Sarah. Die Trauer um ihre Freundin kam in Wellen und meist ganz unvermittelt, wie aus dem Nichts. Diese aufwallenden Gefühle kannte Corinne schon. Sie hatte es nach dem Tod ihres Großvaters und auch bei ihrem Vater erlebt. Ihr Verstand wusste, dass es mit der Zeit besser werden würde, die Wellen würden an Kraft verlieren. Aber dieses Wissen half ihr nicht. Es machte die schlimmen Momente nicht einfacher.

Eigentlich hatte sich nichts verändert, und doch war alles anders, seit sie vor einer Woche Sarah beerdigt hatten. Die Welt fühlte sich kälter an, ohne Sarahs Herzenswärme. Farbloser, ohne ihre bunte Ausstrahlung. Stiller, ohne ihr herzliches Lachen. Nur wenn Corinne mit Mia zusammen war, fühlte sie den Verlust nicht so schmerzlich. Doch hier in den Stiftungsräumen konnte sie die Lücke fast greifen, die durch Sarahs Tod entstanden war.

Immer wieder ertappte sie sich während der Arbeit bei dem Gedanken, Sarah anrufen und ihr etwas erzählen zu wollen, worüber sie sich freute. Oder sie um Rat zu fragen. Sie hatte sogar schon gedankenversunken Skype geöffnet, um sich im nächsten Moment bewusst zu werden, dass ihr niemand antworten würde.

»Lass dir Zeit«, hatte Noah sie gebeten, als sie gestern Abend in seinen Armen geweint hatte. »Du musst nicht funktionieren, mein Schatz. Nimm dir ein paar Tage frei.«

Dieser Vorschlag war verlockend gewesen, aber es war unmöglich. Fernando kämpfte noch immer mit der faulen Bohne in den Reihen seiner Leute, wie er es nannte. Zwei Männer seiner Truppe waren seit Tagen spurlos verschwunden. Ob es einen Zusammenhang mit den Diebstählen gab, stand noch nicht fest. Aber auch jenseits des Diebstahls hakte es bei dem Projekt. Sie kamen nicht so gut voran, wie Corinne das gehofft hatte. Um den Zeitplan halten zu können, hatte Fernando Corinnes Okay, weitere Männer einzustellen. Doch auch das gestaltete sich schwieriger als erwartet.

Viele der guten Arbeiter hatten ihr Auskommen in den Plantagen und kein Interesse an weiteren Aufgaben. Bei denen, die er anheuern konnte, ließ die Arbeitsmoral oft zu wünschen übrig. Von fünf neuen Männern blieben am Ende im Schnitt nur ein oder zwei länger als ein paar Tage. Die anderen tauchten nach der ersten Lohnzahlung wieder ab. Oder sie mussten entlassen werden, weil sie die Arbeiten mehr behinderten, als sie voranzubringen. Ob das an deren Unvermögen lag oder vielleicht sogar bewusstes Verhalten war, weil sie dem Stiftungsprojekt misstrauten – in diesem Punkt war Corinne sich nicht sicher.

Als Basis für die Frauenkooperation hatte Corinne ein großes Grundstück mit einer brachliegenden Plantage gekauft, das direkt an das Ahrensberg-Land grenzte, das Fernando bewirtschaftete. Die Frauen hatten die Arbeit bereits aufgenommen, sie wollten die verwilderte Plantage wieder reaktivieren, und bis sie so weit waren, konnten sie unter Fernandos Aufsicht einen Teil seiner Waldplantage mitbewirtschaften, um das Handwerk zu erlernen und eigene Ertragserfolge zu haben.

Corinne hatte einen Vertrag aufgesetzt, die Stiftung entschädigte Fernando großzügig. Allerdings – und das war ein großes Problem für Corinne – halfen die Kinder der Frauen mit, solange die Schule noch nicht eröffnet war.

Für den Moment duldete Corinne das, doch sie mussten alles daransetzen, die Kinder aus den Plantagen an die Schulbänke zu bekommen.

Fernando beschwichtigte immer, wenn Corinne sich deshalb sorgte, aber ihr drehte sich der Magen um bei dem Gedanken an die Kinderhände, die Kaffeesträucher pflanzten, Kaffeekirschen ernteten oder sortierten, um ihre Eltern zu unterstützen. Das musste sich unbedingt ändern. Erst heute Vormittag hatte sie Fernando deshalb noch einmal eindringlich ins Gewissen geredet, und sie würde nicht lockerlassen, bis sie ihr gemeinsames Ziel erreicht hatten.

Jetzt musste sie sich aber erst einmal um die Stiftungsangelegenheiten innerhalb Europas kümmern. Sie hatten Kooperationen mit einigen Röstereien und Seminarhäusern und versuchten über ein breites Fortbildungsangebot besonders bei den Nachwuchsröstern ein Bewusstsein für Nachhaltigkeit zu schaffen. Gerade hatte Corinne die Bewerbung einer Kaffeerösterin aus Freiburg vor sich, die sich mit einer auf nachhaltig angebauten Kaffee spezialisierten Rösterei selbstständig machen wollte und Unterstützung bei der Existenzgründung beantragte. Sie fragte auch nach stiftungsgeförderten Fortbildungsmöglichkeiten.

Es gab so vieles, was Corinne gern fördern wollte. Sie musste aufpassen, dass sie sich nicht übernahm. Die Gelder der Stiftung waren nicht unbegrenzt. Bevor sie sich auf ein neues Projekt in Kolumbien einließ, sollte sie wohl besser abwarten, bis die Kooperation in Brasilien Fuß gefasst hatte. Oder sie nahm, wie sie es vorhin bereits angedacht hatte, wirklich einen Teil der Erbschaft, wenn sie dann offiziell Erbin war.

Aber steck nicht alles in die Stiftung, ging es Corinne erneut durch den Kopf. Unwillig fuhr sie sich mit beiden Händen durch die Locken. Es war so mühsam, sie konnte sich einfach nicht konzentrieren, dauernd musste sie an Sarahs Brief denken und wie unwürdig sie sich als Erbin fühlte. Ausgerechnet sie, deren Ahnen Mitverantwortung trugen an dem Schicksal, das Sarah hatte erleiden müssen. Corinne schämte sich.

»Ach Sarah«, murmelte sie. »Ich weiß nicht, ob das alles richtig ist.«

Genervt von ihrer eigenen Grübelei, schob Corinne die Unterlagen zusammen und legte sie in den Ablagekorb der zu bearbeiteten Neueingänge zurück. Sie würde sich später noch einmal damit befassen, wenn sie hoffentlich wieder klarer denken konnte.

Statt sich weiter um die Büroarbeit zu kümmern, zog Corinne die Schreibtischschublade auf und holte das Tagebuch ihres Großvaters heraus. Vielleicht würde es ihr helfen, ein wenig in dessen Gedanken- und Gefühlswelt einzutauchen. Er hatte sich wieder und wieder mit der Scham auseinandergesetzt, die ihn sein Leben lang begleitete, auch wenn er objektiv gesehen keine Chance gehabt hatte, etwas an den Dingen zu ändern, die geschehen waren. Er war nicht schuld gewesen und hatte sich doch sein Leben lang schuldig gefühlt. Genau wie sie selbst immer wieder ohne jede eigene Schuld mit diesem Gefühl kämpfte.

Juni 1948
Was war ich doch naiv. Diese Villa sollte alles verändern. Ich dachte wirklich, wenn man mit seiner ganzen Kraft für etwas einsteht, dann wird sich ein Weg finden. Aber alles, was sich zeigt, sind immer neue Hürden.
Manchmal bin ich diesen Kampf so leid. Da schufte ich bis zum Umfallen, die Leute schwärmen von meinem Kaffee und doch kaufen sie kaum etwas. Ihren Alltagsbedarf decken sie auf dem Schwarzmarkt, sie können sich meine teuren Bohnen nicht leisten. Und ich kann es mir nicht leisten, ein Sonntagskaffeeröster zu sein oder die Preise zu senken.
Manchmal möchte ich alles hinwerfen und mir eine Arbeit suchen. Das würde mich nicht reich machen. Und glücklich schon gar nicht. Aber ich müsste nicht mehr gegen all diese Widrigkeiten kämpfen.
Nein. Ich schreibe dummes Zeug. Meinen Traum aufzugeben ist keine Option. Und ich schäme mich, da ich hier die Seiten meines Tagebuches mit dem Gejammer eines schwachen Mannes fülle. Dabei geht es mir – gemessen an dem Leid, das andere Menschen erleiden mussten – doch wirklich gut. Die Welt um mich herum scheint das alles vergessen zu haben. Doch für mich ist es nur einen Gedanken weit weg. Und es quält mich noch immer.

Das Elend und die Not der Menschen, die Hitlers Machenschaften zum Opfer gefallen sind. So viele haben den Wahnsinn eines Einzelnen und seiner grausamen Mitläufer mit ihrem Leben gezahlt. Und wenn sie überlebten, so wurde ihnen alles genommen, wofür sie hart gearbeitet hatten. Was ist dagegen denn meine Mühsal im täglichen Kampf? Vielleicht ist auch das ein Teil meiner Last? Es macht mich fassungslos, mit welcher Leichtigkeit wir »braven Deutschen« wieder in unseren Alltag zurückgefunden haben. Können wir das alles einfach so überwinden? Das Grauen von unseren Seelen klopfen, wie den Staub aus unseren Kleidern? Was ist mit den Opfern?

Ich träume oft von den Rosenbaums. Was ist aus ihnen geworden? Ein Teil von mir glaubt es zu wissen, aber da gibt es diesen Funken, diese kleine Hoffnung. Solange ich nichts anderes in Erfahrung bringe, kann ich weiter hoffen.

Heute lassen sich meine Gedanken nur schwer kanalisieren. Ich bin zornig.

Auf mich selbst. Auf das Leben. Auf diesen Gott, von dem ich nicht glauben kann, dass es ihn gibt. Wie hätte er all das zulassen können? Ach, ich bin es leid.

Das liegt nur daran, dass ich so müde und erschöpft bin. Die Villa mit all ihren Baustellen laugt mich aus. Und die Rösterei bringt kaum den Ertrag, um uns über Wasser zu halten.

Magdalena flickt stundenlang die teuren Seidenstrümpfe der feinen Damen. Tacktacktacktacktack. Das Geräusch dieses hauchzarten Hakens, den sie in irrsinnigem Tempo Masche für Masche auf und nieder bewegt, macht mich wahnsinnig. Ihre Augen sind gerötet, die Arbeit ist mühsam und monoton. Ich

will das nicht! Ich will meiner Frau nicht zumuten, sich für meine Träume aufreiben zu müssen.
Wieder erfahre ich gerade jetzt, während ich meine Gedanken notiere, die Kraft der Schrift. Denn noch während ich die Worte niederschreibe, springen sie mich auch schon an. Jetzt ist es keine Frage mehr. Ich will das nicht. Also werde ich es auch nicht mehr zulassen. Und ich weiß auch, was ich zu tun habe. Es wird Magdalena nicht gefallen. Aber sie wird es verstehen. Ich tue es auch für sie. Sechs Monate hatte ich ihr versprochen. Die sind fast vorbei. Der Versuch, nur noch legal mit Kaffee zu handeln, ist vorerst gescheitert. Aber mein Traum lebt.

Corinne wusste, wie sehr ihr Großvater darum gekämpft hatte, ein ehrbarer Kaffeehändler sein zu können. Aber bis dahin war es ein steiniger und nicht ganz so ehrbarer Weg im wahrsten Sinne des Wortes über Grenzen gewesen. Er hatte es gehasst, Kaffee zu schmuggeln, aber nur so hatte er seinen Weg weitergehen können. Nur so hatte er es geschafft, seinen Traum Wirklichkeit werden zu lassen. Dafür hatte er alles riskiert. Seine Ehe und sein Leben.

Während Corinne über das nachdachte, was sie gerade gelesen hatte, sah sie aus dem Fenster und beobachtete die Menschen. Sie mochte das bunte Treiben. Ihr Blick wurde von einem Mann angezogen, der einen Kindersportwagen schob. Im nächsten Moment erkannte sie Noah. Rasch sah sie auf die Uhr, es war tatsächlich schon Mittag. Vor lauter Grübelei hatte sie gar nicht bemerkt, wie die Zeit vergangen war.

Schon sprang Corinne die Treppe hinunter und trat in den Laden, gerade als die Tür aufging und Noah mit Mia eintrat.

»Abholservice«, rief er.

Seit vier Tagen waren sie wieder aus der Schweiz zurück, und heute wollten sie endlich ins *Café Emotion* zu ihrer Freundin Susan.

»Wie schön, dass ihr schon da seid.« Corinne gab erst Mia und dann Noah einen Kuss.

»Hallo Noah«, grüßte Frieda kurz, schon stürzte sie sich auf Mia. »Hey, meine Prinzessin, geht's dir gut?«

Kapitel 5
Das Erbe

Aachen · Oche · Aix-la-Chapelle · Aken · Aquae Granni

Gegenwart: Mai

Als sie im *Emotion* eintrafen, herrschte gerade Hochbetrieb. Geschirrklappern, das Brummen der Kaffeemaschine, Lachen und Gespräche schlugen ihnen beim Eintreten entgegen. Fast alle Tische waren voll besetzt, und die Bedienungen hatten alle Hände voll zu tun.

Auch Susan war sehr beschäftigt und begrüßte sie nur kurz im Vorbeihuschen. Aber das Hallo war deshalb nicht minder herzlich. Susan strahlte sie mit einem breiten Lächeln an, und selbst auf die Schnelle schaffte sie es, ihre lieben Freunde mit ihrer fröhlich-überschwänglichen Art und ihrem englischen Akzent zu überschütten.

»Ihr untreuen Pflaumen«, schimpfte sie lachend, wedelte kurz drohend mit der Hand und umarmte dann erst Corinne und im Anschluss Noah. »Da seid ihr endlich. Wartet nur, nachher ich werde rupfen mit euch Federn, wenn ich habe mehr Zeit.« Ihre Augen funkelten vor Freude über den Besuch. Sie beugte sich zu Mia hinunter und säuselte: »Hello my Sweetheart. Wie schön, dich zu sehen. Oh, du bist ja schon wieder so groß geworden, Honey!« Sie drückte der Kleinen einen schnellen Kuss auf die Wange, und Mia strahlte Susan an. Sie mochte den Singsang, den Susan in ihrer Stimme hatte.

Doch gleich darauf veränderte sich Susans Mimik schlagartig. Sie wurde erst blass, dann rot, richtete sich auf und wandte sich an Corinne. »Oh Dear, es tut mir leid. Du hast so eine schwere Zeit und ich schmeiße Vorwürfe auf dich. Ich bin really ein trampeliges Hornorchse.«

Corinne schenkte Susan ein warmes Lächeln und wehrte deren Selbstvorwürfe ab. »Schon okay, Susan. Wirklich. Sarah wollte nicht, dass wir traurig sind. Sie hat immer gesagt, wir sollen nicht trauern, sondern an sie denken und uns über die schönen Erinnerungen freuen. Daran arbeite ich, auch wenn es nicht einfach ist.«

»Was für ein kluge Frau sie war«, kommentierte Susan und nickte. Dann sah sie sich um, schüttelte den Kopf und seufzte. »I'm sorry, aber ich muss helfen. So crazy wieder heute. Aber euere Tisch ich habe reserviert. Geht hinüber und setzt euch.«

Damit fegte ihre Freundin auch schon davon, um wieder Kuchen aufzuschneiden und dort einzuspringen, wo Not an der Frau war.

Wie sehr Corinne Susan vermisst hatte, wurde ihr erst jetzt in diesem Augenblick des Wiedersehens schmerzhaft bewusst. Mit Susan zusammen zu sein und ihre positive Energie zu spüren, war mindestens so wohltuend wie der Duft im *Öcher Böhnchen* an Rösttagen.

Corinne hatte ein schlechtes Gewissen, weil sie so lange nicht im Café gewesen waren, und auch private Treffen hatte sie in den letzten Wochen immer wieder verschoben, weil andere Dinge wichtiger gewesen waren – oder weil sie gedacht hatte, dass sie wichtiger gewesen seien. Sie musste dringend an ihren Prioritäten arbeiten. Corinne sah Noah an der Nasenspitze an, dass es ihm genauso ging.

»Wir machen das wieder gut«, murmelte sie in seine Richtung und er nickte. »Ja, machen wir.«

Bevor sie zu ihrem Tisch gingen, machten sie einen Abstecher zur Kuchentheke. Die Auswahl war wieder einmal überwältigend. Susan backte mit einigen Helfern all ihre Kuchen, Torten, süßen Teilchen und auch herzhafte Quiches selbst. Sie liebte es, Obst und Gemüse der Saison zu verarbeiten, und so wunderte Corinne sich nicht über das breite Angebot an Erdbeergebäck – natürlich neben all den anderen Köstlichkeiten wie Schwarzwälder Kirschtorte oder Schokoladennusskuchen. Es sah alles so köstlich aus, dass es ihr schwerfiel, etwas auszuwählen.

Ihr Blick wanderte langsam die Auslage entlang. Es gab mit Erdbeeren belegten Biskuit, kleine Mürbeteigtörtchen mit Vanillecreme und Erdbeeren, Erdbeersahnetorte mit weißer Schokolade, Erdbeerkäsesahnetorte, Erdbeerkuchen im Glas mit Eierlikörcreme, Erdbeercrumble, Rhabarber-Erdbeertorte mit Baiser und Plunderteilchen mit Erdbeeren und Sahne.

»Ich glaube, ich bin im Erdbeerhimmel. Wie soll ich mich denn da entscheiden?« Corinne seufzte und schluckte, weil ihr das Wasser im Mund zusammenlief.

»Weißt du was? Ich habe eine Idee. Du musst dich nicht entscheiden. Komm. Lass uns an den Tisch gehen.«

Schweren Herzens und mit knurrendem Magen löste Corinne sich von der köstlichen Verführung und folgte Noah, der den Sportwagen mit Mia geschickt zwischen den Tischen hindurchmanövrierte und in der Ecke hinter ihrem Tisch parkte.

»Ach, ist das schön hier«, entfuhr es Corinne, als sie Platz genommen hatte.

Neugierig sah sie sich um und versuchte herauszufinden, was Susan in den letzten Wochen wohl alles umdekoriert hatte. Ihre Freundin liebte es, immer wieder ein bisschen was zu verändern und dabei trotzdem den gleichen Stil zu behalten. Sie hatte nicht nur ein Faible für Dekoration, sondern auch ein hervorragendes Auge dafür. Gekonnt spielte sie mit Formen und Farben und schuf mit Leichtigkeit eine besondere Wohlfühlatmosphäre.

Der Tisch stand beim Fenster, es war fast schon so etwas wie ihr Stammplatz. Es war von jeher schon Corinnes Lieblingsplatz gewesen. Von hier aus konnte sie sowohl die zauberhafte Einrichtung des Cafés im Vintagestil mit englischem Flair genießen, als auch die Fußgänger und Dombesucher draußen vor dem Fenster beobachten.

Früher, noch vor ihrer Zeit mit Noah, hatte Corinne manchmal hier gesessen, ihren Kaffee genossen und sich zu den Menschen, die vorbeikamen, Geschichten ausgedacht. Das hatte ihr immer viel Spaß gemacht. Manchmal hatte Susan sich zu ihr gesetzt, und sie hatten zu zweit den Vorbeigehenden Lebensgeschichten angedichtet –

romantisch, dramatisch oder auch voller Abenteuer. In ihrer Fantasie standen den Menschen Weltreisen, Heiratsanträge, heldenhafte Einsätze zur Rettung der Welt und schicksalhafte Begegnungen bevor. Sie entdeckten hinter den Gesichtern der Fußgänger Agenten, Genies und Rennfahrer. Einmal war Susan überzeugt gewesen, in einem Mann in den Vierzigern einen Sternekoch erkannt zu haben. Er war es nicht, aber sie hatten ihm kurzerhand ein Sternelokal angedichtet.

Wann hatten sie damit aufgehört, zusammen albern zu sein? Als du mit Noah zusammengekommen bist, meldete sich Corinnes schlechtes Gewissen. Und sie wusste, dass es stimmte. Als sie noch Single war, hatte sie viel mehr Zeit für Susan gehabt. Vor lauter Verliebtheit und Mutter sein hatte sie ihre Freundin vernachlässigt. Wieder nahm Corinne sich vor, sich öfter Zeit zu nehmen, um Susan zu besuchen. Das würde ihnen beiden guttun.

Als hätte sie gespürt, dass Corinne an sie dachte, kam Susan zu ihnen an den Tisch. Sie legte ihr den Arm um die Schulter. »Hey, falls du mich nicht mehr kennst. Ich bin Susan. Nice to meet you«, sagte sie und grinste.

Corinne legte ihren Arm um Susans Hüfte und wusste, dass Susan ihr nicht böse war. Trotzdem fühlte sie sich schuldbewusst. »Du hast absolut recht. Spotte ruhig, ich habe das verdient. Ich will mich auch gar nicht rausreden, aber weißt du, irgendwie vergeht die Zeit schneller, seit wir Mia haben.«

»Ach, das ich kann verstehen. Mia ist so ein lovely little girl. Okay, Dear, Tuch darüber, oder wie heißt das? Ihr sagt mir jetzt, was ihr möchtet, und genießt es, hier zu sein. Gleich es wird ruhig«, sagte sie. »Dann ich komme and take a seat for a while. Also, was darf es sein?« Sie sah Corinne an, doch Noah ergriff das Wort.

»Corinne kann sich nicht entscheiden, Susan, deshalb übernehme ich die Bestellung. Wir hätten gern zweimal die Spargelquiche und einen großen Salat mit Feta dazu, bitte. Können wir bitte für Mia einen kleinen leeren Teller bekommen? Und bitte Wasser. Frieda und Sebastian kommen in einer halben Stunde etwa. Dann trinken wir Kaffee und machen uns über deine Erdbeerspezialitäten her. Du kannst uns doch bestimmt eine Auswahl zusammenstellen, oder? Sei ruhig großzügig. Was wir nicht schaffen, nehmen wir später mit. Klara wird sich bestimmt auch freuen, wenn sie mal nicht selbst was tun muss, um Kuchen zu bekommen.«

»Klar ich kann das. Von allem etwas auf eine Platte und ihr nehmt euch, was ihr mögt.« Susan nickte. »Perfect. Good choice!«, kommentierte sie und rauschte schon wieder davon.

Mia saß in dem Kinderstuhl, den Susan schon bereitgestellt hatte, und bestaunte das bunte Treiben, das um sie herum herrschte. Sie war so abgelenkt, dass sie sogar vergaß zu plappern. Das kam in letzter Zeit selten vor. Sie hatte fast immer etwas zu erzählen und unterstrich ihre ausgedehnten Monologe gern mit fröhlichem Quietschen und Lachen.

Corinne lehnte sich zurück und atmete durch. Wie schön es doch war, endlich wieder einmal hier zu sein. Im

Café Emotion herrschte immer eine schöne Stimmung, selbst wenn der Bär steppte, wie jetzt gerade, war das Personal gut gelaunt. Das übertrug sich fast automatisch auf die Gäste. Dazu der köstliche Duft nach Kuchen und Kaffee. Es war das Paradies.

»Liebling, fast hätte ich es vergessen. Heute war ein Brief für dich in der Post. Aus der Schweiz.« Noah öffnete die Wickeltasche, die am Sportwagengriff befestigt war, und kramte suchend darin herum. Dann hatte er den Brief gefunden und streckte Corinne gleich darauf einen weißen Umschlag entgegen.

»Oh.« Mehr brachte Corinne nicht heraus.

Sie nahm das Kuvert zögerlich an. Ihr Herz schlug hart in ihrer Brust. Das war es also. Der Moment war gekommen, jetzt wurde die Sache mit der Erbschaft offiziell.

Nachdenklich betrachtete Corinne den Umschlag, ohne etwas anderes um sich herum wahrzunehmen. Ihre Hände zitterten. Endlich gab sie sich einen Ruck, griff nach dem Messer, das gerade schon eingedeckt worden war, und schob die Klinge in den kleinen Spalt zwischen Vorder- und Rückseite des Umschlags. Mit zwei Bewegungen hatte sie den Brief aufgeschlitzt und konnte das Schreiben herausziehen.

Die Buchstaben flimmerten vor ihren Augen, als sie den Text überflog. Sarahs Anwalt informierte sie darüber, dass sie rechtmäßige Erbin war. Es folgte eine Vermögensauflistung, die Corinnes Mund trocken werden ließ.

Wortlos reichte sie das Schreiben Noah, der es mit größer werdenden Augen las.

»Wow«, sagte er schließlich und ließ den Brief sinken. »Hast du das gewusst?«

Corinne schüttelte den Kopf. »Woher denn?«, fragte sie. »Ich hatte keine Ahnung. Das ist doch …« Sie stockte, wusste nicht, was sie sagen sollte. Wahnsinn? Verrückt? Unrecht?

Mia, die sich langsam an den Trubel um sich herum gewöhnt hatte, quietschte, knallte ihren Schnuller zuerst ein paarmal auf das Tischchen des Kinderstuhls, dann holte sie aus und warf ihn in hohem Bogen zu Boden.

»Oh«, machte sie und grabschte mit der Hand in die Richtung, in die der Schnuller geflogen war.

Noah stand auf und kroch unter den Tisch, wo der Schnuller gelandet war.

»Bin gleich wieder da, ich bitte nur eben Susan, den hier abzuspülen«, sagte er, kaum, dass er mit Schnuller wieder aufgetaucht war. Mia lachte und streckte Noah ihre Ärmchen entgegen.

»Du willst mit?«, fragte er. Er warf Corinne einen Blick zu und nickte. Schon hob er die Kleine aus dem Sitz. »Na, dann komm. Schauen wir mal, wie Susan hinter der Theke wirbelt.«

Beim Weggehen warf er Corinne einen liebevollen Blick zu. Sie wusste, dass er ihr einen Moment Zeit geben wollte, um sich zu sammeln, und war ihm von Herzen dankbar. Was für ein Schatz er doch war.

Dieser Brief war wirklich ein Schock. Corinne hatte gewusst, dass Sarah gut betucht gewesen war. Mit diesen Summen und Vermögenswerten hatte sie allerdings in ihrer wildesten Fantasie nicht gerechnet. Corinne musste es nur noch annehmen, dann war sie die rechtmäßige Erbin und auf einen Schlag steinreich.

Das ist nicht richtig, dachte Corinne. Das geht doch nicht. Mit welchem Recht soll ich das annehmen?

Sarah hat es so gewollt, meldete sich die Gegenstimme in Corinnes Kopf. Es war Sarahs letzter Wille. Stand es ihr, Corinne, denn zu, sich darüber hinwegzusetzen? Und wenn sie das Erbe nicht annehmen würde, ginge alles an den Staat, das konnte sie doch unmöglich zulassen. Sie war vollkommen überwältigt.

Doch trotz aller Argumente, die für eine Annahme sprachen, fühlte Corinne sich noch immer äußerst unbehaglich bei der Vorstellung.

Andererseits war es nicht an ihr, das zu entscheiden, sondern an Sarah. Durfte sie ihrer verstorbenen Freundin den letzten Wunsch verweigern? Damit würde sie neue Schuld auf sich laden, statt für die Versöhnung einzustehen, die so wichtig war. Nicht nur für sie selbst, sondern für alle Menschen. Vergeben ist bedingungslos, hatte Sarah einmal zu ihr gesagt, als sie über das Thema Schuld und Aussöhnung gesprochen hatten.

An diesem Punkt ihrer Überlegungen wusste Corinne, dass sie das Erbe annehmen musste. Sie hatte gar keine Wahl. Es auszuschlagen kam unmöglich in Betracht. Zu dieser Einsicht hatten ihre inneren Kämpfe sie gebracht, auch wenn sie sich sehr schwer damit tat, das zuzulassen.

Es war Sarahs letzter Wille, und für Corinne sollte es gar keine Frage sein. Sie hatte diesen Wunsch zu respektieren.

Langsam spürte sie die Erleichterung, sie haderte nicht mehr, sondern würde nicht nur das Erbe, sondern auch die Verantwortung annehmen. Doch nachdem sie diese Entscheidung für sich gefunden hatte, ging das Grübeln direkt weiter.

Seit sie nach der Beerdigung Sarahs Brief gelesen hatte, überlegte Corinne, wie sie mit dieser großzügigen Geste umgehen sollte. Nun war es an ihr, zu entscheiden, wie es weitergehen sollte.

Wie sollte sie im Einzelnen verfahren? Was sollte sie mit dem Haus anfangen? Mit den anderen Immobilien? Zu dem Vermögen gehörten einige Häuser und Grundstücke. Auch wenn Corinne, seit sie von dem Erbe wusste, bereits nächtelang gegrübelt hatte, sie war sich über die nächsten Schritte noch immer nicht im Klaren. Und nachdem sie nun wusste, welches Ausmaß das Erbe hatte, erst recht nicht.

Noah und Mia kamen wieder an den Tisch. Auf den fragenden Blick ihres Mannes hin lächelte Corinne und nickte.

»Ich nehme es an. Doch es wird nicht einfach zu entscheiden, was ich mit all den Werten machen soll.«

Noah setzte Mia wieder in ihren Hochstuhl, nahm selbst Platz, griff Corinnes Hand und hielt sie.

»Ich glaube, das ist eine gute Entscheidung. Sarah war eine sehr kluge Frau, sie wusste, dass du das Erbe achtsam verwenden würdest. Mach dich nicht verrückt, Corinne. Ich bin ganz sicher, dass du alles richtig machen wirst. Lass es auf dich zukommen.«

»Du weißt, dass ich Ungewissheit nicht gut aushalten kann«, gab Corinne zurück. Sie seufzte und sagte dann: »Du hast recht, es hilft alles nichts, ich muss Geduld haben und mir einen wirklich guten Vermögensberater suchen, dann wird sich hoffentlich alles ergeben.«

»Du machst ein Gesicht wie eine sour Cucumber, Honey«, sagte Susan, die mit der Quiche und dem Salat zu ihnen kam.

Sie stellte das Essen auf den Tisch. Es sah köstlich aus und Corinnes Magen knurrte. Sie hatte gar nicht gemerkt, wie hungrig sie war.

»Here you go«, kommentierte Susan den Serviervorgang. Dann zog sie sich einen Stuhl unter dem Tisch hervor und setzte sich neben Mia.

»Alles gut, Susan. Ich muss nur gerade ein paar nicht ganz einfache Entscheidungen treffen. Aber jetzt freue ich mich erst mal auf die Quiche und genieße es, bei dir zu sein.« Corinne schenkte Susan ein dankbares Lächeln. »Es duftet so verführerisch.«

Bevor Noah sich selbst etwas von der Quiche gönnte, schnitt er ein paar kleine Stückchen von seiner Portion ab, gab sie auf den Extrateller und stellte ihn vor Mia. Die griff begeistert zu.

»Mam«, machte sie und schob sich das erste Stück in den Mund. Während sie kaute, strahlte sie Susan an.

»Ja, das ist fein, nicht wahr?«

Jetzt wandte Susan sich an Corinne und Noah, und plötzlich war die Stimme zwei Tonlagen tiefer. »Oh, ich weiß, Tuch drüber, aber I should be really mad with you«, schimpfte sie. Offenbar kam jetzt das angekündigte »Federn rupfen«. »I was longing for Mia. And also for you two, by the way.«

Wenn die gebürtige Engländerin emotional wurde, verfiel sie oft in ihre Muttersprache.

»Nicht böse sein, Susan«, bat Corinne. »Sonst werde ich gleich wieder zur sauren Gurke«, sagte sie und zwinkerte ihrer Freundin zu.

Im *Café Emotion* zu sein und Susan mit ihrem englischen Charme um sich zu haben, machte sie fröhlich. Die dunklen Wolken, die gerade noch um sie herumgewabert waren, lösten sich auf.

»Deine Spargelquiche ist eine Wucht«, bemerkte Noah. »Und es tut uns sehr leid, dass wir so lange nicht da waren.«

»Oh well, okay.« Susan winkte ab und schnaubte. »Ich kann euch sowieso nicht lange böse sein. Aber jetzt erzählt bitte. Vorhin war ich so in a hurry. Hard time in der Schweiz? Well, probably.«

»Ja«, antwortete Corinne. »Hart, aber auch auf berührende Art schön. Ich hatte mir so oft vorgenommen, Sarah endlich einmal zu besuchen, jetzt tut es mir leid, dass ich das nie wahrgemacht habe und ihr Zuhause erst ohne sie kennengelernt habe. Es war eine sehr kleine ruhige Beerdigung, so hat Sarah es sich gewünscht.«

»Hat sie denn Verwandte? Was passiert mit ihrem Haus und allem?«

Corinne zuckte mit den Schultern. »Das ist Teil meines Saure-Gurken-Gesichts. Sarah hat mich als Erbin eingesetzt, Verwandte gibt es nicht – zumindest nicht, soweit ich das weiß. Und mir fällt es nicht leicht, das Erbe anzunehmen. Ich denke zwar, ich habe mich entschieden. Aber es ist nicht einfach.«

Die Tür öffnete sich, und Frieda und Sebastian kamen herein, bevor Susan etwas zu Corinnes Problemen sagen konnte.

»Lass uns nachher sprechen, Corinne. Ich kümmere mich erst um eure Kuchen und ihr genießt das Essen.«

»Hey ihr drei, hallo«, grüßte Sebastian.

»Hallo und guten Appetit«, sagte Frieda. Die beiden begrüßten Mia und setzten sich.

»Bleibt es dabei, dass ihr nur Kuchen wollt, oder steigt ihr doch auch bei der Quiche mit ein? Sie ist köstlich«, sagte Corinne.

»Für mich nur Kuchen«, sagte Frieda. »Susan hat doch bestimmt irgendwas mit Erdbeeren.«

Corinne und Noah sahen sich amüsiert an.

»Schon bestellt«, verkündete Noah. »Susan richtet uns eine Erdbeerkuchenplatte mit allen Variationen, die sie zu bieten hat.«

»Perfekt«, erklärte Frieda und klopfte Noah lobend auf die Schulter. »Dann trinke ich ein Glas Wasser, bis ihr soweit seid. Und ich kümmere mich um Mia, dann kannst du in Ruhe essen, Noah. Okay?«

Die Bedienung kam, und Sebastian sagte: »Zwei Wasser bitte. Den Rest der Bestellung hat Susan bereits.«

Während sie sich die Quiche und den Salat schmecken ließen, erzählte Corinne von ihrem gelungenen Coup mit Beatrice und Alexanders Großzügigkeit.

»Eigentlich habe ich jetzt fast ein schlechtes Gewissen. Ich glaube, ich muss noch mal mit Alexander sprechen. Eine Spende von meinem Bruder anzunehmen, während ich gerade …« Corinne brach ab.

Frieda und Sebastian wussten von der anstehenden Erbschaft, auch wenn sie noch keine Ahnung hatten, was das tatsächlich bedeutete.

»Je mehr Vermögen die Stiftung hat, desto mehr kannst du mit deiner Arbeit erreichen«, gab Noah zu bedenken. »Alexander hätte dir doch sicher kein so großzügiges Angebot gemacht, wenn das für ihn oder *Ahrensberg Kaffee* ein Problem darstellen würde.«

»Und außerdem hast du erzählt, dass Sarah extra betont hat, dass du nicht das ganze Geld in die Stiftung stecken sollst«, erinnerte Sebastian Corinne.

»Ich werde mir auf jeden Fall noch andere Projekte suchen, für die ich spenden kann. Ich kann mir nicht helfen, auch wenn ich mich dazu entschlossen habe, das wirklich anzunehmen, die Schatten der Kriegsvergangenheit drücken auf meine Seele.«

»Ich glaube, wir alle verstehen dich, Corinne. Es ehrt dich, dass du dir so viele Gedanken machst, und ich finde das auch absolut richtig«, mischte sich nun Frieda ein. »Aber Sarah und du – ihr hattet diese Schatten längst besiegt. Für mich fühlt es sich so an, als würde sie mit dieser Geste, dich als Erbin einzusetzen, das noch einmal bestätigen. Sie reicht dem Schicksal über Generationen hinweg die Hand zur Versöhnung. Das solltest du Sarah zuliebe annehmen. Sie hat es so gewollt.«

Friedas Worte hatten Corinne zu Tränen gerührt. Sie schluckte heftig gegen das Weinen an, zog ein Taschentuch aus ihrer Tasche und putzte sich die Nase.

Während der Unterhaltung war Susan wieder zu ihnen an den Tisch gekommen. Sie hatte sich leise hingesetzt und gelauscht. Jetzt sagte sie: »Es gibt einen Förderverein hier in Aachen. Ich weiß das, sie hatten schon mal ein Treffen hier bei mir im Café. Wait. Ich muss nachdenken.«

Susan kniff die Augen zusammen und rieb sich die Schläfe, während sie versuchte, sich an den Namen zu erinnern. Alle sahen sie gebannt an, nur Mia blubberte zufrieden vor sich hin.

»I got it!«, rief Susan endlich erleichtert, kurz bevor Corinne die Geduld verlor. »*Wege gegen das Vergessen* heißt der Verein. Die kümmern sich um Gedenktafeln, Denkmäler, Stolpersteine und all so etwas, eben darum, dass diese Zeit nicht vergessen wird. Maybe ...«

»Das ist fantastisch, Susan. Ich danke dir für den Tipp. Ich werde nachher gleich recherchieren und mir das Programm genauer ansehen.«

»Sarahs Mutter war Opernsängerin, oder?«, wollte Frieda nun wissen.

»Ja«, sagte Corinne. »Sarah hat mir von ihr erzählt. Ihre Stimme war wohl der Grund, weshalb die Familie das Lager überhaupt überleben konnte.«

Susan fröstelte und rieb sich über die Arme. »Horrible times«, murmelte sie.

»Wieso fragst du?«, wollte Corinne jetzt von Frieda wissen. Die hatte bereits ihr Handy gezückt und tippte.

»Sekunde«, sagte sie. Dann hielt sie Corinne das Telefon entgegen. »Sieh dir das mal an.«

Corinne kniff die Augen ein bisschen zusammen, um besser lesen zu können. »Zurückgeben«, las sie vor. »Stiftung zur Förderung jüdischer Frauen in Kunst und Wissenschaft.« Jetzt stieß sie einen Freudenruf aus. »Frieda, das ist perfekt! Genau so etwas habe ich gesucht. Ach, ich wünschte mir, dass Sarah das mitbekäme, wo auch immer sie jetzt ist.« Energisch wischte Corinne sich die Augen trocken.

»Jetzt kann ich es kaum erwarten, zu dem Förderverein und der Stiftung zu recherchieren. Danke, ihr Lieben. Ihr habt mir sehr geholfen.«

»Okay, let's start with the cake«, sagte Susan, nachdem Corinne und Noah aufgegessen hatten. Sie stand auf und eilte davon, um die Kuchenplatte zu holen. Eine Kellnerin kam, räumte den Tisch ab und fragte nach ihren Kaffeewünschen.

Susan stellte den Kuchen ab, die Bedienung brachte Teller, Gabeln und ein Messer, damit sie von allem kleine Portionen kosten konnten.

»Und das haben wir uns verdient«, verkündete Susan und brachte ein Tablett mit einer Flasche Sekt und Gläsern an den Tisch.

»Mam«, machte Mia. Alle lachten.

»Sweetheart, du bekommst einen Saft, wenn deine Eltern es erlauben.« Sie sah fragend zu Corinne und Noah, und als die beiden nickten, eilte sie davon, um für ihren »Miaschatz« einen Saft zu holen.

»Cheers«, ertönte es nur Minuten später, und die Gläser klangen harmonisch, als sie miteinander anstießen.

Corinne hatte gerade ihren ersten Schluck genommen, da klingelte ihr Handy. Es war Alexander.

»Hey Brüderchen«, meldete Corinne sich fröhlich. »Wenn du dich beeilst, bekommst du auch einen Schluck Sekt. Wir sind bei Susan im *Emotion*«, sagte sie.

»Hallo Corinne, du, es tut mir leid, deine gute Stimmung stören zu müssen, aber ich habe keine so guten Nachrichten. Wir haben heute eine Lieferung aus Brasilien bekommen, für die Stiftung. Du weißt ja, was du bestellt hast, alles ziemlich teure Ware. Besonders natürlich der Jacu Bird Kaffee.«

»Alexander, hör auf drumherum zu reden. Was ist los?«

Corinne hielt die Luft an, während sie auf Alexanders Antwort wartete.

Kapitel 6
Gute Geschäfte

Aachen · Oche · Aix-la-Chapelle · Aken · Aquae Granni

Juli 1948

Eberhard hielt zuerst seinen Kopf unter den Wasserstrahl des Brunnens, dann füllte er seinen Becher und trank in gierigen Schlucken das erfrischend kühle Wasser. Das tat gut.

Es war ein heißer Tag, und er hatte eine lange Liefertour hinter sich. Seine Kehle war ausgedörrt, während der Stoff seines Hemdes schweißnass an seinem Rücken klebte. Der Gasthof *Zur verwunschenen Eule*, der etwas außerhalb der Stadt lag, war seine letzte Station. Nachdem er sich erfrischt hatte, schlenderte Eberhard wieder zu seinem Kunden zurück.

Der dicke August, wie der Gastwirt mit dem mächtigen Bauch heimlich von allen genannt wurde, prüfte die Ware sorgfältig, während Eberhard die Pause nutzte, um sich etwas auszuruhen. Nachdem er den Wirt ein paar Minuten beobachtet hatte – er war sehr akribisch bei der Prüfung –, ging er ein zweites Mal zum Brunnen und füllte seinen Becher. Dann setzte er sich auf die oberste Stufe der Kellertreppe und lehnte den Kopf an das herrlich kühle Eisengeländer.

»Ausgezeichnet«, lobte der Wirt seinen Lieferanten schließlich und wischte sich zufrieden die Hände an seiner Schürze ab. Er beugte sich hinab und klopfte Eberhard auf die Schulter. »Nichts für ungut, mein Freund, aber man weiß ja schließlich nie. Und mit dem Päckchen hier muss ich eben leben. Wir mischen den Mist in kleinen Mengen unter die guten Bohnen, so geht das schon. Ist zwar schade, aber was soll man machen?«

Die kleine Pause war vorbei, und Eberhard stand auf. Das Urteil überraschte ihn nicht. Im Gegenteil, es hätte ihn sehr verwundert, wenn der Wirt zu einem anderen Ergebnis gekommen wäre. Die Ware, die Eberhard auslieferte, war einwandfrei, und zumindest der geschmuggelte Kaffee hatte eine sehr gute Qualität, dafür stand er ein. Das war er sich selbst und seinem Stolz und guten Ruf als empfehlenswerter Kaffeeröster schuldig. Nur so würde er sich Stück für Stück seinen Traum erfüllen können und bei »den Großen« mitspielen. In seinen Träumen sah Eberhard sich schon als Chef einer bedeutenden Firma. *Ahrensberg Kaffee* sollte in ganz Deutschland der Begriff für guten Kaffee sein. Aber bis dahin lag noch ein weiter und steiniger Weg vor ihm, da machte Eberhard sich keine Illusionen.

Anders sah die Lage bei der Qualität des Kaffees aus, den er offiziell einkaufte. Der dicke August hatte ihn gerade mit dem Wort Mist bezeichnet. Es ärgerte Eberhard, aber letztendlich hatte er recht. Die Bohnen, die es legal zu kaufen gab, waren von minderer Qualität, und alles in Eberhard sträubte sich dagegen, sie an seine Kunden weiterzugeben. Doch es galt nun mal, irgendwie den Schein zu wahren. Als Kaffeehändler musste er das, was er laut seiner Buchführung verkaufte, schließlich irgendwo einkaufen. Und Umsätze vorweisen musste er unbedingt, sonst hätte er ruckzuck die Behörden am Hals. Deshalb blieb ihm nichts anderes übrig, als diese vollkommen überteuerte schlechte Ware einzukaufen und in kleinen Mengen jeder Bestellung hinzuzufügen. Die Ausgaben und Einnahmen für diesen legalen Kaffee vermerkte er im Kassenbuch – für den Fall einer Prüfung. Diese Taktik hatte sich bewährt, aber Eberhard graute vor dem, was er da zu verarbeiten und zu verkaufen gezwungen war.

Die minderwertigen, mit allerlei Verunreinigungen versehen Bohnen konnte selbst der beste Röster nicht in den Genusshimmel heben. In den Säcken fand Eberhard zu seinem großen Ärger neben den schlechten Kaffeebohnen regelmäßig auch allerlei Unrat. Erdklumpen, Metall, Blätter und Äste. Der Kaffee war oft nicht richtig getrocknet und roch unangenehm beißend. Einmal hatte Eberhard sogar Zigarettenstummel zwischen den Kaffeebohnen gefunden. Es war eine Zumutung, aber in der momentanen Lage gab es keine andere Möglichkeit. Der Kaffeemarkt war eine einzige Katastrophe.

Natürlich wussten seine Kunden Bescheid und nahmen diesen Umstand hin, solange es wirklich nur kleine Mengen betraf und die restliche Qualität hervorragend war. Es war der Preis, um dem Handel einen zumindest annähernd legalen Anstrich zu geben. Diese Notwendigkeit verstand jeder, und schließlich brauchten seine Kunden ja auch Lieferscheine, um die Herkunft ihrer Ware nachweisen zu können. Nur auf diese Weise konnte er diese Scheine ausstellen.

Eberhard und der dicke August standen im Hinterhof des Gasthauses, etwas versteckt in einer Nische hinter einem großgewachsenen Kastanienbaum. Es war besser, wenn sie bei der Übergabe nicht gesehen wurden. Keine schlafenden Hunde wecken, warnte Eberhard immer, wenn seine Kunden allzu viel Sorglosigkeit an den Tag legten. Aber bei August musste er sich keine Sorgen machen, der war auf der Hut und sehr gewieft, was diese Art von Geschäften anbelangte. Nicht umsonst war er als Gastronom so erfolgreich. Er hatte schon vor der Währungsreform Waren angeboten, die es kaum auf dem Markt gegeben hatte. Gute Beziehungen zu den richtigen Leuten und das Motto »Eine Hand wäscht die andere« hatten sich offensichtlich als gute Strategie erwiesen.

»Der Kaffeeumsatz hat sich verdoppelt, seit du mich belieferst«, erzählte August Kulbacher. Der Mann mit dem mächtigen Körperbau grinste und rieb sich angesichts der guten Geschäfte die Hände. »Es spricht sich herum, dass es bei mir jetzt Kaffee gibt, der den Namen auch verdient. Du weißt, ich war anfangs skeptisch, als du bei mir vorsprachst. Große Sprüche klopfen Vertreter doch alle. Wenn so jemand sein Geschäft versteht, würde er am Nordpol einen Kühlschrank verkaufen. Aber jetzt zeigt sich, es war eine gute Entscheidung, dass ich mich trotz meiner Vorbehalte auf dich eingelassen habe.«

»Was vermutlich daran liegt, dass ich kein Vertreter bin, sondern Kaffeehändler«, hielt Eberhard dagegen. Es wurmte ihn, als Vertreter herabgestuft zu werden.

»Womit du natürlich recht hast«, lachte der dicke August jovial. »Nichts für ungut, sei nur nicht gleich beleidigt. Wie sieht es aus? Kannst du mich ausnahmsweise diese Woche ein zweites Mal beliefern? Und ab nächste Woche bringst du mir dann direkt die doppelte Menge? Geht das in Ordnung? Kriegst du das hin?« Der Betreiber von drei Gaststätten legte fragend den Kopf schief und streckte Eberhard seine Hand entgegen.

Die zusätzliche Bestellung freute Eberhard zwar, brachte ihn aber auch in Bedrängnis. Er kratzte sich am Hals und überschlug in Gedanken seine Vorräte. Der dicke August war heute schon der dritte Kunde, der die Bestellmenge erhöhte. Das würde ganz schön eng werden. Doch selbst wenn, Eberhard gab sich einen Ruck. Solche Möglichkeiten musste man ergreifen, wenn man es zu etwas bringen wollte.

»In Ordnung«, sagte er und nahm die angebotene Hand. Er würde sich das Geschäft nicht entgehen lassen, nur weil er eine Extratour machen musste, um alle Bestellungen pünktlich liefern zu können. Gleich heute Nacht würde er losziehen.

Eberhard nahm sein Fahrrad, der Korb war leer, jetzt ging es nach Hause. Er hob die Hand zum Gruß, schwang sich auf den Sattel und trat in die Pedale.

Als er vom Hof fuhr, sah er in einiger Entfernung zwei Zöllner. Er erkannte die Beamten sofort an ihrer typischen Uniform und verlor vor Schreck beinahe das Gleichgewicht.

Doch die Männer unterhielten sich angeregt und beachteten ihn gar nicht, als er sie auf dem schlingernden Rad und mit gesenktem Kopf passierte. Eberhards Herz schlug ihm bis zum Hals, sein Puls raste noch immer, als er dem Weg in den Wald hinein folgte.

Dummkopf, schalt er sich, nachdem er seine flatternden Nerven wieder einigermaßen unter Kontrolle hatte. Er presste grimmig die Lippen zusammen und schüttelte über sich selbst den Kopf. Was hätte ihm schon geschehen sollen? Er war ein einfacher Mann, der mit dem Fahrrad unterwegs war. Er hatte nichts bei sich, was bei den Zöllnern hätte Verdacht erregen können und stellte sich doch an wie ein Schwerverbrecher auf der Flucht. Vernünftig wäre gewesen, ganz entspannt vorbeizuradeln und zu grüßen.

Aber es war ihm eine Lehre. Künftig würde er noch vorsichtiger sein, wenn er mit vollem Korb losfuhr, um seine Kunden zu beliefern, das schwor er sich. Schließlich war es pures Glück gewesen, dass er gerade den letzten Schmuggelkaffee ausgeliefert hatte. Wäre er den Zöllnern zwei Stunden eher begegnet und sie hätten ihn unter die Lupe genommen – dann gute Nacht, Marie.

Eberhard beugte sich nach vorn und beschleunigte mit aller Kraft. Es war ihm egal, dass ihm der Schweiß aus allen Poren tropfte. Er hatte es eilig. Er musste zusehen, dass er nach Hause kam. Wenn er heute Nacht neue Ware beschaffen wollte, musste er die grünen Kaffeebohnen, die er noch auf Lager hatte, schnellstmöglich rösten, damit sich nicht zu viel anhäufte.

Das Rösten gehörte eigentlich zu Eberhards liebsten Arbeiten. Das war der Moment, in dem er den Kaffee mit allen Sinnen wahrnehmen konnte: Den Duft, das Geräusch der knackenden Bohnen, wenn sie fast fertig geröstet waren, den Anblick der sattbraunen Kaffeebohnen, denen er zu ihrem Aroma verholfen hatte. Er liebte es, die Kaffeebohnen durch die Finger rieseln zu lassen, um ihre Qualität zu kontrollieren. Und der beste Moment war dann die Verkostung. Es verstand sich von selbst, dass Eberhard regelmäßig Kaffee aufbrühte, um sich von dessen Aroma zu überzeugen und seine Röstung bei Bedarf zu optimieren. All das war es, was für ihn den Zauber von Kaffee ausmachte.

Allerdings brachte ihn die Menge der zu röstenden Kaffeebohnen inzwischen deutlich an seine Grenzen. Er arbeitete noch immer mit seiner Kochhexe und dem kleinen Handröster. Damit konnte er immer nur kleine Chargen zubereiten, und bei der steigenden Menge an Bestellungen von Röstkaffee zog sich diese Arbeit oft über Stunden. Zeit, in der er so viel anderes machen könnte, was auch wichtig war, und die ihm natürlich spürbar fehlte.

Seit er wieder auf Schmuggeltour ging, hatte das Geschäft zu seiner großen Freude merklich angezogen – genau wie er es sich erhofft hatte. Doch die kraftraubenden Touren, das langwierige Rösten und die Auslieferung der

Ware hielten ihn ordentlich auf Trab. Die Instandsetzung des Anwesens war seit Wochen ins Hintertreffen geraten, er schaffte es nicht, sich auch noch darum zu kümmern. Hans hatte eine Zeit lang, so gut er konnte, allein weitergemacht, doch er kam nur langsam voran. Die Eingangshalle war – wie vieles anderes – noch immer nicht fertig, was Eberhard den immer lauter werdenden Unmut der Frauen einbrachte.

»Was soll ich denn tun?«, hatte er beim Frühstück erst gefragt, als Magdalena mit sehr vorwurfsvollem Ton in der Stimme gefragt hatte, wann er in der Halle weitermachen wollte. »Meine Arbeit geht vor, Magdalena. Das weißt du. Ich werde mich darum kümmern, sobald es mir möglich ist.« Sein Ton war schärfer geworden, als er es beabsichtigt hatte. Aber er hatte es nicht zurückgenommen. Stattdessen war er aufgestanden, hatte die Serviette auf den Tisch geworfen und gebrummt: »Und jetzt geh ich in die Rösterei.«

Er verstand die Frauen ja, aber er konnte sich nun mal nicht teilen. Für Hans allein war die Arbeit viel zu schwierig, zumal er noch immer massive Probleme mit seinem Beinstumpf hatte. Die Entzündung flammte immer wieder neu auf, weshalb Eberhard seinem Freund jetzt sogar untersagt hatte, zu arbeiten. »Ich will nicht, dass du ein Risiko eingehst, Hans«, hatte er ihm gestern sehr eindringlich gesagt. »Bis auf Weiteres will ich nicht, dass du arbeitest. Nicht auf dem Bau und auch nicht im Garten. Setz dich in die Sonne. Kümmere dich um dein Buch. Schäl von mir aus für die Frauen Kartoffeln, aber lauf nicht herum. Schone dein Bein und lass die Entzündung ausheilen, bevor es noch schlimmer wird.« Er hatte ihm die Hand hingestreckt. »Versprich es mir, Hans. Ich meine es ernst.«

Unwillig hatte Hans schließlich eingeschlagen. Eberhard verstand, dass es seinem Freund schwerfiel. Hans fühlte sich unnütz, wenn er nicht arbeiten konnte, und vermutlich würde es Eberhard an seiner Stelle genauso ergehen. Aber in diesem Fall konnte er keine Rücksicht auf die Gefühle seines Freundes nehmen. Es galt, Hans vor sich selbst und seinem Ehrgeiz zu schützen.

Magdalena versorgte den Freund der Familie so gut sie konnte. Sie hatte ihm eine Mischung aus Kamille, Lavendel, Brennnessel und Schafgarbe zusammengestellt. Sie kochte täglich einen frischen Sud für Umschläge, hatte aber auch eine Salbe für Hans angerührt.

Je mehr Eberhard, während er radelte, über die Probleme nachdachte, die sich zu Hause anhäuften, desto grimmiger fühlte er sich. Er musste dringend Lösungen finden. Aber eins nach dem anderen. Zuerst einmal musste er nach Hause, Kaffee rösten und die Tour vorbereiten. Zum Glück hatte er noch genug Tauschware gebunkert. Magdalena war sicher nicht begeistert, wenn er ihr eröffnete, dass er schon wieder nach Belgien losziehen wollte. Aber was blieb ihm anderes übrig?

Als er an seine Frau dachte, zog sich Eberhards Magen schmerzhaft zusammen. Magdalena war nach wie vor überhaupt nicht mit seinen Schmuggeltouren einverstanden und versuchte fast täglich, ihn umzustimmen.

Nachdem er wie versprochen die sechs Monate durchgehalten und versucht hatte, mit legalem Handel über die Runden zu kommen, hatte sie nun jedoch keine Argumente mehr. Sie hatte ihm versprochen, ihn nach Ablauf der Frist nicht mehr davon abzuhalten. Er hatte seinen Teil der Abmachung eingehalten, jetzt hielt sie ihren.

Allerdings hinderte sie diese Tatsache nicht daran, ihn immer und immer wieder in Diskussionen über die Gefahren und Risiken des Schmuggelns zu verwickeln.

Eberhard war die ewigen Vorhaltungen langsam leid. Der Schmuggel war die einzige Möglichkeit, um sich als Kaffeeröster einen Namen zu machen und seine Familie zu ernähren. Und genau das war sein Job – allein der seine. Und doch schuftete seine Frau sich die Finger wund, Tag für Tag. Im Stall, im Garten, im Haus und mit diesen verflixten Seidenstrümpfen. Regelmäßig bekam sie große Mengen Material, und allmählich verfolgten die Strümpfe Eberhard schon bis in seine Träume. Wobei es weniger die Strümpfe selbst waren, als vielmehr dieses andauernde Tacktacktacktack vom Auf und Ab der Repassiernadel, mit der Magdalena seidendünne Fäden durch Maschen zog, die Eberhard mit dem bloßen Auge kaum auszumachen vermochte. Strumpf um Strumpf stülpte sie über eine speziell dafür entwickelte Vorrichtung. Es war ein auf einem Standfuß befestigtes Rohr. Dazu hatte sie eine extra helle Lampe, um diese feinen Maschen überhaupt erkennen zu können. Magdalena zog den Strumpf darüber und suchte die schadhafte Stelle. Fand sie eine Laufmasche, fing sie mit ihrem kleinen sehr feinen Spezialhaken von

Hand die Masche auf und holte sie Querfaden um Querfaden wieder nach oben. Es war mühsame Kleinarbeit, die sehr auf die Augen und durch die vorgebeugte Haltung auch auf das Genick ging.

Während sie vor lauter Schufterei immer dünner wurde, sollte er brav zu Hause bleiben und mit den kleinen Häppchen zufrieden sein, die der deutsche Kaffee ihm brachte? Auf keinen Fall! Diese Blöße würde er sich nicht geben. So ein Mann war er nicht und wollte er auch nicht sein. Magdalena musste das endlich einsehen.

Wenn in ihrer Familie irgendwer mit seinem Treiben aufhören musste, dann war das ganz eindeutig seine Frau. Sobald er genug Geld verdiente, würde Eberhard darauf bestehen, dass sie diese vermaledeite Arbeit kündigte. Und je mehr er verkaufte, desto eher wäre es so weit.

***

Eberhard sah das flackernde Licht hinter dem Fenster. Sehr gut, Jean-Claude war noch wach.

Ohne zu zögern, schlug Eberhard seinen Fingerknöchel gegen die Tür. Zweimal kurz, dreimal lang. Das war ihr Zeichen. Es dauerte nicht lange, dann hörte er Schritte, die den Flur entlang schlurften.

Der Belgier öffnete die Tür und warf Eberhard einen erstaunten Blick zu.

»Mein Freund, hast du dich verirrt?«, fragte er nach dem kurzen Moment der Überraschung. »Mit dir habe ich nicht gerechnet. Es ist doch gar nicht an der Zeit.«

»Lässt du mich trotzdem herein?«, fragte Eberhard. Es war nicht selbstverständlich. In diesen Zeiten war jederzeit Vorsicht geboten, und jede Änderung der Routine konnte auch einen Hinterhalt bedeuten. Jean-Claude öffnete dennoch wortlos die Tür ein Stück weiter und trat zur Seite, um Eberhard vorbeizulassen. Da entdeckte er den Verband an der Hand seines Freundes.

»Was ist los? Hast du dich verletzt? Hattest du Ärger auf dem Weg hierher?« Er beugte sich zur Haustür hinaus und ließ den Blick wieselflink von rechts nach links huschen. Draußen aber war alles still. Der kleine Ort und seine Bewohner schliefen.

»Keine Panik«, beeilte Eberhard sich zu versichern. »Niemand hat mich gesehen oder verfolgt. Das ist beim Rösten passiert. Diese verflixte Handtrommel. Ich hatte es eilig, und das Ding war noch heiß. Ich habe mir ziemlich ordentlich die Pfoten verbrannt.« So ordentlich, dass Eberhard sich auf dem Weg schon in die andere Hand gebissen hatte, um den pochenden Schmerz zu übertönen. Gebracht hatte das allerdings nicht sehr viel.

»Dann brauchst du jetzt erst einmal einen Schnaps. Setz dich, Eberhard. Ich hole uns Medizin.«

Obwohl Eberhard kein Freund von Schnaps war, nahm er das Angebot heute gern an. Die Brandwunde tat wirklich höllisch weh.

»Weißt du, was dein Problem ist, Eberhard?«, wollte Jean-Claude nach dem zweiten Glas wissen. Er wischte sich mit dem Handrücken über die Lippen.

»Meine Ungeschicklichkeit?«, fragte Eberhard.

Jean-Claude lachte, schüttelte den Kopf und klopfte Eberhard auf den Rücken. »Nein, mein Freund. Obwohl das auch ein Problem sein könnte. Aber ich will auf etwas anderes hinaus. Du denkst zu klein, Eberhard. Läufst dir die Hacken wund mit deinem einzelnen Sack jede Woche. Röstest in deiner Handtrommel Kinderportionen und träumst davon, Kaffeehändler zu sein.«

»Was heißt denn, ich träume davon?«, brauste Eberhard auf. »Was denkst du denn, was ich bin?«

Doch Jean-Claude ging nicht auf Eberhards Einwand ein. »Was du brauchst, ist ein ordentlicher Trommelröster. Überlege nur, was du an Zeit einsparen kannst, wenn du nicht mehr Stunde um Stunde an deinem kleinen Ofen stehen musst, um die Trommel zu drehen. Du könntest dreimal die Woche zu mir kommen und das Rösten wäre ein Klacks.«

»Ein Trommelröster?«, fragte Eberhard. »Hast du eine Ahnung, wie teuer so ein Teil ist? Wie soll ich mir das leisten können?«

»Frag dich lieber, wie lange du es dir leisten kannst, ohne ordentliches Arbeitsgerät weiterzumachen. Hör auf meinen Rat, Eberhard. Bau dir das Geschäft auf, von dem du seit Jahren träumst.«

»Hm«, machte Eberhard. Sein Herz pochte aufgeregt. Ein Trommelröster.

Natürlich hatte er schon daran gedacht, aber bisher hatte er den Gedanken immer sofort wieder von sich geschoben. Das war viel zu teuer, weiter kam er nicht. Aber vielleicht hatte Jean-Claude ja recht. Vielleicht musste er diesen Schritt wagen, um endlich wachsen zu können.

»Jean-Claude, ich muss wieder los. Ich danke dir für deinen Rat und werde darüber nachdenken.«

»Ich werde meine Beziehungen nutzen und mich erkundigen, was es dich kosten wird. Ich habe einen Freund in Köln.«

»Danke, Jean-Claude«, sagte Eberhard. »Aber sag deinem Freund, dass ich noch nicht weiß, ob ich die Summe aufbringen kann. Ich werde alles durchrechnen und mit der Familie besprechen.«

Er hatte inzwischen das Tauschsilber ausgepackt und Jean-Claude hatte einen Sack Kaffee geholt. Zusammen banden sie ihn auf Eberhards Rollschlitten fest, den er eigens für diesen Zweck konstruiert hatte. Dieses Vehikel zog er mit Seilen über beiden Schultern hinter sich her. Wurde es eng, konnte er sich den Sack samt Wagen im Nu auf den Rücken binden und damit losrennen – so gut das mit dieser schweren Last eben möglich war. Doch dadurch, dass er die Ware den Großteil der Strecke nicht selbst tragen musste, sondern nur das Zugtier für seinen Schlitten war, sparte er Kraft, die er im Ernstfall brauchte.

Die Konstruktion hatte ihn schon aus einigen gefährlichen Situationen gebracht und vor Übergriffen durch andere Schmuggler oder Zöllner und damit auch vor dem Gefängnis bewahrt.

Der Heimweg flog nur so an Eberhard vorbei. Er bekam nicht mit, wie er schwitzte und keuchte. Er spürte den pochenden Schmerz in der Hand nicht, und auch die müden Füße nahm er nicht zur Kenntnis, so sehr war er in Gedanken vertieft.

Erst als er neben Magdalena ins Bett schlüpfte, kam er wieder zu sich. Er musste es ihr erzählen. Jetzt.

Vorsichtig tastete er auf die andere Seite des Bettes zu Magdalena hinüber und berührte sie sanft an der Schulter. Nach dem zweiten zaghaften Schütteln wachte sie auf.

»Eberhard?«, fragte sie mit verschlafener Stimme. Im nächsten Moment war sie hellwach. Sie schoss in die Höhe und zog sich die Decke bis zum Kinn. »Mein Mann war die ganze Nacht neben mir im Bett«, rief sie.

Erst dann sah sie sich um und bemerkte erstaunt, dass Eberhard tatsächlich neben ihr lag.

»Ich dachte, sie hätten dich erwischt«, murmelte sie und Eberhard sah, dass ihr eine Träne über die Schläfe lief. »Ich hatte Albträume.«

Sofort schloss Eberhard seine Frau fest in die Arme und lehnte sich an das Kopfteil zurück. Sanft streichelte er ihr über das Haar. »Es ist alles in Ordnung, meine Liebste. Es tut mir leid, dass ich dich erschreckt habe, das wollte ich nicht. Die Nacht war ruhig und erfolgreich und jetzt bin ich wieder heil bei dir. Aber ich habe aufregende Neuigkeiten, von denen ich dir erzählen muss.« Er holte Luft, um ihr von der Chance auf einen Trommelröster zu erzählen, als es im Flur polterte.

Kapitel 7
Die Lieferung

Aachen · Oche · Aix-la-Chapelle · Aken · Aquae Granni

Gegenwart: Mai

»Ich muss sofort weg«, verkündete Corinne mit vor Stress rauer Stimme, kaum, dass sie das Gespräch mit Alexander beendet hatte. Sie griff nach ihrem Wasserglas und trank hastig einen Schluck. »Seid mir nicht böse, aber ich kann jetzt nicht mit euch anstoßen, ich muss los.«

Die Lust auf Sekt war ihr fürs Erste gehörig vergangen. Außerdem brauchte sie jetzt einen klaren Kopf.

Corinne war drauf und dran, einfach aufzustehen und zu gehen. Doch Noah nahm ihre Hände und hielt sie zurück.

»Langsam, Schatz«, sagte er. Er streichelte mit den Daumen über ihre Handrücken und versuchte Corinne zu beruhigen. »Sag uns bitte erst einmal, was passiert ist. Du bist ja total durch den Wind.«

»Wie? Ach so. Ja, natürlich, entschuldige bitte. Ich bin wirklich durcheinander.«

Sie schüttelte den Kopf und versuchte, ihre Gedanken zu sortieren. Jetzt erst wurde ihr bewusst, dass die anderen gar nicht wussten, was passiert war und total in der Luft hingen. Irgendwie hatte sie angenommen, sie hätten das Gespräch mithören können, was natürlich vollkommener Blödsinn war. Schnell fasste sie die Fakten zusammen.

»Heute kam die große Lieferung aus Brasilien in der Firma an, auf die wir schon gewartet haben. Eine Lieferung für die Stiftung. Zum ersten Mal haben wir besondere Kaffeebohnen von mehreren Plantagen bestellt. Fernando hat das organisiert. Lauter erlesene Spezialsorten, das meiste davon bereits von kleinen Röstereien vorbestellt.«

Corinne merkte, dass sie den roten Faden verlor. Sie hielt kurz inne und versuchte sich zu sammeln.

»Ach, ich hatte mich so darauf gefreut«, sagte sie und nahm noch einen Schluck Wasser, um die Enttäuschung hinunterzuspülen. »Natürlich wurde die Ware direkt bei der Ankunft kontrolliert, wie es üblich ist«, erklärte Corinne weiter. »Zum Glück, kann ich nur sagen. So kann später niemand behaupten, der Befall wäre erst bei uns im Lager passiert. Alexanders Leute haben alles dokumentiert. Alexander sagt, die Bohnen sind durch und durch verdorben. Verschimmelt und vergoren. Die Säcke müssen Feuchtigkeit abbekommen haben. Vielleicht auf dem Schiff. Es könnte sein, dass der Container nicht dicht war. Ich weiß es nicht. So etwas habe ich noch nie erlebt. Und das ausgerechnet mit dieser hochpreisigen Ware.«

Fassungslos schüttelte Corinne den Kopf. Sie stand auf. »Ich muss in die Firma, mir selbst ein Bild machen und mit

Alexander und Beatrice sprechen, wie wir weiter vorgehen. Ich habe keine Ahnung, was man in einem solchen Fall unternimmt. Wer ist verantwortlich? Meine Güte, ich bin so froh, dass ich *Ahrensberg Kaffee* an meiner Seite habe. Ohne unsere Familienfirma wäre ich aufgeschmissen.«

»Das klingt allerdings wirklich nach einem ernsten Problem. Komm, ich fahre dich«, sagte Sebastian, kaum, dass Corinne am Ende ihres Berichts angekommen war. »Das Auto steht ausnahmsweise in der Rathaus-Tiefgarage, weil ich heute Vormittag einen Kunden außerhalb des Stadtgebietes besuchen musste.«

»Das nenne ich Fügung«, kommentierte Frieda. »Sebastian fährt dich, und ich kümmere mich nachher um das Böhnchen. Mach dir keine Sorgen, Corinne«, sagte sie und ergänzte: »Zumindest nicht mehr, als du ohnehin schon hast.«

»Mia und ich bleiben noch ein bisschen hier«, sagte Noah. »Frieda hat ja auch noch Zeit, bis sie die Rösterei öffnen muss. Später bummeln wir gemütlich nach Hause. Melde dich bitte, wenn du mehr weißt oder wenn du Hilfe brauchst. Ich könnte natürlich auch mitkommen. Klara würde bestimmt eine Weile auf Mia aufpassen.«

»Danke, das ist lieb. Aber bleib du ruhig bei unserer Kleinen, so muss ich mich um sie nicht auch noch sorgen und weiß, dass sie in den allerbesten Händen ist. Ich schaffe das bestimmt. Bei *Ahrensberg Kaffee* sitzen fähige Leute mit viel Erfahrung. Ganz sicher wird Alexander mir mit seiner Mannschaft beistehen.«

Noah lächelte und nickte. Für einen kurzen Moment hatte Corinne den Eindruck, seine Lippen seien schmaler als sonst. War er vielleicht enttäuscht, weil sie seine Hilfe abgelehnt hatte? Es war nur ein kurzer Impuls, mit dem Corinne sich nicht lange aufhielt. Sie war viel zu angespannt, um länger darüber nachzudenken. Zumal Noah schon wieder ganz normal wirkte und sie liebevoll anlächelte, als sie schließlich aufstand und ihm und Mia einen Kuss gab. Sicher hatte sie sich das eingebildet. Es gab schließlich auch keinen Grund. Wenn er sie hätte begleiten wollen, hätte er das ja ganz direkt sagen können.

»Ich melde mich, sobald ich mit Alexander gesprochen habe. Versprochen.«

»Wie kann das nur passieren, Alexander?«, fragte Corinne, nachdem sie den fürchterlichen Schlamassel mit eigenen Augen gesehen hatte.

Alexander hatte nicht übertrieben. Die gesamte Lieferung war verdorben, da war nichts mehr zu retten. Die Kaffeebohnen waren von Schimmel befallen und hatten teilweise begonnen zu gären. Jeder einzelne Sack war betroffen.

Fassungslos stand Corinne da, den Blick auf das Desaster gerichtet, und kämpfte mit den Tränen. So viel Arbeit. So viele Menschen, die sich darum bemüht hatten, die Kaffeesträucher wachsen zu lassen, die besten Kaffeebohnen zu ernten und zur Weiterverarbeitung vorzubereiten. Und jetzt war das alles Sondermüll. Es war unfassbar.

»Und was machen wir jetzt?«, fragte sie, nachdem sie das Gefühl hatte, wieder Herrin ihrer Stimme zu sein. Vor lauter Verzweiflung nagte sie an ihrer Unterlippe. Der Kaffee musste vernichtet werden, das war klar. Und zwar so schnell wie möglich, bevor der Schimmel im Lager zu einem weitreichenderen Problem wurde. »Wir können diesen Müll doch nicht bis zur nächsten Kontrolle lagern. Wir müssen das loswerden.«

»Darum kümmere ich mich, Corinne«, meldete sich Beatrice zu Wort, die gerade erst dazugekommen war. »Alexander hat mich informiert. Das Zollamt ist kein Problem. Schwieriger wird es mit der Entschädigung. Wir haben den Schimmel und die Feuchtigkeit zwar bereits dokumentiert, aber es wäre möglich, dass noch weitere Untersuchungen notwendig werden. Bis das geklärt ist, sollten wir auf jeden Fall mit der Vernichtung warten. Ich werde mich mit der Reederei in Verbindung setzen, aber wir müssten nachweisen, dass der Schaden durch eine Beschädigung des Containers auf dem Schiff entstanden ist. Ansonsten – und das wird wohl auch so sein – haben wir keine Handhabe gegen die Reederei.«

»Wie bitte?«, fuhr Corinne jetzt dazwischen. »Wo soll der Schaden denn sonst entstanden sein? Auf dem Laster vom Hafen hierher vielleicht?«

Beatrice lächelte Corinne verständnisvoll an und schüttelte den Kopf. »Das wohl eher nicht. Aber möglich wäre auch, dass die Ware schon beim Verladen auf der Plantage nicht einwandfrei gewesen ist. Oder der Container nicht ordnungsgemäß verschlossen und dadurch abgedichtet war.«

Corinne wollte aufbrausen, doch Beatrice beschwichtigte sie. »Ich weiß, das kannst du dir nicht vorstellen. Aber wir müssen es leider ebenfalls in Betracht ziehen und vor allem wird die Reederei diesen Trumpf spielen. Dann wäre Fernando Oliveira Silva haftbar, er hat die Sendung verschickt. Er müsste sich dann seinerseits wieder mit den anderen Plantagenbetreibern in Verbindung setzen und nachforschen, wo der Befall seinen Ursprung haben könnte. Das wird sich schwierig gestalten, ganz klar. Sicher wird niemand die Hand heben und sagen: Hier, ich wars. Meine Bohnen waren nicht in Ordnung.«

»Ach du meine Güte«, hauchte Corinne jetzt ehrlich erschüttert. »Wir haben die Plantagen gemeinsam sorgfältig ausgesucht. Die haben alle einen ausgezeichneten Leumund. Und Fernando hat die ganze Aktion beaufsichtigt. Er hat mein vollstes Vertrauen. Ich kann mir beim besten Willen nicht vorstellen, dass er uns so schlechte Ware schicken würde. Das gab es in all den Jahren noch nie. Oder, Alexander?«

Hilfe suchend wandte sie sich an ihren Bruder. Der schüttelte wie erwartet den Kopf. »Nein, bisher hatten wir nie Probleme. Fernando ist in Ordnung.« Alexander zog eine Schnute. »Allerdings hat Fernando bisher auch immer nur Kaffeebohnen von seiner Plantage verschickt. Also war immer alles von Anfang bis Ende in seiner Hand. Dieses Mal sind Säcke von mehreren Plantagen dabei. Ich weiß, Corinne, du sagst, ihr habt sie sorgfältig ausgewählt. Aber Hand aufs Herz. Kennst du die Betreiber? Kannst du garantieren, dass sie alle so gut arbeiten wie Fernando?«

»Nein«, sagte Corinne. Ihr war vor lauter Anspannung schwindlig. »Aber mal ehrlich, so, wie diese Bohnen befallen sind, muss es massive Wassereinwirkungen gegeben haben. Nicht perfekt getrocknete Bohnen können vielleicht schimmeln, aber dieser Befall ist so massiv, das muss mehr als nur etwas Restfeuchtigkeit gewesen sein. Und deshalb vermute ich, dass der Container auf dem Transport beschädigt worden ist.«

»Das Problem wird sein«, übernahm nun Beatrice wieder das Sprechen, »dass man nicht ohne Weiteres wird feststellen können, von welchen Säcken der Befall ursprünglich ausgegangen ist. Eine Untersuchung wäre vielleicht möglich, aber sicher nicht ganz billig und ein klares Ergebnis auch nicht garantiert. Und ob wir eine Beschädigung des Containers nachweisen könnten, die dann der Reederei angelastet werden kann, ist mehr als fraglich. Wir würden unter Umständen dem schlechten Geld gutes hinterherwerfen. Aber lass uns nicht zu früh aufgeben. Manchmal gibt es ja auch Wunder, und vielleicht zeigt sich die Reederei ja kooperativ. Und parallel dazu sollten wir Fernando informieren. Corinne, du kennst ihn doch sehr gut. Könntest du vielleicht vorab mit ihm sprechen? Einfach die Situation erklären und fragen, ob er irgendeine Idee hat. Vielleicht bringt uns das ja weiter.«

Corinne sah auf die Uhr, es war Vormittag in Brasilien. Sie nickte. »In Ordnung. Wenn ich hier nichts mehr tun kann, rufe ich mir ein Taxi und fahre ins Büro. Kannst du die Lagerhalle abriegeln, Alexander?«

Ihr Bruder nickte. »Im Moment ist es kein Problem, falls es doch länger dauert, sehen wir weiter. Wenn die Ware entsorgt ist, werde ich meine Leute bitten, hier alles zu desinfizieren.«

»Guter Plan«, entgegnete Corinne. »Ich melde mich, wenn ich mit Fernando gesprochen habe. Ich versuche ihn per Skype zu erreichen.«

Sie wollte ihn sehen, wenn sie ihm die schlimme Nachricht überbrachte. Dann fiel ihr noch ein anderer Punkt ein. »Beatrice, ich werde der Stiftung Geld von meinem privaten Konto überweisen und den Kaffee vorerst aus Stiftungsgeldern bezahlen. Ich möchte auf keinen Fall, dass Fernando auf den Kosten sitzen bleibt. Das würde ihm wirtschaftlich das Genick brechen. Die Plantage ist sein Leben, das kann ich ihm nicht antun«, sagte sie noch. »Kannst du mir helfen, das abzuwickeln?«

»Selbstverständlich«, kam Beatrice' Antwort prompt. »Alexander, wäre es okay, wenn ich morgen schon mal einen Tag bei Corinne bin? Dann könnte ich mich von dort aus kümmern.«

»Mach das«, genehmigte Alexander ihr den Wunsch sofort. »Das ist eine gute Idee.«

***

»Alles?«, fragte Fernando fassungslos. »Die gesamte Lieferung? Auch mein Jacu Bird Kaffee? Aber Corinne, diese Lieferung war ein Vermögen wert. Das kann doch nicht wahr sein. Wie konnte das nur passieren?«

Fernando wurde so blass, dass Corinne Angst hatte, er könnte vom Stuhl kippen. Sie beeilte sich, ihm zu versichern, dass die Stiftung den Verlust tragen würde, falls es nicht über eine der Versicherungen abgewickelt werden konnte.

»Wie das passieren konnte, wüsste ich allerdings auch gern«, gestand sie. »Das Problem ist, dass wir nicht sagen können, ob es auf dem Transportweg oder schon bei dir auf der Plantage zu der Feuchtigkeit in den Säcken gekommen ist. Für mich sieht es jedenfalls nicht so aus, als ob einzelne Säcke mit Feuchtigkeit das verursacht haben können. Sie sind alle gleich stark betroffen. Auf mich wirkt es eher wie ein massiver Wasserschaden durch einen Verladefehler.« Oder Sabotage, fügte sie in Gedanken an. Sie sprach es nicht laut aus, brauchte erst weitere Fakten, bevor sie Fernando mit diesem Verdacht konfrontierte. Zumal sie ihn ja nicht persönlich verdächtigte und unbedingt vermeiden wollte, dass er sich noch mehr sorgte als ohnehin schon. Es war wichtig, das Thema zu besprechen, aber Corinne tastete sich vorsichtig heran.

Sie mussten die Möglichkeiten diskutieren und im besten Fall Anhaltspunkte finden, um die Plantage als Verursacher auszuschließen. Doch das war nicht so einfach. Fernando hatte zwar Stichproben kontrolliert, aber er war nicht während des gesamten Vorgangs von der Ankunft der Ware bis zum Verladen persönlich dabei gewesen. Er würde mit seinen Mitarbeitern sprechen müssen. Und mit den anderen Kaffeebauern. Was, wenn wirklich jemand versuchte, die Stiftungsarbeit zu boykottieren?

Corinne stellte also zunächst einige allgemeine Fragen zum Stiftungsprojekt. Doch auch sein Bericht war nicht sehr positiv. Irgendwie schien dieses erste wichtige Stiftungsprojekt unter keinem guten Stern zu stehen.

Es hatte schon wieder Diebstähle gegeben, erklärte er. Die anfängliche Begeisterung der Frauen begann zu bröckeln, ein paar waren nach Fernandos Einschätzung drauf und dran, abzuspringen. Ob das auf Initiative der Frauen selbst passierte oder vielleicht die von Beginn an misstrauischen Männer dafür verantwortlich gemacht werden mussten, konnte Fernando nicht sagen.

Seine Frau Luciana bemühte sich sehr um die Frauen. Sie stand hinter dem Projekt, darauf konnte Corinne vertrauen, aber ob das genügte, musste sich erst zeigen. Luciana führte Gespräche, beantwortete die Fragen der Frauen und versicherte ihnen, dass es eine gute Sache für sie und ihre Kinder war, wenn sie sich beruflich engagierten und selbstständiger wurden. Sie versuchte den Frauen klarzumachen, was für ein Geschenk die Kooperation war.

Aber Fernando räumte auch ein, dass Luciana sich mit der Aufgabe nicht wirklich wohlfühlte. Sie war überfordert.

»Meine Frau steht voll hinter dir, Corinne, genau wie ich«, sagte er. »Luciana ist eine moderne Frau. Das Problem ist ihr zurückhaltendes Wesen. Es liegt ihr leider gar nicht, die Führungsrolle zu übernehmen. Sie kann nicht gut argumentieren, weil sie ein viel zu weiches Herz hat und deshalb zu schnell nachgibt. Trotzdem engagiert sie sich weiter, weil sie von dem Projekt überzeugt ist.«

Die arme Luciana. Sie war ins kalte Wasser geworfen worden. Natürlich hätte sie ablehnen können, als Corinne sie fragte, ob sie in das Projekt mit einsteigen und für die Stiftung vor Ort die Betreuung der Frauen übernehmen wollte. Aber dazu war sie – Fernando hatte es noch mal bestätigt – viel zu weichherzig. Und außerdem hätte Corinne alles darangesetzt, um sie zu überreden. Sie mochte Luciana und war davon überzeugt, dass sie hervorragende Arbeit leisten würde, wenn sie nur erst etwas Routine hatte. Wie schade, dass Corinne ihr nicht beistehen konnte.

Es wühlte sie auf, dass die Situation der Frauen so schwierig war und sie mit der Kooperation nur so langsam vorankamen. Jetzt schien sogar das ganze Projekt gefährdet, von jemandem, der nicht auf ihrer Seite stand. Es machte Corinne verrückt, wenn sie nur dran dachte. Es war so eine fantastische Möglichkeit, den Menschen zu helfen. Alles, was sie wollte, war ihnen ein besseres Leben zu ermöglichen. Dass auch die Männer langfristig davon profitieren würden, wenn ihre Frauen sie bei der Ernährung der Familie unterstützen und ihre Kinder eine ordentliche Bildung erhalten würden, schienen sie nicht zu verstehen. Stattdessen schlugen sie die Hand, die Corinne ihnen reichen wollte, unbedacht weg. War sie naiv gewesen, als sie erwartet hatte, dass sie mit offenen Armen empfangen werden würde?

»In Ordnung, Fernando. Bitte halte auf jeden Fall die Augen offen. Ich kann mir nicht helfen, aber mir gefällt das alles gerade so gar nicht. Die Diebstähle, deine verschwundenen Männer und jetzt die verdorbene Ware – wie und ob das alles zusammenhängen mag, können wir im Moment noch nicht sagen. Hoffen wir einfach, dass diese unsägliche Reihe von Ärgernissen endlich ein Ende hat. Wir wollten doch mit der Stiftung für Verbesserungen sorgen und nicht für zusätzliche Probleme.«

»Ja, Corinne. Hoffen wir«, kam die müde klingende Antwort von Fernando. Er rieb sich die Augen und seufzte. »Ich melde mich, wenn ich mit allen gesprochen habe. Vielleicht finde ich ja etwas heraus.«

Fernando hob die Hand zu einem kurzen Abschiedsgruß, dann kappte er die Verbindung.

So müde wie Fernando geklungen hatte, fühlte sich Corinne. Es war klar, dass er nicht wirklich daran glaubte, etwas zur Auflösung beitragen zu können. Sie beendete Skype, fuhr das Notebook herunter, stellte die Ellbogen auf den Schreibtisch und legte ihr Gesicht in die Hände.

Ein paar Minuten verharrte sie in dieser Position und ließ sich Zeit, ihre Gedanken zu sortieren. Sie hatte Angst, dass Fernando das Projekt über den Kopf wuchs. Es war eine Sache, ein guter Kaffeebauer zu sein – eine andere, im eigenen Land soziale Projekte und ein Umdenken bei den Menschen zu initiieren. Einerseits war es natürlich absolut hilfreich, dass Fernando dazugehörte. Er kannte die Menschen und ihr Denken. Andererseits war vielleicht gerade das auch in manchen Momenten ein Problem. Vielleicht war er zu nah an der Situation dran und hatte dadurch nicht mehr den Blick für das große Ganze. Corinne wusste es nicht. Alles, was sie wusste, war, dass es gerade wirklich nicht rundlief.

Es half nichts, im Moment konnte sie nichts tun außer zu warten. Sie sah sich im Büro um und schüttelte energisch den Kopf. Keine Büroarbeit heute. Sie brauchte jetzt etwas für die Seele, um wieder in ihr Gleichgewicht zu kommen. Also stand sie auf und ging die Treppe hinunter und in den Verkaufsraum, wo Frieda gerade Regale auffüllte.

»Hey, Corinne, alles klar? Konntest du etwas herausfinden? Was sagt Fernando?«

»Fernando ist schockiert«, erklärte Corinne. »Und was er von unserer Stiftungsarbeit berichtet, ist auch nicht sehr erbaulich. Es läuft nicht so, wie wir uns das wünschen. Das alles ist ein Desaster. Ich habe das Gefühl, gegen Windmühlen zu kämpfen, und bin unfassbar müde. Ich brauche jetzt einen Kaffee«, setzte sie hintendran und wollte hinter die Theke gehen, um Kaffee zu kochen. Doch Frieda war schneller. Sie fasste Corinne an den Schultern, drehte sie um hundertachtzig Grad und schob sie Richtung Barhocker.

»Setz dich, ich kümmere mich um deinen Kaffee.«

Frieda war wirklich eine Seele von Mensch. Dankbar und ohne Widerspruch gehorchte Corinne und genoss es, ein wenig umsorgt zu werden. Es war schön, hier in ihrem *Böhnchen* zu sitzen und die Atmosphäre zu genießen.

Corinne sah Frieda dabei zu, wie sie sich mit geübten Handgriffen an die Zubereitung machte. »Was darf es denn sein?«, fragte sie gleich darauf. »Hausmarke oder lieber etwas Besonderes?«

»Nach diesem Tag gern etwas Besonderes«, antwortete Corinne. Sie fand, dass sie eine Belohnung verdient hatte, wenn ihr schon vor lauter Problemen Sekt und Erdbeerkuchen durch die Lappen gegangen waren. »Würdest du mir bitte einen Geisha aufgießen?«

»Oki«, kam es von Frieda und Corinne musste unwillkürlich lächeln. Das war Sebastians Wort.

Während sie auf den Kaffee wartete, betrachtete Corinne das Regal mit den Kaffeesprüchen. Sie hatten Dekotafeln in unterschiedlichsten Größen. Auf einer Staffelei drapierte Frieda im täglichen Wechsel den Spruch, der ihr gerade besonders gefiel. »Ein Leben ohne Kaffee ist nicht die Bohne wert« stand auf der heutigen Tafel. Es gab die Sprüche nicht nur als Dekoration, sie hatten auch Karten damit bedrucken lassen, Tassen und Geschirrtücher. Corinne und Frieda hatten Spaß daran, das Sortiment immer wieder zu verändern. Sie dachten sich gern neue Sprüche aus oder griffen welche auf, die ihnen im täglichen Leben begegneten. Es war eine humorvolle Ergänzung des Kaffeesortiments und brachte die Kunden immer wieder zum Schmunzeln. Und so ganz nebenbei war es auch noch perfektes Marketing, denn gut gelaunt kauften die Leute viel lieber ein.

»Bitte schön, einmal Geisha für die Dame«, sagte Frieda jetzt und stellte den Kaffee vor Corinne auf die Theke. Das Aroma, das von der Tasse aufstieg und Corinnes Nase umspielte, wirkte wie Medizin. Sie fühlte sich sofort sehr viel besser. Genüsslich hielt sie die Tasse mit beiden Händen unter die Nase und nahm ein paar tiefe Atemzüge. Dann kostete sie vorsichtig und gab ein wohliges Seufzen von sich.

»Wir sollten dich beim Kaffeetrinken filmen und das als Werbevideo nutzen, Corinne. Wer dich so erlebt, kann gar nicht anders, als unbedingt und sofort einen Kaffee zu trinken.«

»Du bist verrückt«, kommentierte Corinne. »Aber der Geisha ist der Wahnsinn. Leichtigkeit, Frucht und trotzdem sehr viel Tiefe. Eine sehr breite Aromenvielfalt, die Geschmacksnerven haben ordentlich zu tun. Nimm dir eine Tasse und sag mir, was du schmeckst.«

Das ließ Frieda sich nicht zweimal sagen. Sie liebte es, wenn Corinne sie in Sachen Kaffee schulte, obwohl Corinne fand, dass Frieda längst selbst ein Profi war. Sie hatte, seit sie im Böhnchen arbeitete, jede Gelegenheit genutzt, um sich fortzubilden. Inzwischen machte ihr kaum jemand noch etwas vor, wenn es um Kaffee ging. Frieda hatte auch Rösten gelernt und entlastete Corinne damit sehr.

Konzentriert nahm Frieda zuerst einen tiefen Atemzug, um das Aroma zu erfassen. Dann nippte sie vorsichtig, behielt den Kaffee im Mund und versuchte die Eindrücke zu erfassen. Nach einem weiteren Schluck nickte sie. »Eine sehr besondere Bohne«, sagte sie. »Obwohl sie so sanft geröstet ist, bringt sie eine enorme Kraft mit. Im ersten Moment dominieren die Fruchtaromen, Beeren und Zitrus. Aber das Ganze wird getragen von einem Hauch Vanille. Köstlich!«

Corinne freute sich über das begeisterte Funkeln in Friedas Augen. Sie lächelte ihre Mitarbeiterin an. »Ausgezeichnet. Mach weiter.«

»Irgendwie erinnert der Kaffee mich merkwürdigerweise an Tee«, sagte Frieda. »Habe ich ihn etwa zu dünn aufgebrüht?« Erschrocken sah sie Corinne an. »Du hättest ruhig was sagen können.«

»Nein, entspann dich. Du hast den Kaffee perfekt dosiert. Es ist das Bergamotte-Aroma, das dich auf den Vergleich bringt«, half Corinne etwas nach.

»Ach so, richtig.« Frieda lachte erleichtert. »Das ist es. Earl Grey. Darauf hätte ich aber auch selbst kommen können.«

Nachdem dieses Rätsel gelöst war, nahm sie einen weiteren Schluck und fuhr mit ihrer Analyse fort. »Es ist spannend. Durch die Vanille, die reifen Früchte und das Bergamotte-Aroma schmeckt der Kaffee fast süß. Er hat eine milde Säure und belebt den Gaumen auf angenehme Art. Und obwohl er so leicht daherkommt, hält das Aroma lange an.«

»Perfekt«, kommentierte Corinne und nickte anerkennend. »Besser hätte ich es nicht rausschmecken können.«

Frieda strahlte. »Danke, Corinne. Es macht mir wirklich Spaß, und ich bin so froh, dass du mir schon so viel beigebracht hast und mich immer noch weiterschulst. Du bist echt eine tolle Chefin.«

»Oh, danke sehr, das höre ich gern. Ich bin wiederum froh, dass du das alles überhaupt lernen willst. Erinnerst du dich noch, als du damals bei mir angefangen hast? Du wolltest nur einen Job, um zwischendurch Geld zu verdienen, und warst auf der Suche nach deinem beruflichen Weg. Wir haben lange nicht darüber gesprochen, vermutlich weil sich alles so gut und richtig anfühlt. Bist du zufrieden, wie es läuft, oder denkst du noch über einen beruflichen Wechsel nach?«

Angespannt beobachtete Corinne Friedas Reaktion auf ihre aus der Situation heraus spontan gestellte Frage. Hoffentlich hatte sie jetzt keinen schlafenden Hund geweckt, sonst hätte sie direkt das nächste Problem.

Doch Sekunden später lachte Frieda und schüttelte, ohne lange nachzudenken, den Kopf. »Beruflicher Wechsel, Corinne? Bist du wahnsinnig? Ich bin absolut glücklich hier. Ich arbeite sehr gern für dich, und deine Leidenschaft für Kaffee hat längst auch mich erfasst, das hast du ja hoffentlich gemerkt. Also nein, von meiner Seite aus gibt es keine Pläne oder Überlegungen, an unserer Situation etwas zu ändern.«

Corinne atmete erleichtert aus. Wie es aussah, hatte Frieda ihren Platz gefunden. Corinne nahm sich vor, mit ihr über die Möglichkeit einer offiziellen Ausbildung zu sprechen, sobald sich die allgemeine Situation etwas beruhigt hatte. Vielleicht hatte sie Lust, Einzelhandelskauffrau zu werden? Oder zumindest Abschlüsse im Bereich Kaffee zu machen. Eine Baristaausbildung vielleicht. Fürs Erste freute Corinne sich aber einfach, dass Frieda ihr treu bleiben wollte.

»Das ist die erste gute Nachricht heute. Prost!« Corinne hob ihre Tasse und prostete Frieda damit zu. Dann trank sie den letzten Schluck. »Weißt du was? Um dem Tag noch eine gute Wendung zu geben, werde ich jetzt rösten.«

»Das ist eine tolle Idee. Und dabei erzählst du mir noch genauer von den Sorgen, die dich gerade drücken. Vielleicht hilft es ja. Einverstanden?«

Als ein Kunde das Böhnchen betrat, kümmerte Frieda sich sofort um ihn. Corinne nutzte die Gelegenheit für ihre Röstvorbereitungen. Sie wählte die Bohnen aus, stellte den Röster an und auch die Sortiermaschine, die sie erst vor ein paar Monaten gekauft hatte. Sie stellte eine große Erleichterung dar. Auch wenn sie das Sortieren von Hand eigentlich mochte, es war ein enormer Zeitfresser. Jetzt konnte sie den gerösteten Kaffee einfach in den Sortierer kippen und später in einen der Hobbocks abfüllen. Sie hatte auch in diesem Punkt etwas an der Produktion geschraubt. Die metallenen Eimer mit Deckel waren ideal. Sie konnten luftdicht verschlossen und beschriftet werden. Im Lager hatte man so immer die Übersicht, und der Kaffee war sicher und sauber verpackt. In die Kaffeetüten, die sie verkaufte, konnte sie dann nach Bedarf abfüllen.

»Weißt du was?«, fragte Frieda, die plötzlich neben Corinne aufgetaucht war. Corinne hatte gar nicht mitbekommen, dass der Kunde schon wieder gegangen war, und zuckte erschrocken zusammen. Sie hatte mit offenen Augen geträumt.

»Nein«, sagte sie. »Aber ich bin sicher, du sagst es mir gleich.« Sie zwinkerte Frieda auffordernd zu.

»Du solltest nach Brasilien fliegen und dir selbst ein Bild machen«, platzte Frieda ohne Umschweife heraus.

Corinne klappte die Kinnlade hinunter. Hatte sie gerade richtig gehört?

Kapitel 8
Ein Notfall

Aachen · Oche · Aix-la-Chapelle · Aken · Aquae Granni

Juli 1948

Das laute Poltern ließ Eberhards Blut gefrieren. Vergessen waren seine aufregenden Neuigkeiten, die er gerade hatte loswerden wollen. Er sah zu Magdalena hinüber, die sich die Hand vor den Mund geschlagen hatte und ihn mit vor Schreck geweiteten Augen anstarrte.

Für Sekunden verharrten sie beide wie gelähmt in ihrer Position, dann sprangen sie plötzlich fast gleichzeitig aus dem Bett, als hätte es ein geheimes Kommando gegeben. Magdalena stürmte zur Tür, doch Eberhard fasste sie am Arm und hielt sie zurück. Er wollte auf keinen Fall, dass sie sich in Gefahr begab.

»Das könnte gefährlich sein«, zischte er. »Bleib bitte im Zimmer!«, befahl er in energischem Ton. Zusätzlich warf er ihr einen warnenden Blick zu. Jetzt war nicht der richtige Augenblick für eine Frau, ihrem Ehemann zu widersprechen, versuchte er ihr damit klarzumachen. Dann rannte er, ohne sich noch einmal umzuschauen, zur Tür.

Doch er riss sie nicht auf, sondern öffnete sie nur so weit, dass er hindurchschlüpfen konnte. Leise trat er in den Flur. Da auf Höhe des Schlafzimmers nichts Auffälliges zu erkennen war, rannte Eberhard vorsichtig und so leise wie möglich, um den Eindringling nicht zu warnen, den Gang entlang Richtung Treppe.

Schon im Laufen ballte er seine Hände zu Fäusten. Er war darauf gefasst, in der nächsten Sekunde einem Einbrecher gegenüberzustehen. Der allerdings würde sein blaues Wunder erleben und sich wünschen, einen Bogen um die Villa gemacht zu haben.

Eberhard hatte nicht all die Strapazen auf sich genommen, die Villa zu bekommen und die Grundlage für *Ahrensberg Kaffee* zu schaffen, um jetzt einem Verbrecher sein Hab und Gut zu überlassen. Auch wenn es nicht viel zu stehlen gab, das bisschen, was da war, würde er bis aufs Blut verteidigen. Er mochte es vielleicht gehasst haben, aber der Krieg hatte ihn gelehrt zu kämpfen. Dem Eindringling würde gleich Hören und Sehen vergehen.

Doch entgegen Eberhards Erwartung war auch ein Stück den Gang hinunter niemand zu sehen. Der Flur und die Eingangshalle lagen still und verlassen vor ihm. Im diffusen Licht der Morgendämmerung blickte er sich um, suchte nach Hinweisen, wo das Poltern hergekommen sein könnte.

»Jesus Maria!«

Eberhard zuckte bei dem entsetzten Ausruf, der ganz nah neben ihm ertönt war, erschrocken zusammen. Magdalena hatte nicht auf ihren Ehemann gehört und war ihm trotz seiner klaren Aufforderung, im Schlafzimmer zu bleiben, nach draußen gefolgt. Jetzt stand sie neben ihm und sah erschreckt Richtung Treppe.

Eberhard, der den Grund ihrer Aufregung nun ebenfalls entdeckt hatte, sprang mit großen Sprüngen die Stufen hinunter zu Hans, der auf dem kleinen Zwischenabsatz lag und sich nicht rührte.

Er war die Ursache für den Lärm gewesen. Hans musste auf der Treppe das Gleichgewicht verloren haben und gestürzt sein. Eberhards Herzschlag raste, als er sich zu seinem Freund beugte.

»Hans«, sagte er eindringlich und fasste seinen Kameraden an der Schulter. Er sah, dass dessen Brust sich hob und senkte und atmete selbst erleichtert auf. Hans lebte. Was für ein Glück. Doch dann wurde Eberhard bewusst, dass dennoch etwas ganz und gar nicht stimmte. Hans reagierte nicht auf die Ansprache und auch nicht auf sanftes Schütteln. Außerdem fühlte er sich sehr heiß an. Er kochte förmlich. Unruhig warf er den Kopf hin und her.

»Hans«, sagte Eberhard noch einmal. »Hörst du mich?«

»Durst«, kam es leise über die Lippen seines Freundes. Die Frage, ob Hans Eberhard gehört hatte, blieb allerdings unbeantwortet.

Eberhard zählte eins und eins zusammen. Hans hatte vermutlich Durst gehabt und versucht, in die Küche zu gelangen. Die Treppe war schon in fittem Zustand eine Herausforderung für den Kriegsversehrten. Geschwächt durch das hohe Fieber, das deutlich spürbar war, hatte ihn vielleicht die Kraft verlassen. Er musste auf der Treppe zusammengebrochen oder ausgerutscht sein. Vielleicht hatte er auch mit der Krücke eine Stufe verfehlt. Jedenfalls sah es so aus, als ob er mehrere Stufen hinuntergestürzt wäre. Er musste einen guten Schutzengel gehabt haben, sonst hätte er sich bei diesem Unfall ohne Weiteres das Genick brechen können. Allein der Gedanke daran, was alles hätte geschehen können, ließ Eberhard schaudern. Allerdings durfte er sich auch nicht zu früh freuen. Noch konnte er schwerwiegende Verletzungen nicht ausschließen.

»Du bekommst gleich etwas zu trinken, Hans. Aber zuerst muss ich wissen, ob du dich bei dem Sturz verletzt hast. Tut dir etwas weh? Kannst du dich bewegen?«

Hans sah Eberhard an, doch er sah durch ihn hindurch. »Sie greifen an«, sagte er. »Bringt euch in Sicherheit. Schnell!«

»Er fantasiert«, sagte Magdalena.

»Nein, er erinnert sich«, antwortete Eberhard traurig, während seine Frau sich auf die andere Seite neben Hans kniete und ihn besorgt beobachtete. Sie fühlte seine Stirn und gab einen erstaunten Laut von sich.

»Eberhard, er glüht ja«, stellte sie erschrocken fest.

Eberhard nickte mit ernster Miene. »Ich habe es auch bemerkt. Erstaunlich, dass er überhaupt bis zur Treppe gekommen ist, in dem Zustand.«

»Verflixt. Kein Wunder, dass er nicht bei Sinnen ist. Ich fürchte, das kommt von der Entzündung im Stumpf. Er hat kein Wort gesagt, dass es schlimmer geworden ist, sonst hätte ich mir das längst angesehen und ihn zum Arzt gebracht. Dieser unvernünftige Narr. Lass mich ihn kurz untersuchen, ich muss mir ein Bild verschaffen.«

Behutsam tastete sie Hans hab und sprach dabei beruhigend auf den halb bewusstlosen Mann ein. Dann nickte sie erleichtert. »Soweit ich es feststellen kann, hat er sich nichts gebrochen. Er reagiert auf Berührung, scheint aber abgesehen vom entzündeten Stumpf keine Schmerzen zu haben und kann auch den Kopf bewegen. Ich denke, wir sollten ihn in sein Zimmer bringen. Dann sehen wir weiter. Hilfst du mir?«

Sofort machte Eberhard sich bereit und fasste Hans wieder an der Schulter an. »Hans, wir helfen dir auf und bringen dich in dein Zimmer«, sagte er laut, in dem Versuch, durch den Fieberwahn zu seinem kranken Freund durchzudringen. Doch der reagierte nicht.

Von beiden Seiten fassten sie ihn unter den Armen und versuchten ihn anzuheben. Es war gar nicht so einfach. Nach zwei Versuchen ließen sie ihn noch einmal ab, um sich eine erfolgversprechendere Strategie zu überlegen. Endlich schien Hans für einige Sekunden klar im Kopf zu sein.

»Eberhard?«, fragte er erstaunt.

»Du erkennst mich, das ist sehr gut.« Eberhard war erleichtert. Vielleicht war doch alles nicht so schlimm, wie es im ersten Moment den Anschein hatte. »Hans, komm, hilf mit. Wir wollen dich in dein Zimmer bringen.«

Doch wieder warf Hans seinen Kopf hin und her und war sehr aufgeregt. »Was tust du noch hier? Wieso bist du nicht im Bunker?«, fragte er mit schriller Stimme. »Sie kommen. Gleich sind sie da.«

Eberhard zuckte zusammen. Es schnürte ihm die Kehle zu. Sein Freund träumte vom Krieg. Diesen Horror kannte Eberhard zur Genüge. Er wusste, durch welche Qualen Hans gerade ging.

»Ruhig, mein Freund. Ich bin hier, um mit dir gemeinsam in den Bunker zu gehen«, sagte Eberhard und musste sich große Mühe geben, das Zittern in seiner Stimme zu unterdrücken.

Magdalena warf ihm einen verständnisvollen und gleichzeitig anerkennenden Blick zu. Mit einem Nicken gab sie ihm zu verstehen, dass er weitersprechen sollte.

»In Ordnung, Hans. Wir müssen uns jetzt wirklich beeilen. Du hast selbst gesagt, sie kommen gleich. Also hilf mit, sonst schaffen wir es nicht. Verstanden?«

Hans stöhnte und nickte beinahe unmerklich.

»Auf drei«, kommandierte Eberhard und signalisierte Magdalena, dass sie sich bereit machen sollte. Ohne lange zu zögern, zählte er, er wollte die Gunst des Momentes nutzen, in dem Hans in gewisser Weise ansprechbar war.

»Eins, zwei, und drei. Hoch mit dir, Kamerad. Los, streng dich an. Komm schon, Hans, sie sind gleich da.«

Unerbittlich trieb er seinen stöhnenden Freund an, und es half. Zitternd und wackelnd brachten sie Hans auf sein Bein. Die Krücke lag ein paar Stufen weiter unten, sie ließen sie liegen. Hans würde sich ohnehin nicht selbst halten können und so übernahmen Magdalena und Eberhard diese Aufgabe.

Ganz vorsichtig stabilisierten sie ihn. Eberhard rechts, Magdalena links, stützten sie ihn und schleppten ihn Stufe für Stufe die geschwungene Treppe hinauf, in sein Zimmer und endlich auch in sein Bett.

Inzwischen waren auch die anderen Bewohner wach geworden. Natürlich wollten alle helfen, aber Eberhard gebot ihnen Einhalt. Wo hätten sie auch anpacken sollen?

»Barbara, würdest du die Krücke holen?«, verteilte er stattdessen weitere Aufgaben. »Ich möchte nicht, dass noch jemand stürzt und sich vielleicht ernsthaft verletzt.«

Er sah, wie die Frauen Hans ordentlich betteten, sein Kopfkissen ausschüttelten und ihn zudeckten. Barbara brachte die Krücke und lief gleich noch mal los, um ein Glas Wasser zu holen. Magdalena fühlte die Stirn des Patienten, versuchte ihn anzusprechen und schüttelte, als keine Reaktion kam, besorgt den Kopf.

Eberhard verstand sofort, was das hieß.

»Ich hole Doktor Blessing«, sagte er und machte sich eilig auf den Weg. Die Praxis war nicht weit vom Ahrensberg-Anwesen entfernt, aber Eberhard kannte den Doktor noch nicht persönlich. Das und die nächtliche Stunde ließen ihn einen Moment zögern, ob er ihn tatsächlich belästigen sollte. Doch Magdalenas Bitte war drängend. Sie durften keine Zeit verlieren.

Nur wenig später untersuchte Dr. Blessing den Patienten mit wichtiger Miene. Mit einem unwilligen Murren war er Eberhard in die Villa gefolgt, widmete sich nun aber gewissenhaft seiner Pflicht. Er fühlte den Puls, besah sich den stark entzündeten Stumpf, kontrollierte die Körpertemperatur und hörte Brust und Bauch des Patienten ab. Zwischendurch ließ er das ein oder andere Mal ein gewichtiges »Hm« vernehmen und runzelte die Stirn.

Auch wenn er keinen reellen Grund hatte, konnte Eberhard diesen Arzt vom ersten Augenblick an nicht ausstehen. Auf ihn wirkte der Mediziner wie ein aufgeblasener Wichtigtuer. Aber jetzt war nicht der Moment, um wählerisch zu sein. Immerhin hatte der Mann sich von Eberhard aus dem Bett klingeln lassen und war ohne lange zu diskutieren zu dem frühen Hausbesuch bereit gewesen. Du bist undankbar, rügte Eberhard sich selbst.

Zum Schluss prüfte der Arzt mit einem kleinen Hämmerchen noch an den Armen und dem gesunden Bein die Reflexe des Patienten. Nach der Untersuchung kramte er eine Weile in seiner Arzttasche herum und gab Hans schließlich eine Spritze in den Hintern.

»Mehr gibt es von meiner Seite nicht zu tun«, erklärte der Doktor schließlich. »Die Wunde braucht Behandlung, und das Fieber muss runter.« Er drückte Magdalena eine Tinktur in die Hand und erklärte ihr, was sie zu tun hatte. Mit sorgenvoll hochgezogenen Augenbrauen wies der Arzt Magdalena an, heilende Umschläge am Stumpf sowie kühlende Wickel an der gesunden Wade zu machen und sie alle halbe Stunde zu erneuern. Tag und Nacht.

Magdalena hörte dem Arzt genau zu, nickte und stürmte aus dem Zimmer, um sich die Sachen zusammenzusuchen, die sie für die Umschläge benötigte.

»Ich habe Kaffee gekocht, Herr Doktor«, meldete sich nun Edda zu Wort. »Sie mussten so früh aus dem Haus, wie wäre es mit einem guten Frühstück?«

»Das nenne ich eine vernünftige Idee. Zu einer kleinen Stärkung würde ich tatsächlich nicht Nein sagen. Vielen Dank für die freundliche Einladung.«

Johanna und Edda begleiteten den Arzt in das Speisezimmer, das zwar noch neue Tapeten und Vorhänge brauchte, aber doch immerhin vorzeigbar war. Barbara verschwand in ihrem Zimmer. Sie musste demnächst zur Schule und wollte sich in Ruhe zurechtmachen.

Eberhard blieb bei Hans. Der schlief zwar, aber Eberhard wollte den kranken Freund nicht unbeaufsichtigt lassen.

Magdalena kam zurück und begann mit schnellen Handgriffen alles vorzubereiten. Eberhard half ihr, den ersten Wickel anzulegen und stellte seiner Frau dann einen Stuhl mit Kissen zurecht. Magdalena setzte sich und sah auf die Uhr.

»Kann ich dich einen Moment allein lassen?«, fragte Eberhard. »Ich möchte nach dem Rechten sehen und hören, ob der Arzt noch etwas zu Hans' Zustand zu sagen hat.«

»Geh nur, ich komme gut zurecht.«

Den Weg ins Speisezimmer hätte Eberhard sich sparen können. Der gebratene Speck und die Eier, die Edda ihm serviert hatte, waren dem Arzt deutlich wichtiger als ein Gespräch über entzündete Beinstümpfe. Er hatte nicht mehr zu sagen, als er ihnen im Zimmer des Kranken bereits aufgetragen hatte. Trotzdem blieb Eberhard höflich am Tisch sitzen, leistete dem Doktor als Hausherr Gesellschafft und hoffte darauf, dass jener schnell zu Ende essen und sich verabschieden würde. Er selbst brachte keinen Bissen hinunter. In seinem Magen lag die Sorge um seinen Freund und ließ keinen Platz für ein Hungergefühl.

Endlich wischte der wohlgenährte Mann sich die fettigen Lippen mit der Serviette ab, rülpste leise und lachte jovial.

»Die nächsten Tage werden es zeigen. Wir können nur abwarten und auf Gott vertrauen«, sagte er nun und erhob sich. »Die Damen, ich danke Ihnen für das ausgezeichnete Frühstück.« Dann sah er auf den Tisch, zuckte mit den Schultern und lachte. »Ach, einen auf den Weg könnte ich wohl noch vertragen«, beschloss er und griff auch schon nach der Schnapsflasche und seinem Glas, das er, soweit Eberhard mitgezählt hatte, bereits dreimal neu gefüllt hatte. Edda verzog – außerhalb seines Blickfeldes – angewidert das Gesicht. Den Schnaps hatte sie ohnehin nur auf seinen ausdrücklichen Wunsch aus dem Schrank geholt.

»Dann werde ich mal. Die Patienten warten. Ich werde Ihnen entweder heute oder morgen Schwester Mechthild vorbeischicken. Sie wird die Wunde versorgen. Auf Wiedersehen, die Damen. Herr Ahrensberg.« Er nickte Eberhard zu und ließ sich gern von ihm die Tür öffnen.

Eberhard schüttelte sich innerlich. Was für ein unangenehmer selbstverliebter Mensch. Die Patienten, die sich an diesem Morgen diesem angetrunkenen Arzt anvertrauten, taten Eberhard leid.

Er konnte sich nicht helfen, auch wenn es vielleicht undankbar war, er hatte einfach kein gutes Gefühl bei diesem Mann. Doktor Blessing schien mehr an das eigene Wohl, als an das seiner Patienten zu denken.

Wie gut, dass Magdalena bei Hans ist, dachte Eberhard. Wenn jemand seinen Freund retten konnte, dann war das sicher nicht der liebe Gott, wie der Herr Doktor eben meinte, sondern allenfalls seine wunderbare Frau. Sie würde, wenn Eberhard sie nicht zwang, keine Sekunde von Hans' Seite weichen, bis er außer Lebensgefahr war. Dessen war er sich bewusst. Er bewunderte sie für ihren starken Willen und ihre Hilfsbereitschaft. Aber er würde auf sie aufpassen.

Eberhard beschloss, seiner Frau einen Kaffee aufzubrühen. Einen echten Bohnenkaffee, keinen Muckefuck, wie sie ihn sonst immer trank. Magdalena weigerte sich noch immer standhaft, den teuren Kaffee zu trinken, für den Eberhard Kopf und Kragen riskierte.

Als er ein paar Minuten später mit dem Kaffee in das Krankenzimmer trat, wollte Magdalena sofort protestieren, als ihr die Aromen entgegenwehten. Er konnte an ihrem Mienenspiel alles ablesen, als wäre sie ein aufgeschlagenes Buch. Dann gab sie sich einen Ruck, nahm die Tasse entgegen und sagte: »Danke, Eberhard, das wird mir guttun.«

Wohlwollend nickte Eberhard und reichte ihr die Tasse mit dem köstlichen Inhalt. Er beobachtete, wie seine Frau das wertvolle Getränk an sich nahm und genüsslich daran schnupperte. Sie schloss die Augen, atmete das Aroma tief ein und hob die Tasse dann an ihre Lippen. Es machte Eberhard Spaß, Magdalena dabei zu beobachten, wie sie diese seltene Köstlichkeit genoss.

»Wie geht es unserem Patienten?«, fragte er einen Moment später, als Magdalena die Tasse zur Seite stellte.

»Er schläft jetzt ruhig, aber die erste halbe Stunde ist gleich um. Ich muss mich um den Verbandswechsel kümmern. Reichst du mir bitte ein frisches Tuch, Eberhard«, bat Magdalena mit ruhiger Stimme.

Während Eberhard wie gewünscht ein frisches Baumwolltuch in den kalten Kräutersud tunkte und es vorsichtig auswrang, dass es noch nass, aber nicht mehr tropfnass war, wickelte Magdalena behutsam den gebrauchten Umschlag von Hans' Stumpf. Sogleich streckte sie die Hand mit dem verwendeten Tuch aus. Eberhard nahm ihr den inzwischen warm gewordenen Stoff ab und legte stattdessen das neue Tuch in ihre Hand. Sie waren ein gutes Team. Sie würden Hans wieder gesund pflegen. Eberhard erlaubte sich keinen noch so kleinen Zweifel an der Genesung seines Freundes.

»Danke«, sagte Magdalena und schenkte ihrem Liebsten ein flüchtiges Lächeln.

Wie blass sie war. Unter ihren Augen lagen tiefe Schatten. Eberhard machte sich Sorgen um Magdalena. Wenn es darum ging, anderen zu helfen, kannte sie keine persönliche Grenze und arbeitete – wenn niemand sie bremste – bis zur totalen Erschöpfung. Er wusste das, und er würde sehr darauf achten, dass sie sich bei der Pflege ablösen ließ und sich dann auch wirklich Ruhezeiten gönnte.

Magdalena ahnte nicht, dass Eberhard über sie, ihr übergroßes Herz und ihre enorme Kraft nachdachte und sein eigenes Herz dabei vor Liebe zu ihr überquoll. Während sie die entzündete Wunde wieder einwickelte, sagte sie: »Wirf den verwendeten Umschlag in den Eimer, den ich dort bereitgestellt habe. Wir sammeln ein paar und kochen sie dann gründlich aus, um die Keime abzutöten, bevor wir sie wieder verwenden.«

Hans lag mit geschlossenen Augen und geröteten Wangen in seinem Bett und rührte sich nicht. Hin und wieder stöhnte er leise.

»Eberhard, würde es dir etwas ausmachen, den Stalldienst zu übernehmen«, fragte Magdalena. »Die Kuh sollte längst gemolken sein.«

Daran hätte er auch wirklich von allein denken können. Schuldbewusst sprang Eberhard auf. »Entschuldige, selbstverständlich. Ich gehe sofort. Danach schau ich wieder bei euch rein und muss dann, wenn es möglich ist und ich hier nicht dringend gebraucht werde, eine Weile in die Rösterei.«

»Danke, Eberhard. Hans und ich kommen hier gut klar.« Sie schlug die Augen nieder, und Eberhard erkannte sofort, dass sie noch etwas auf dem Herzen hatte.

»Was noch?«, fragte er und rechnete mit einer weiteren Erledigung, die er für sie übernehmen sollte.

»Barbara wird meine Seidenstrumpfflickerei übernehmen, solange ich Hans pflege«, sagte sie leise. »Ich dachte, du solltest das erfahren.«

Das allerdings wurmte Eberhard sehr. Er wollte nicht, dass seine kleine Schwester arbeiten musste. Sie sollte sich auf die Schule konzentrieren und in ihrer Freizeit das Leben genießen. Die Kriegsjahre hatten ihr genug Kindheit geraubt. Aber ihm waren die Hände gebunden. Noch hatte er keine Handhabe, um Magdalena zu bitten, diese Arbeit zu kündigen.

Ich muss diesen Trommelröster beschaffen, dachte er zornig auf sich selbst, weil er noch immer keine Ahnung hatte, wie er das bewerkstelligen sollte. Aber nur mit einer vernünftigen Ausstattung konnte er so in den Handel einsteigen, dass es sich am Ende lohnte.

»Eberhard«, sagte Magdalena leise. »Bitte. Wir brauchen das Geld. Aber du sollst nicht noch mehr Risiken eingehen, deshalb ist diese Arbeit eine gute Möglichkeit, etwas dazuzuverdienen.«

Magdalena ahnte nicht, dass sie mit ihren Ausführungen das Feuer nicht löschte, sondern unbewusst Öl hineingoss.

Es war zwar nicht der perfekte Moment, aber vielleicht sollte Eberhard seiner Frau jetzt von seinen Plänen berichten. Sie musste das einsehen. Er hatte die Nase gestrichen voll von all den Kompromissen und vom unprofessionellen Arbeiten.

»Magdalena, ich …«

Hans stöhnte, und Magdalena wandte sich ihm sofort zu. Sie kühlte ihm die Stirn, gab ihm einen Schluck Wasser und beruhigte ihn. Dann wandte sie sich wieder an Eberhard.

»Was wolltest du mir sagen?«, fragte sie.

Doch der halbwegs richtige Moment war vorbei. Eberhard schüttelte den Kopf.

»Nichts. Schon gut. Ich bin damit einverstanden, dass Barbara die Arbeit vorübergehend übernimmt.« Er gab Magdalena einen Kuss und sagte: »Ich werde mich jetzt um die Tiere kümmern.«

Kapitel 9
Reisepläne

Aachen · Oche · Aix-la-Chapelle · Aken · Aquae Granni

Gegenwart: Mai

Als Corinne nach Hause kam, hatte Noah bereits mit Mia zu Abend gegessen, sie bettfertig gemacht und ihr auf dem Sofa eine Geschichte vorgelesen. Die Kleine rieb sich die Augen, als sie ihre Mutter hörte. Sie streckte Corinne verschlafen die Ärmchen entgegen.

»Na komm, mein Schatz«, sagte Corinne und nahm ihr Töchterchen auf den Arm. Noah bekam ein zärtliches Lächeln und einen Luftkuss. Ihn würde sie später ausführlich begrüßen.

Mia kuschelte sich an Corinne und legte ihren Kopf gegen Mamas Brust. Sie konnte kaum noch die Augen aufhalten. »Dann werde ich dich mal ins Bett bringen.«

Noch während sie mit Mia auf dem Arm Richtung Kinderzimmer ging, schlief die Kleine auch schon. Vorsichtig legte Corinne ihr Töchterchen in das Kinderbett, deckte sie zu und betrachtete das schlafende Kind.

Mia war so bezaubernd. Sie hatte eine zarte Gestalt und

ein ebenso zartes Wesen. Immer wollte sie alles mit allen teilen und ging auf jedes Lebewesen mit einem Lächeln und offenem Herzen zu.

Behalte das, mein Schatz, dachte Corinne. Sie beugte sich zu Mia hinunter und gab ihr einen Gutenachtkuss. Es tat ihr furchtbar leid, dass sie sich wieder einmal so von der Arbeit hatte vereinnahmen lassen, dass ihr wertvolle Zeit mit ihrer Tochter verloren gegangen war. Sie verpasste so viel. Die Entwicklung ging gerade in diesem Alter unfassbar schnell. Corinne hatte Angst, dass ihr wichtige Stationen in Mias Leben entgehen würden, wenn sie so weitermachte.

Und umgekehrt war es natürlich auch schwierig. Sie verwehrte Mia durch ihren Arbeitseifer Zeit, die sie mit ihrer Mutter verbringen könnte. Das schlechte Gewissen nagte schmerzhaft an Corinne.

Natürlich ging es Mia mit Noah gut. Er war ein wundervoller und sehr liebevoller Vater und kümmerte sich vermutlich besser um alles, was mit der Kinderbetreuung zusammenhing, als Corinne das gekonnt hätte. Sie bewunderte ihn, wie er mit Mias Kursen und Terminen locker klarkam. Er organisierte Spielzeiten mit anderen Kindern, ging mit ihr zum Kinderschwimmen, auf den Spielplatz und zu Arztterminen – wobei Corinne versuchte, bei wichtigen Terminen auch dabei zu sein. Immer klappte das aber nicht. Mia war jedenfalls sehr gut aufgehoben. Aber manchmal zweifelte Corinne, ob ihre Entscheidung richtig gewesen war. Sie war nun mal die Mutter. Es war doch klar, dass Mia sie brauchte und vermisste – genau wie umgekehrt.

Schweren Herzens riss Corinne sich vom Anblick der schlafenden Kleinen los und schob die dunklen Gedanken, mit denen sie, seit Mia auf der Welt war, immer mal wieder zu kämpfen hatte, weit nach hinten in eine Kammer ihres Herzens. Bevor sie die Tür leise schloss, schaltete sie noch das Babyfon ein. Sie machte einen Schritt Richtung Küche, überlegte es sich anders und ging zuerst die Treppe hoch ins Schlafzimmer.

»Na du«, sagte Noah, als Corinne wenig später frisch geduscht in Jogginghose und Kuschelpulli zu ihm in die Küche kam. Er legte die Zwiebel, die er gerade hatte schälen wollen, weg und zog Corinne zu sich heran. Ganz nah.

Die Geborgenheit, die sie in Noahs Nähe empfand, und der zärtliche Kuss taten so gut. Besonders nach diesem fürchterlich anstrengenden Tag. Corinne schmiegte sich in Noahs Arme und küsste ihn gleich noch einmal. Doch bevor die Zärtlichkeit leidenschaftlich werden konnte, sah Noah sie fragend an.

»Magst du drüber sprechen? Habt ihr schon etwas herausgefunden?«

»Gib mir etwas Zeit«, bat Corinne. Dann grinste sie Noah an. »Und vor allem: Wo ist der Erdbeerkuchen?«

»Ah, da ist es ja, mein Kuchenkrümelmonster«, neckte Noah sie. »Ich muss dir leider sagen, dass der Kuchen so unfassbar lecker war, dass Mia und ich uns nicht zurückhalten konnten.«

»Wie bitte?« Corinne schaute Noah ungläubig an.

Er zuckte entschuldigend mit den Schultern und legte den Kopf schief. In seinen Mundwinkeln entdeckte

Corinne allerdings ein unterdrücktes Grinsen. Er flunkerte! Sie konnte es nicht fassen. Einen Moment war sie tatsächlich darauf hereingefallen, dabei hatte sie sich den ganzen Tag auf den Kuchen gefreut.

»Du Schuft«, schimpfte sie und gab Noah einen Knuff gegen den Oberarm.

»Schuft? Ich?«, fragte Noah und tat empört. Jetzt wurde aus dem gerade noch versteckten Grinsen ein offenes Lachen. »Das ist aber eine gemeine Unterstellung«, sagte er. »Du hast mich nur nicht ausreden lassen. Ich wollte sagen: Mia und ich konnten uns nicht zurückhalten und haben unsere Portionen ratzfatz weggeputzt. Dein Anteil steht selbstverständlich im Kühlschrank.«

»Da hast du aber Glück gehabt«, kommentierte Corinne und war auch schon auf dem Weg zu ihrem Kuchenglück. »Ich habe schon überlegt, ob ich dich heute Nacht aus dem Schlafzimmer werfe. Kuchendiebe dürfen nämlich nicht kuscheln.«

»Aber Kuchenlieferanten doch hoffentlich schon.«

»Hmm«, machte Corinne, die schon das erste Stück genascht hatte, bevor sie am Tisch saß. Im Vorbeigehen gab sie Noah noch einen Kuss, und er leckte ihr einen Klecks Sahne von der Lippe. »Unbedingt«, murmelte Corinne.

Sie setzte sich an den Küchentisch und widmete sich hingebungsvoll Susans Erdbeervariationen. Es war absolut köstlich.

»Eigentlich gibt es das Dessert ja am Ende des Essens, aber was solls«, sagte Noah. »Während du schlemmst und mir vielleicht von deinem Tag erzählst, werde ich einen

Salat für uns vorbereiten. Ich habe Camembert, den könnte ich panieren und braten. Einverstanden?«

»Noah Engel, willst du mich heiraten?«, fragte Corinne anstelle einer Antwort.

Noah schüttelte heftig den Kopf. »Es tut mir leid, aber ich bin vergeben. Mit Haut und Haaren und jeder Zelle meines Körpers.«

»Brav«, konterte Corinne. Wie sie es liebte, hier zu Hause zu sein, mit Noah zu schäkern und einfach eine gute Zeit zu haben.

Sie nahm sich einen Happen des Biskuits mit Erdbeeren. Während sie dem köstlichen Aroma nachspürte, fiel ihr Blick auf eines ihrer Lieblingsschilder, das über dem Tisch an der Wand hing.

Kaffee ist nur schädlich, wenn Ihnen ein ganzer Sack aus dem fünften Stock auf den Kopf fällt.
Albert Darboven (1936), Unternehmer*

Unwillkürlich musste sie lächeln. Das Zitat stammte von Albert Darboven, dem Inhaber eines Traditionsunternehmens, das Ahrensberg Kaffee sehr nahekam. Und ganz offensichtlich hatte der Firmeninhaber einen ebenso feinen Humor besessen wie ihr Großvater.

Ihr Blick wanderte bereits zum nächsten Schild, doch dann gab Corinne sich einen Ruck. Statt Kaffeesprüche zu lesen, die sie längst auswendig konnte, schob sie die Leichtigkeit etwas beiseite. Sie bedauerte es ein wenig, hätte den Abend gern einfach nur genossen, ohne über Probleme zu sprechen. Aber es war verständlich, dass Noah gern informiert werden wollte. Außerdem musste sie ihre Neuigkeit loswerden, auch wenn sie ein bisschen nervös war. Seit Frieda sie auf diese fantastische Idee gebracht hatte, kribbelte das Reisefieber in ihr.

»Also gut. Wenn es dich nicht stört, dass ich zwischendurch naschen muss, bin ich jetzt bereit, dich auf den neuesten Stand zu bringen. So viel zu berichten gibt es im Grunde gar nicht.«

Noah schälte die Zwiebel, die er vorher zur Seite gelegt hatte, und Corinne erzählte ihm noch einmal kurz von dem Desaster mit der Lieferung. Das meiste dazu hatte sie ihm schon am Telefon berichtet. Jetzt kam sie zu dem Teil der Geschichte, den Noah noch nicht kannte.

»Fernando hat ziemlich zu kämpfen. Ich kann nicht genau ausmachen, wo das Problem liegt, aber es hat den Anschein, als wäre unser Stiftungsprojekt dort nicht sehr wohlgelitten.«

»Woran machst du das fest?«, wollte Noah wissen. »Du bringst mit der Stiftung für die Menschen doch nur Positives, wer könnte dagegen etwas haben?«

»Na ja, wir sehen das so und finden alles positiv. Das heißt aber nicht, dass alle anderen Menschen das genauso empfinden. Für die Männer, deren Frauen selbstständiger und dadurch auch selbstbewusster und freier werden, ist diese positive Entwicklung vielleicht gar nicht so schön. Eine abhängige Frau ist doch aus Sicht dieser Männer sehr viel bequemer. Wenn die breite Masse der Bevölkerung mehr Bildung und mehr Einkommen hat, dann sind sie grundsätzlich auch freier in ihren Entscheidungen. Es könnte schon sein, dass manch einer, der an alten Strukturen festhalten will, ein Problem mit unseren Neuerungen hat.«

»Und das alles überlegst du, weil etwas Holz gestohlen wurde und es jetzt eine Lieferung gab, die auf eine bisher noch nicht geklärte Art und Weise Wasser abbekommen hat und verdorben ist?« Noah sah sie fragend an. »Ist ein solches Fazit nicht etwas voreilig, Corinne?«

»Es sind ja nicht nur die Diebstähle«, verteidigte Corinne ihre Überlegungen. »Zwei Arbeiter sind spurlos verschwunden, die Frauen, die der Kooperation bereits beigetreten sind und so gut es ohne die Schule geht, schon arbeiten, sind plötzlich skeptisch und drohen auszusteigen. Es gibt noch ein paar andere Dinge, die in diese Reihe passen. Geplatzte Termine, bestellte Ware, die nicht auffindbar ist, lauter nervender Kram, der unheimlich aufhält. Ich kann das jetzt gar nicht alles aufzählen.«

Corinne seufzte und legte die Gabel weg. Plötzlich schmeckte der gerade noch köstliche Kuchen fad. Noah hatte unterdessen den Camembert für die Pfanne vorbereitet, und auch der Salat war fast fertig.

»Wenn ich all diese auf den ersten Blick unzusammenhängenden Punkte nehme und verbinde, dann kommt für mich da schon ein Bild heraus, das gewisse Muster erkennen lässt. Zumindest so viel, dass ich die Möglichkeit von bewusster Behinderung ernsthaft in Erwägung ziehe«, sagte Corinne.

Sie nahm die Kuchengabel wieder in die Hand und aß

weiter. Noah legte den Käse in die Pfanne. Es brutzelte, und bald darauf zog der verführerische Duft nach gebackenem Camembert durch die Küche. Ihre Kuchenportion hatte Corinne mittlerweile vertilgt. Sie stippte gerade noch die letzten Krümel vom Teller. Dann stand sie auf, stellte den leeren Kuchenteller in die Spülmaschine und deckte den Tisch.

Bevor sie das Geschirr aus dem Schrank nahm, trat sie von hinten an Noah heran und drückte ihm einen Kuss in den Nacken. Sie streichelte liebevoll seinen Rücken und genoss es, seine Nähe zu spüren.

»Ich bin froh, dass wir wenigstens zusammen Abendessen können. Tut mir leid, dass ich heute so spät dran war. Aber nachdem Frieda und ich erst mal angefangen hatten zu rösten, sind die Kaffeebohnen mit uns durchgegangen. Jetzt sind alle Vorräte wieder aufgestockt. Die Hobbocks sind fast alle gut gefüllt, und ich habe den Rücken frei.«

Corinne stellte die Schüssel mit dem Salat auf den Tisch. Obwohl sie gerade den Kuchen gegessen hatte, lief ihr schon wieder das Wasser im Mund zusammen. Noah hatte eine sehr appetitliche Mischung aus unterschiedlichen Blattsalaten, Paprika, Tomaten, Oliven und dünn gehobeltem frischem Fenchel zusammengestellt. Gerade hob er die fertigen Camemberts aus der Pfanne und legte sie auf die Teller.

»Guten Appetit«, sagte Corinne kurz darauf und machte sich über das köstliche Mahl her. »Danke dir, dass du mich so verwöhnst.«

»Guten Appetit«, antwortete Noah. »Probiere erst richtig, bevor du mich lobst.« Er lächelte ihr zu und nahm selbst den ersten Bissen Käse. Corinne tat es ihm gleich und seufzte wohlig.

»Ich kann bis heute nicht verstehen, wie jemand, der so gern isst, so schlank sein kann. Es ist unglaublich, mit welcher Wonne du das Essen zelebrierst.« Noah legte seine Gabel weg und fasste kurz nach Corinnes Hand. »Du bist wunderschön, Corinne. Ich glaube, das habe ich dir schon viel zu lange nicht mehr gesagt.«

Ein wohliger Schauer lief Corinne über den Rücken. Sie strahlte Noah an.

»Das ist aber lieb«, sagte sie und freute sich riesig, dass Noah auch heute noch, nachdem sie verheiratet und Eltern waren, zeigte, wie viel ihm an ihr lag.

Eine Weile genossen sie das gemeinsame Essen schweigend. Dann musste Corinne endlich ihre Idee loswerden. Sie war neugierig, was Noah dazu sagen würde.

»Frieda hat mich heute auf eine, wie ich finde, fantastische Idee gebracht. Während des Röstens haben wir uns über die Probleme in Brasilien unterhalten und dass Fernando irgendwie nicht weiterkommt. Also kurz und gut, sie fragte mich, wieso ich nicht persönlich auf eine Stippvisite zu ihm fliege. Vielleicht schafft es größeres Vertrauen, wenn die Menschen sehen, wer hinter der Stiftung steht. Und ich könnte einen objektiven Blick auf die Situation werfen, mir ein Bild von allem machen. Vielleicht hilft mir der Abstand, den ich habe, ja etwas zu erkennen, wofür Fernando betriebsblind ist.«

Corinne hatte Noah während der ganzen Zeit ihres Sprechens nicht aus den Augen gelassen. Er sah sie zuerst erstaunt, dann etwas skeptisch an. Ganz offensichtlich war er von der Idee ziemlich überrumpelt. Wobei sie so ungewöhnlich nun auch wieder nicht war. Es war eigentlich klar gewesen, dass sie als Leiterin der Stiftung irgendwann auch würde reisen müssen. Früher oder später. Nun wäre es eben früher der Fall.

»Es gibt noch einen weiteren Grund, weshalb diese Reise sinnvoll wäre. Luciana tut sich schwer mit ihrer neuen Aufgabe. Ich glaube, es wäre sehr gut, wenn ich ihr etwas zur Seite stehen könnte.«

Ein wenig atemlos aß Corinne weiter und wartete gespannt auf Noahs Reaktion.

»Das ist eine ziemlich anstrengende Reise, Corinne. Bist du sicher, dass du dir das nur für ein paar Tage antun willst?«, fragte Noah.

Corinne sah ihn etwas verwirrt an. Sie hatte sich alles Mögliche ausgemalt, wie er reagieren könnte. Diese Frage war bei keiner ihrer Varianten dabei gewesen.

»Was würdest du denn davon halten, den Aufenthalt auf zwei Wochen zu verlängern und Mia und mich mitzunehmen?«, klärte Noah den Hintergrund seines Ansatzes da auch schon auf.

Selbstverständlich hatte Corinne sofort, als die Überlegung einer Reise aufgekommen war, über diese Möglichkeit nachgedacht. Es würde ihr sehr gefallen, ihre Lieben mitzunehmen. Allerdings hatte sie diese Idee ziemlich schnell wieder verworfen.

»Noah, das ist ein echt schöner Vorschlag. Offen gestanden habe ich auch schon darüber nachgedacht. Aber ich bin nicht sicher, ob das gut wäre.«

Sie sah an dem Ausdruck in Noahs Augen, dass ihre Antwort ihn enttäuschte. Das tat ihr fürchterlich leid. Wie gern hätte sie ihm eine andere Antwort gegeben, aber das konnte sie nicht. Und er würde das sicher auch verstehen, sie musste ihm nur vor Augen führen, wie schwierig eine solche Reise mit Kleinkind wäre. Und wie wenig sie unterm Strich davon hätten, da sie ja die meiste Zeit arbeiten musste.

»Brasilien ist nicht unproblematisch, Noah. Wir müssten zum Kinderarzt und uns erkundigen, was Mia für Impfungen braucht. Und dann die Umstellung von Klima und Essen. Stell dir vor, Mia würde Magen-Darm-Probleme bekommen. Und das alles für eine Reise, bei der es hauptsächlich um die Arbeit ginge? Willst du das unserer Tochter wirklich zumuten? Ich würde mich jedenfalls nicht wohlfühlen bei dem Gedanken, dass Mia vielleicht von so einer weiten Reise, der fremden Sprache, dem fehlenden gewohnten Umfeld überfordert wäre und es ihr nicht gut ginge.«

Noah brummte ein bisschen und schien nachzudenken. Währenddessen aß er das letzte Stück seines Käses und legte dann das Besteck weg.

»Du hast nicht ganz unrecht, Corinne, das gebe ich zu. Aber weißt du, ich möchte dich ungern allein reisen lassen. Bei diesem Gedanken fühle ich mich nicht wohl.«

Corinne holte Luft und öffnete den Mund, um Noah

ins Wort zu fallen. Doch er hob die Hand und bat sie damit, ihn aussprechen zu lassen.

»Ich weiß, dass du tough bist und deine Frau stehen kannst, Corinne. Das ist überhaupt nicht der Punkt. Es geht darum, dass ich mir Sorgen mache und mich nicht wohlfühle bei dem Gedanken, dass du alleine reist.«

»Das ist lieb, Noah, aber total unnötig. Hast du vergessen, dass ich schon mal bei Fernando war? Ganz ohne Leibwächter?«

Noah stand auf. »Kaffee?«, fragte er.

Corinne nickte. »Ja, bitte.«

Auch sie erhob sich vom Tisch und räumte das Geschirr ab.

»Weißt du, ich glaube, Frieda könnte recht haben«, sagte sie währenddessen. »Vielleicht würde es dem Projekt guttun, wenn ich als Verantwortliche mich dort zeigen würde. Das könnte Vertrauen schaffen.«

Tatsächlich hatte Corinne das Gefühl, dass sie durch diese Reise auch besser in ihre Rolle als Geschäftsführerin und Leiterin des Frauenprojekts hineinfinden könnte. Sie arbeitete zwar inzwischen schon einige Monate für die Stiftung und an dieser Initiantive aber noch immer hatte es für sie einen unwirklichen Touch. Sie baute das alles schließlich aus dem Nichts auf. Es war ein wenig wie ein Traumschloss. Ein Besuch in Brasilien würde es anschaulicher machen, ihr das Gefühl geben, dass alles, was sie tat, nicht nur auf dem Papier bestand, sondern auch die Wirklichkeit beeinflusste.

Abgesehen davon machte der Gedanke, Fernando und Luciana wiederzusehen, die Plantage wieder zu besuchen und endlich wieder einmal am Puls des Kaffees sein zu können, sie glücklich.

Noah brachte den Kaffee an den Tisch, und Corinne stellte einen Teller mit Keksen in die Mitte. Sie setzten sich wieder.

Er dachte eine Weile nach, dann sagte er: »Und so ganz nebenbei könntest du die Typen mal unter die Lupe nehmen? Meinst du das? Corinne, das ist aber kein Spiel. Wenn es wirklich darum geht, deine Initiative und die Änderungen, die daran hängen, zu boykottieren, dann weißt du nicht, wie weit derjenige zu gehen bereit ist. Du hast keine Ahnung, wer das ist. Findest du das nicht riskant? Mir jedenfalls stellen sich bei dem Gedanken, dass du dich mit unbekannten Gegnern deiner Arbeit anlegen und in Gefahr begeben könntest, die Nackenhaare auf.«

»Ja, das verstehe ich, aber was würde es denn ändern, wenn du und Mia dabei seid? Außer, dass wir uns dann um Mia sorgen müssten. Ein fremdes Land, in dem die medizinische Versorgung nicht immer gesichert ist. Der Klimawechsel, die lange Reise, der Jetlag. Ich glaube, dass das für die kurze Zeit, die ich drübenbleiben möchte, zu viel für Mia wäre. Wenn ihr dabei wärt, müsste ich mich nicht nur auf mich konzentrieren, sondern mir auch noch Gedanken um euch machen. Was, wenn Mia etwas geschieht und wir dann nicht die nötige Hilfe bekommen? Das könnte ich mir nie verzeihen. Was die ›Gegner‹ angeht, glaube ich nicht, dass eine ernsthafte Bedrohung besteht. Das alles kommt mir allenfalls wie etwas Gegenwind vor, und dem möchte ich mich gern entgegenstellen. Ich will etwas verändern, und das ist nicht immer für jeden einfach, besonders, wenn es eine junge Frau ist, die aus dem weit entfernten Deutschland agiert und meint, den Menschen vor Ort sagen zu müssen, was sie tun sollen. Ich glaube, dass allein meine Anwesenheit schon ganz viel verändern kann. und ich bin mir sicher, dass ich nicht in Gefahr bin. Vielleicht kann ich wirklich etwas herausfinden. Natürlich sieht man den Menschen nur bis an den Kopf und nicht hinein. Und keiner von denen wird freiheraus zugeben, dass er Mist gebaut hat. Aber ich habe gute Antennen. Vielleicht fällt mir etwas auf, was Fernando übersieht.«

»Was würdest du davon halten, wenn ich dich allein begleite? Wir könnten Klara fragen, ob sie für die eine Woche zu uns ins Haus zieht. Dann wäre es für Mia vermutlich überhaupt kein Problem.«

»Was hättest du davon, Noah?«, stellte Corinne die Gegenfrage und schüttelte gleich darauf den Kopf. »Nein, das finde ich nicht gut. Mia liebt Klara und umgekehrt, aber eine ganze Woche? Das haben wir noch nie ausprobiert, und wir können nicht mal eben wieder zurückkommen, wenn etwas ist oder es nicht klappt. Ich muss mich auf dieser Reise auf meine Arbeit konzentrieren, außerdem brauche ich dich nicht als Aufpasser an meiner Seite, schließlich bin ich eine erwachsene Geschäftsfrau und weiß, was ich tue. Wenn ich mir das zutraue, dann möchte ich, dass du mich unterstützt und nicht meine Eigenständigkeit hinterfragst. Und das bedeutet für mich, dass du hier bei unserer Mia bleibst und ich sicher sein kann, dass es ihr gutgeht, anstatt den starken Ehemann zu spielen, der mich beschützen muss.«

Sie hatte ihn gar nicht so zurechtweisen wollen und bereute ihren Ausbruch schon in der Sekunde, in der die Worte aus ihrem Mund prasselten. Es kam ausgesprochen selten vor, dass Noah und sie in Streit gerieten, umso mehr schmerzte es jedes Mal, wenn es dann doch passierte. Corinne spürte, dass dieses Thema wichtiger war, als sie im ersten Moment dachte. Eigentlich passte es nicht zu Noah, sie kontrollieren zu wollen oder in ihr die Schwächere zu sehen, doch sie bekam nicht zu fassen, was dann das Problem war. Deshalb gab sie ihrem ersten Impuls nach und pochte auf ihre Selbstständigkeit.

Jahrelang hatte sie ihrem Vater gegenüber dafür kämpfen müssen, dass auch sie als Mädchen es zu etwas bringen und beispielsweise eine wichtige Position im Unternehmen einnehmen konnte. Dieses Gefühl, dass man ihr etwas nicht zutraute und sie es ohne Unterstützung nicht schaffen würde, war plötzlich wieder da. Sie musste jetzt für ihr Anliegen einstehen. Sonst würde sie ihre Eigenständigkeit und ihr Selbstbewusstsein verlieren.

Noah gab sich geschlagen.

»Wann willst du reisen?«, fragte er. Er sah gekränkt aus, und Corinne wurde vom schlechten Gewissen geplagt. Außerdem wusste sie schon jetzt, wie sehr sie ihre Lieben vermissen würde. Noah musste nicht denken, dass nur er ein Opfer brachte. Für Corinne war diese Trennung auch schwer. Schwerer sogar, denn Noah hatte immerhin Mia, die ihn trösten und ablenken würde. Sie würde auch gern bei ihrem Töchterchen sein, aber sie hatte nun mal diese Aufgabe übernommen und durfte sich nicht vor der Verpflichtung drücken oder die Verantwortung auf jemand anderen schieben.

Beim Frühstück am nächsten Morgen brachte Noah das Thema erneut auf den Tisch. Mia schlief noch, Corinne war früh auf, weil noch viele Aufgaben auf sie warteten, bevor sie sich auf den Weg nach Brasilien machte. Ganz oben stand: Flug buchen.

»Bevor du nachher den Flug buchst, Corinne, lass uns das doch bitte noch einmal durchsprechen. Ich würde dich wirklich gern begleiten, und es ist ja nicht so, dass wir keine Optionen haben. Ich habe noch einmal darüber nachgedacht und sehe gar nicht so viele Hürden, die wir nehmen müssten, um Mia auf die Reise vorzubereiten. Andere Kinder fliegen doch auch.«

»Wir haben das doch besprochen, Noah«, antwortete Corinne und merkte sofort, wie gereizt ihre Antwort klang. »Ich werde nur eine Woche bleiben, und es wäre Wahnsinn, Mia diesen Reisestress anzutun.«

»Und wieso sträubst du dich so sehr dagegen, unsere Kleine bei Klara zu lassen? Sie ist für Mia eine Bezugsperson, und Mia würde sich ganz sicher wohl bei ihr fühlen. Die beiden hätten vermutlich eine ziemlich gute Zeit miteinander.«

»Es ist doch ein Unterschied, ob Mia einen Nachmittag

mit Klara verbringt und dann wieder in ihr vertrautes Umfeld und zu ihren Eltern kommt, ob ihr Papa sie abends ins Bett bringt und ihr einen Gutenachtkuss gibt, oder ob wir Tausende von Kilometern entfernt sind und sie eine Woche bei Klara bleiben muss. Selbst wenn Klara zu uns ins Haus ziehen würde, wir wären beide nicht da. Ich sehe einfach die Notwendigkeit nicht, Mia das anzutun. Sie ist noch zu klein. Ich werde das in Brasilien schon hinbekommen. Bei meiner ersten Reise hat auch alles super geklappt, und damals hatte ich auch keinen Aufpasser an meiner Seite«, wiederholte sie, was sie schon mehrfach gesagt hatte. Langsam verlor Corinne die Geduld. Das Gefühl, dass Noah ihr das alles nicht zutraute, wurde immer stärker. Es machte sie zornig, und sie war enttäuscht. Das passte gar nicht zu Noah. Trotzdem versuchte sie, etwas Schärfe aus der Debatte zu nehmen.

»Liebling, ich finde es süß, dass du so besorgt bist, aber es reicht jetzt. An diesem Punkt waren wir gestern schon. Immerhin bin ich die Geschäftsführerin der Stiftung, und in diesem Rahmen gehört es auch zu meinen Aufgaben, hin und wieder vor Ort nach dem Rechten zu sehen und die Menschen dort zu unterstützen. Willst du bei jeder Reise als mein Wachhund dabei sein? Ich hatte die Reise doch ohnehin für dieses Jahr geplant. Durch die jüngsten Ereignisse ziehe ich den Termin lediglich um ein paar Monate vor.«

»Okay, ich gebe mich geschlagen. Ich wäre wirklich gern mit dir nach Brasilien gereist, aber aufgeschoben ist ja nicht aufgehoben. Vielleicht planen wir irgendwann etwas langfristiger und machen einen Familienurlaub daraus. Was meinst du?« Noah zog Corinne in seine Arme und hielt sie fest. Es war ganz klar, dass auch er keine Lust auf Streit hatte. »Lass uns die Zeit genießen, bevor du fährst und uns hier allein lässt.« Er zwinkerte ihr zu, doch Corinne war sich nicht sicher, ob er den Satz wirklich ironisch gemeint hatte. Trotzdem gab sie ihm einen Kuss.

»Danke, Noah. Ich bin sehr froh, dass du mich verstehst.«

Das Babyfon knackte, Mia wachte auf.

»Lass mich das machen«, bat Corinne. Sie musste zwar eigentlich los, aber der Gedanke, ihr Baby demnächst für eine ganze Woche loslassen zu müssen, brachte ihre Muttergefühle zum Kochen. Am liebsten hätte sie alle Termine abgesagt und wäre bei ihrer Kleinen geblieben. Da sie das nicht konnte, wollte sie zumindest jetzt eine halbe Stunde mit ihr haben.

Gerade als Corinne Mia die Söckchen über die kleinen Füße streifte, kam Noah ins Kinderzimmer.

»Da war ein Brief für dich im Briefkasten.« Er zuckte mit den Schultern. »Kein Absender.«

Neugierig nahm Corinne den Umschlag in die Hand. Noah übernahm den Platz am Wickeltisch, und Corinne ritzte den Brief auf und zog ein Blatt heraus.

Ihr Blick flog über die Worte, und aus ihrem Mund kam ein überraschtes Keuchen. Sarah sollte einen Bruder gehabt haben? Und wieso galt er als verschollen? Woher wusste er dann, dass Sarah gestorben war und Corinne als

Erbin eingesetzt hatte? Die Fragen in Corinnes Kopf überschlugen sich.

»Noch mehr Probleme?«, frage Noah und warf ihr einen besorgten Seitenblick zu.

»Ich weiß nicht«, gab Corinne zurück. Sie sah kurz zu Mia und dann zu Noah, um ihn zu warnen. Sie wollte das nicht vor ihrer Kleinen besprechen.

Sehr geehrte Frau Ahrensberg-Engel,

mein Name ist Maximilian Rosenbaum. Ich bin der Bruder von Sarah Rosenbaum.

Vermutlich wissen Sie nichts von mir, denn ich gelte als verschollen, und ich bin sehr sicher, dass meine Schwester nicht von mir gesprochen hat.

Die genauen Umstände dieser Geschichte erspare ich Ihnen. Es sollte genügen, dass ich Ihnen, falls Sie einen Nachweis fordern, gern meine Papiere vorlegen werde. Die Geburtsurkunde wird jeden möglichen Zweifel ausräumen. Der Rest meiner Geschichte ist Familiensache und geht Fremde nichts an.

Nun aber zum Grund meines Briefes.

Über einige Umwege habe ich erfahren, dass meine Schwester Sarah Rosenbaum vor Kurzem verstorben ist. Das bedaure ich selbstverständlich sehr.

Meinen weiteren Informationen zufolge haben Sie es während ihrer letzten Lebensjahre geschafft, sich das Vertrauen meiner Schwester zu erschleichen. Es heißt, Sie sollen nun als Haupterbin Nutznießerin des außerordentlichen Vermögens werden. Sehr verehrte Frau Ahrensberg-Engel, es tut mir leid, aber daraus wird nichts. Das ist Ihnen nach meinen Zeilen vermutlich längst klar geworden. Ich bin Mitglied der Familie Rosenbaum und erhebe Anspruch auf den Nachlass.

Ich hoffe und gehe auch davon aus, dass Sie genug Anstand besitzen, von sich aus auf das Erbe zu verzichten. Sollte ich mich täuschen, bedaure ich das. Dann werden wir den gerichtlichen Weg gehen müssen.

Aber ich gebe Ihnen den guten Rat: Überlegen Sie sich das gut.

Erbrechtsstreitigkeiten sind oft langwierig und kostspielig. Da Ihnen aber am Ende nichts von dem Vermögen bleiben wird, das Sie wohl schon als Ihres angesehen haben, werden Sie all die Kosten aus Ihrer eigenen Tasche zahlen müssen. Wie ich oben bereits schrieb: Überlegen Sie sich das gut.

In Erwartung Ihrer Kontaktaufnahme verbleibe ich mit höflichen Grüßen,

Maximilian Rosenbaum

PS: Eine Visitenkarte mit meinen Kontaktdaten liegt diesem Schreiben bei.

Kapitel 10
Maximilian Rosenbaum

Aachen · Oche · Aix-la-Chapelle · Aken · Aquae Granni

Gegenwart: Juni

Entnervt nahm Corinne das Handy vom Ohr und warf es unsanft auf den Schminktisch. Mit einem ungeduldigen Stöhnen lehnte sie sich weit in ihrem Sessel zurück. Sie legte den Kopf in den Nacken und fuhr sich mit beiden Händen in die Locken. Was war denn nur los mit diesem Menschen? Sie verstand es einfach nicht.

Weil es sich gut anfühlte, blieb Corinne in ihrer zurückgelehnten Position und starrte auf die wunderschönen alten Deckenbalken. Sie hatten eine bewegte Vergangenheit, und das konnte man sehen. Jede Kerbe, jedes von einem Nagel hinterlassene Loch erzählte eine Geschichte. Ob ihr Großvater einst auch vielleicht genau diesen Balken betrachtet und sich an der Schönheit des Holzes erfreut hatte? Das war eine wunderbare Vorstellung. Ach Großvater, dachte sie. Was würdest du wohl zu dem Schlammassel sagen?

Obwohl Eberhard Ahrensberg selbstverständlich nicht antwortete, wusste Corinne, was er sagen würde. »Alles ist für etwas gut, Corinne.« Es war sein Leitspruch gewesen. So etwas wie sein Lebensmotto. Und es hatte ihm großes Vergnügen bereitet, ihr die Wahrheit des Spruches immer wieder aufs Neue zu beweisen. Es war ganz egal, was Corinne an Negativem begegnet war, ihr Großvater hatte ihr immer geholfen, den guten Kern der Situation zu entdecken. Das hatte er getan, als er noch lebte und sogar weit über seinen Tod hinaus durch sein Tagebuch, das Corinne tief berührt und durch manch Untiefe in ihrem Lebensfluss geleitet hatte. Sie hatte lange nicht daran gedacht. Wieso also jetzt gerade? Was konnte daran gut sein, als Betrügerin beschimpft zu werden? Sie wusste es nicht und schaffte es auch nicht, sich einen Kontext zusammenzureimen, in dem Maximilian Rosenbaum am Ende als etwas Gutes stand. Zu gern hätte sie gewusst, ob ihr Großvater in der Lage gewesen wäre, das Gute in dieser verheerenden Lage zu sehen. Sie würde es nie erfahren.

Corinne seufzte und merkte, wie ihr eine Träne über die Schläfe lief. Sie war erschöpft. Seit sie den Brief erhalten hatte, hatte sie kaum noch geschlafen, dafür umso mehr gearbeitet und sich den Kopf zermartert auf der Suche nach einer Lösung. Wieder ging ihr Blick zu dem Deckenbalken, der so eine große Würde ausstrahlte. Sie liebte dieses Haus mit seinen alten Schätzen. Sie und Noah hatten bei den Aus- und Umbauarbeiten darum gekämpft, soviel der alten Bausubstanz wie möglich zu erhalten.

Die Balken zu bewundern, war ein höchst kläglicher Versuch, sich abzulenken, wie Corinne sich nur wenig später eingestehen musste. Der Gedanke an die historische Ausstattung des Hauses und deren Geschichte war bei Weitem nicht mächtig genug, um sie von ihrem derzeitigen Ärger abzulenken. Schon kreisten ihre Überlegungen wieder um diese schlimme Situation, in die sie vollkommen ahnungslos geraten war.

Sie war eine Erbschleicherin! Zumindest wenn es nach Maximilian Rosenbaums Überzeugung ging. Er hatte von Anfang an keinen Hehl aus seiner Wut und seiner Abscheu ihr gegenüber gemacht. Weshalb eigentlich? Corinne fand auch auf diese Frage keine Antwort. Sie hatte ihm keinen Grund für seine Aggression gegeben.

Wieso nur konnte sie diesen ominösen Mann, der angeblich Anspruch auf Sarahs Erbe hatte, seit zwei Tagen nicht erreichen? Wozu hatte er ihr erst geschrieben und dann mit ihr telefoniert? Er hatte ihr die Hölle heiß gemacht und mit hohen Kosten gedroht, sollte sie sich querstellen. Er hatte es in den Brief geschrieben und es bei ihrem ersten Telefonat wiederholt. Bevor sie überhaupt hatte reagieren können, hatte Maximilian Rosenbaum aus vollen Rohren auf sie gefeuert. Es hatte ihn keinen Deut interessiert, ob sie überhaupt bewaffnet gewesen war.

Er würde seinen Anspruch notfalls auch gerichtlich durchfechten, wenn sie nicht unverzüglich dafür sorgte, dass er bekam, was ihm zustand. Daran hatte er keinen Zweifel gelassen.

Corinne war so verunsichert und überrumpelt gewesen, dass sie sich zuerst einmal in das einzige vermeintlich sichere Gefilde gerettet hatte, das ihr einfiel. Sie hatte dagegengehalten und einen Beweis verlangt.

»Herr Rosenbaum, sollte die Angelegenheit sich tatsächlich so darstellen, wie Sie es gerade behaupten, werde ich selbstverständlich dafür sorgen, dass Sie als rechtmäßiger Erbe zu Ihrem Recht kommen«, hatte sie ihm versichert und als Antwort ein zufriedenes Brummen geerntet. Doch er hatte zu früh gebrummt. Corinne hatte weitergesprochen. »Doch Herr Rosenbaum, Sie werden sicher verstehen, dass ich Ihre Behauptung nicht einfach als wahr anerkennen kann. Ich kenne Sie nicht. Woher soll ich wissen, wer Sie wirklich sind? Ich muss das nachprüfbar vor mir haben. Dazu müssen Sie mir Papiere zeigen, die das unwiderlegbar beweisen. Ausweis und Geburtsurkunde zum Beispiel. Schlagen Sie gern vor, wann und wo wir uns treffen wollen.«

Ihre Stimme hatte erstaunlich sicher und fest geklungen, dabei hatte sie am ganzen Körper gezittert und wäre fast erstickt, weil sie vor lauter Anspannung kaum atmen konnte.

Für einen Moment herrschte am anderen Ende der Leitung Schweigen. Dann schnaubte ihr Gesprächspartner, und Corinne hörte seine Ungeduld heraus.

»Es ist Ihnen schon klar, dass Sie sich lächerlich machen, Frau Ahrensberg-Engel?«, hatte er sie gefragt und das Engel in ihrem Namen so merkwürdig betont, dass es richtiggehend höhnisch geklungen hatte. »Geht es Ihnen darum, sich wichtig zu fühlen? Wollen Sie auch einmal fühlen, wie es ist, wenn man Macht hat? Oder was treibt Sie an, Frau Engel?« Wieder betonte er den Namen auf höchst unangenehme Weise. Das Ahrensberg hatte er direkt weggelassen. Corinne war drauf und dran, ihren Gesprächspartner deshalb zurechtzuweisen, doch sie besann sich anders. Sie würde kein Wasser auf seine Mühle kippen. Er sprach ohnehin bereits weiter.

»Wenn ich mich an die Behörde wende, um meinen Erbschein zu erlangen, dann muss ich mich ohnehin ausweisen. Dass Sie als Privatperson noch einen Beweis verlangen, ist lächerlich. Aber gut, ich habe von einer Person wie Ihnen, die sich nicht zu schade ist, alte Damen um ihr Vermögen zu bringen, nichts anderes erwartet. Ich werde Ihnen die Papiere also zeigen. Und dann treten Sie gefälligst umgehend von dem Erbe zurück und überlassen mir mein rechtmäßiges Eigentum. Andernfalls müsste ich auch noch darüber nachdenken, Sie für die mir aufgrund der Wartezeit entstandenen Verluste in Regress zu nehmen.« An diesem Punkt seiner Vorwürfe hatte er jovial gelacht. »Aber eins nach dem anderen. Ich werde mich morgen Vormittag bei Ihnen melden, dann vereinbaren wir einen Treffpunkt, und ich zeige Ihnen alles, was nötig ist, um Sie von der Wahrheit meiner familiären Herkunft zu überzeugen. Ich bin der rechtmäßige Erbe. Daran kann auch jemand wie Sie nichts ändern.«

Jemand wie Sie – was er damit wohl gemeint hatte? Er kannte sie doch überhaupt nicht. Wie kam er dazu, sich ein Urteil zu bilden? Es war unfassbar. Dieser Mensch polterte in ihr Leben, plusterte sich auf wie der größte Gockel und meldete sich dann einfach nicht. Schlimmer noch, seither spielte er den toten Mann und war nicht mehr erreichbar. Was sollte das denn?

Sie hatte ihm auch noch ausdrücklich gesagt, dass sie die Angelegenheit rasch klären wollte, da sie geschäftlich verreisen musste. So schnell würde sich das zwar alles ohnehin nicht regeln lassen, aber zumindest die Gewissheit, was auf sie zukam, hätte sie schon gern gehabt, bevor sie nach Brasilien flog. Den Rest konnten sie dann auch erledigen, wenn Corinne wieder zu Hause war.

Sie beide würden sich mit den Ämtern in Verbindung setzen müssen, immerhin hatte sie das Erbe bereits angenommen. Obwohl sie das Recht zumindest im Moment auf ihrer Seite hatte, war es für Corinne keine Frage gewesen, Sarahs Bruder zu versichern, dass sie das Vermögen unangetastet lassen würde, bis die Angelegenheit geklärt war. Er hatte es mit Genugtuung zur Kenntnis genommen.

Allerdings hatte sie in diesem Punkt nicht ganz die Wahrheit gesagt. Doch das war ihr erst klar geworden, als sie aufgelegt hatte. Sie hatte Beatrice zu diesem Zeitpunkt bereits mit der Abwicklung der Überweisung an die Stiftung beauftragt gehabt. Das tat ihr leid, aber das konnte sie nun nicht mehr ändern. Außerdem ging sie davon aus, dass sie in Sarahs Sinn gehandelt hatte.

Und überhaupt. Sie hatte wahrlich keinen Grund für ein schlechtes Gewissen, sie hatte sich nie etwas zuschulden kommen lassen. Sollte dieser unangenehme Mensch doch erst einmal beweisen, dass er ihr kein Märchen erzählte. Alles, was er bislang hervorgebracht hatte, waren haltlose Unterstellungen und aus der Luft gegriffene Behauptungen. Diese ganze Angelegenheit belastete sie sehr. Eigentlich hätte sie sich gern die Zeit genommen, herauszufinden, wer dieser Bruder war. Was war er für ein Mensch? Wieso galt er als verschollen? Sie würde sehr gern die Geschichte hören, die hinter dem Zerwürfnis zwischen den Geschwistern stand. Aber dazu hatte sie keine Zeit. Und außerdem ärgerte sie sich über den harschen Tonfall. Das brachte sie selbst dazu, härter zu reagieren, als es eigentlich ihre Art war.

Leise vor sich hin schimpfend stand Corinne auf und machte sich wieder ans Kofferpacken. Sie musste sich ranhalten. In fünf Stunden ging ihr Flieger, und bis dahin gab es noch jede Menge zu erledigen.

Viel Wechselkleidung brauchte sie nicht, denn sie war nur eine Woche unterwegs, und ihre Kleidung musste vor allem arbeitstauglich und praktisch sein.

Zuerst dachte sie, sie müsste mit ihrer Kleidung ein Statement setzen. Doch dann entschied sie sich um. Sie wollte den Menschen zeigen, dass sie zwar eine Fremde war, sich aber nicht zu fein fühlte, um auch mit anzupacken. Und so wanderten Jeans und Shirts ins Gepäck. Die Menschen mussten registrieren, dass sie diejenige war, die ihnen eine Hand reichte, um sie in eine bessere Zukunft zu führen.

Nach einigen Überlegungen hatte sie aber auch noch ein paar einfache Teile ihres Lieblingslabels *Camila* herausgesucht. Damit würde sie sich wohlfühlen und gut aussehen, war aber sicher nicht overdressed. Die Designerin hatte ihren Firmensitz in Aachen, und obwohl das Label ursprünglich für Casual Mind Lambswool stand, hatte die Künstlerin ihr Portfolio über die Jahre über

Lambswool hinaus erweitert. Sie hatte Corinne auch ihre Hochzeitsstola gefertigt, die sie seit diesem Tag in Ehren hielt.

Alles, was Corinne auswählte, war herrlich bequem zu tragen, knitterte nicht, war nicht zu dick und nicht zu dünn – es war schlicht und einfach perfekt. Außerdem konnte sie dazu flache Stiefeletten tragen, womit sie auch auf der Plantage und auf unbefestigten Wegen keine Probleme haben würde. Und für den Besuch der anderen Plantagen, den sie mit Fernando verabredet hatte, würde sie ihre dunkelbraune Jeans anziehen. Dazu einen hellbraunen Gürtel und ein beiges Top. Auch dazu würden die Stiefeletten passen – was die Angelegenheit einfacher machte, denn Corinne hatte keine Lust, mehr als einen Koffer mitzunehmen.

»Immer noch nichts?«, frage Noah, der gerade die Treppe hochkam. »Mia und Klara sind auf dem Spielplatz. Später gehen sie rüber in die Villa, dann sieht Mia dich nicht mit dem Koffer.«

Genauso hatten sie es vereinbart, und Corinne nickte dankbar. Sie kämpfte mit den Tränen. Der Abschied von ihrer Tochter war ihr entsetzlich schwergefallen. Sie war drauf und dran gewesen, die Reisepläne über den Haufen zu werfen. Oder spontan zu fragen, ob Noah und Mia sie doch begleiten wollten. Aber sie hatte sich zusammengerissen. Das wäre nun wirklich Quatsch gewesen.

Seit feststand, dass Corinne tatsächlich ohne Noah nach Brasilien fahren würde, war ihr Mann spürbar eingeschnappt. Es verunsicherte Corinne zutiefst, so hatte sie ihn noch nie erlebt. Aber vielleicht war auch gerade das ein Zeichen, dass sie es tun musste. Sie wollte sich selbst beweisen, dass sie die Aufgabe bewältigen konnte. Vielleicht auch, weil der Kaffeebaron ihr oft das Gefühl gegeben hatte, eben nur ein Mädchen zu sein. Es war gut möglich, dass Noah gerade etwas abbekam, wofür er gar nichts konnte, ging es Corinne selbstkritisch durch den Kopf.

Sie verstand das alles nicht. Aber sie hatte jetzt, in der kurzen Zeit vor der Reise, weder Zeit noch Nerven, das mit ihm zu diskutieren und herauszufinden, wo die Wurzel der Unstimmigkeiten lag. Und so taten sie beide, als sei alles in Ordnung. Sie waren höflich, ja sogar liebevoll miteinander. Aber zwischen ihnen stand eine Mauer. Corinne konnte sie zwar nicht sehen, dafür aber umso schmerzhafter spüren.

Jetzt sah Noah ihr zu, wie sie die letzten Kleinigkeiten einpackte. Ganz zum Schluss griff sie noch nach einem rosafarbenen Einhorn mit Regenbogenschweif und legte es in den Koffer. Das war ihr Geschenk für Fernandos und Lucianas Tochter Katalina.

»Fertig«, sagte Corinne schließlich, seufzte tief und schloss den Koffer.

Noah nickte.

»Ich trag ihn zur Kaffee-Fee und du siehst dich um, ob du noch irgendwas vergessen hast. Dann fahren wir ins Böhnchen, essen bei Susan eine Kleinigkeit und fahren gegen 14 Uhr los. So haben wir genug Puffer, falls wir in einen Stau kommen. Einverstanden?«

»Danke, Noah«, sagte Corinne. Sie streckte die Hand aus. Sein Zögern, bevor er sie an seine starke Brust zog, war fast unmerklich, aber es schnitt ihr direkt ins Herz. Trotzdem genoss sie die warme Umarmung und bemühte sich, so zu tun, als sei alles gut.

»Dieser Maximilian Rosenbaum wird sich melden, Corinne. Mach dich wegen dieser Sache nicht verrückt. Vielleicht solltest du, wenn du wieder da bist, mit einem Anwalt sprechen.«

»Danke, Noah. Ja, du hast recht. Das werde ich tun.«

Sie blieben aneinandergeschmiegt stehen, Corinne legte ihren Kopf auf Noahs Schulter, doch sie konnte die Nähe nicht recht genießen.

Was sie deutlich schlimmer fand als die offene Angelegenheit mit Maximilian Rosenbaum, war die Tatsache, dass Noah gar nicht merkte, dass nicht der vermeintliche Erbe das Problem war, das sie so beschäftigte, sondern das, was zwischen ihr und Noah stand. Es ging um gegenseitiges Vertrauen, darum, sich den Rücken zu stärken und füreinander da zu sein. Und nun gab Noah ihr das Gefühl, dass sie nicht in der Lage war, diese Reise allein zu machen? Das tat Corinne weh. Bisher hatte Noah sie immer in allem bestärkt, was sie tun wollte. Er hatte nie einen Zweifel aufkommen lassen, dass Corinne alles konnte, wenn sie es nur wirklich und ernsthaft wollte. Was war plötzlich los mit ihm, dass er so stark auf ihre Entscheidung reagierte? Sie verstand die Welt nicht mehr. Hatte sie sich wirklich so in ihm getäuscht? Oder lag es doch an ihr? Hatte Noah vielleicht einfach Trennungsschmerz? Corinne schob den Gedanken wieder weg. Sie merkte, dass ihr Tränen in die Augen stiegen und beeilte sich, etwas zu sagen, was sie von ihren verletzten Gefühlen ablenkte.

»Wieso bekomme eigentlich immer ausgerechnet ich es mit solch dubiosen Herren zu tun? Weißt du, dieser Maximilian Rosenbaum erinnert mich auf eine sehr unschöne Art und Weise an meinen früheren Vermieter Fabian Bühling. Ich finde, der war ebenso aalglatt und überheblich. Wie kann eine so herzensliebe Frau wie Sarah einen solchen Bruder haben? Das begreife ich nicht.«

Das war ein Punkt, der sie umtrieb. Noch immer konnte Corinne sich keinen Reim auf diese ganze Geschichte machen. Allein, dass Sarah einen Bruder gehabt haben sollte, war so dubios. Sie hatte Corinne immer sehr um ihre Familie beneidet – ohne es ihr je zu missgönnen selbstverständlich –, jedenfalls hatte sie sehr deutlich gezeigt, wie gern sie selbst auch Familie gehabt hätte.

Hätte es einen Bruder gegeben – wäre er auch noch so ein schwarzes Schaf gewesen –, Corinne war sicher, Sarah hätte nichts unversucht gelassen, um Kontakt mit ihm zu haben. Und ganz sicher hätte sie Corinne im Laufe ihrer Freundschaft von ihm erzählt. Aber nichts. Nicht einmal der Hauch einer Andeutung.

»Ich glaube, wir müssen langsam«, meldete sich Noah. Er gab Corinne noch einen kleinen Kuss, schnappte sich den Koffer und ging zum Auto.

Ein letztes Mal nahm Corinne ihr Handy und machte einen Versuch, Maximilian Rosenbaum zu erreichen. Wieder ohne Erfolg. Sie war so sauer auf diesen Menschen.

Jetzt musste sie, dieses ungelöste Dilemma im Gepäck, nach Brasilien fliegen. Nur weil der Herr sich nicht an ihre Vereinbarung hielt.

Sie hatte ihm schon zweimal auf den Anrufbeantworter gesprochen. Jetzt hinterließ sie eine dritte Nachricht, in der sie ihm mitteilte, dass sie von nun an für eine Woche nicht mehr erreichbar sein würde.

***

Noch eine Stunde bis zur Landung. Erschöpft schloss Corinne ihr Notebook. Sie hatte die Flugzeit genutzt, um noch einmal die gesamte Planung der Kooperation durchzuarbeiten. Sowohl die sozialen Aspekte als auch die baulichen Vorhaben, die sie bisher erarbeitet hatten. Alles in allem war sie mit der Arbeit ihres Teams zufrieden. Es schien, als hätten sie ein gutes Fundament geschaffen, auf dem man aufbauen konnte. Zumindest auf dem Papier. Blieb nur abzuwarten, was sie in der Realität vorfinden würde.

Wenn alles so lief, wie sie es erhoffte, konnten sie gemeinsam in den nächsten fünf Tagen herausfinden, an welcher Stelle es hakte und die Widerstände ausräumen, die dem Erfolg des Projektes im Moment noch entgegenstanden.

Erschöpft gähnte Corinne mit geschlossenem Mund. Das lange Sitzen war ermüdend, und das Starren auf den Bildschirm machte es nicht besser. Aber wenigstens hatte es sie etwas von ihren anderen Sorgen abgelenkt.

Soweit es in einem Flugzeug möglich war, streckte Corinne sich. Sie kreiste mit den Schulterblättern, zog sie dann weit nach hinten, hielt die Spannung ein paar Sekunden und dehnte dann in die andere Richtung, indem sie die Schultern nach vorn fallen ließ und einen Rundrücken machte. Jetzt war der Kopf an der Reihe. Sie beugte ihn mehrmals erst nach rechts, verweilte ein paar Augenblicke in der Dehnung und wiederholte das Ganze nach links. Zum Schluss ließ sie das Kinn behutsam auf die Brust fallen. In ihrer Wirbelsäule krackste und knackste es, dass es zum Fürchten war. Die kleine Sitzsporteinheit erfüllte ihren Zweck. Corinne fühlte sich wieder besser.

Natürlich hatte sie gewusst, dass die Reise anstrengend werden würde. Doch wie anstrengend es wirklich war, überraschte sie. Sie hatte die Erfahrungen der letzten Reise erfolgreich verdrängt gehabt. Vielleicht lag es auch an den damaligen Umständen.

Jetzt, mitten im Geschehen, kamen die Erinnerungen an ihren letzten Besuch in Brasilien wieder hoch. Während des Hinflugs hatte die Aufregung und Vorfreude sie durch die Zeit getragen, es war ihr gar nicht so anstrengend erschienen. Damals war sie auf dem Weg auf die Plantage gewesen, um ein Praktikum zu machen. Sie hatte erfahren wollen, wo der Zauber des Kaffees seinen Anfang nahm, und es hatte nicht lange gedauert, bis Land und Menschen sie ganz in ihren Bann gezogen hatten. Ihre Zeit in Brasilien war wundervoll gewesen.

Und dann hatte der Kaffeebaron einen Schlaganfall erlitten. Von einer Sekunde zur anderen war Corinnes Leben nicht mehr so gewesen, wie sie es kannte. Die Ereignisse hatten sich überschlagen. An den eilig angetretenen Rückflug erinnerte sie sich nur noch bruchstückhaft. Und an dieses »Hoffentlich«, das sie während dieser langen bangen Stunden begleitet hatte.

Ach Papa, dachte sie. Ihr Vater war der Fels von *Ahrensberg Kaffee* gewesen. Corinne und Alexander hatten sich von Kindheit an sehr an ihm gerieben. Sie hatten gegen seine Sturheit gekämpft, gegen sein Verharren in Bestehendem und seine Abwehr gegen jede Neuerung. Tradition ist verlässlich, hatte er immer gesagt und seine Kinder damit ein ums andere Mal fast in den Wahnsinn getrieben.

Und dann war er plötzlich nicht mehr da gewesen, und Corinne hatte entdeckt, wie viel Gutes sie mit ihrem Vater verband. Wie viel sie von ihm gelernt hatte. Er fehlte, und das tat er noch heute. Und das, obwohl Alexander die Familienfirma auf ganz wundervolle Art führte und *Ahrensberg Kaffee* inzwischen den Staub der Traditionen abgeschüttelt hatte, wo es notwendig gewesen war.

Bei der Modernisierung hatte Alexander ein sehr feines Gespür bewiesen. Nachdem er erst einmal aus dem Schatten seines mitunter despotischen Vaters getreten war, hatte er sein Können entfaltet und sich als würdiger Nachfolger erwiesen. Er hatte erhalten, was für die Geschichte des Unternehmens von wertvoller Bedeutung und erneuert, was veraltet war. Mit ihm war der dritte Ahrensberg-Mann an die Spitze des stetig wachsenden Unternehmens getreten.

Corinne hatte ihrem Bruder diesen Platz von Herzen gern überlassen, denn sie hatte ihr Glück in ihrer eigenen kleinen Rösterei gefunden. Als sie dann zusätzlich Geschäftsführerin der *Ahrensberg-Rosenbaum-Stiftung* geworden war, hatte sie gewusst, dass dies genau der richtige Platz für sie war. Sie hatte auf ihre Art das Erbe ihres Großvaters übernommen und setzte sich für eine bessere Welt ein. Genau wie er es zeitlebens getan hatte.

Corinne atmete tief durch und war froh, dass die Stewardess gerade nach ihren Wünschen fragte. Dieser Flug erwies sich als emotionale Achterbahnfahrt.

Je länger sie unterwegs war, desto mehr Gefühle wirbelten in ihr auf. Aktuelles und Vergangenes vermischten sich. Sie fühlte sich verletzlich und sehnte sich schon jetzt nach Noah und Mia. War es ein Fehler gewesen, allein zu reisen? War es vielleicht sogar ein Fehler gewesen, sich für das Böhnchen und die Stiftung und gegen mehr Zeit mit ihrem Baby zu entscheiden? In diesem Moment der Verletzlichkeit war Corinne sich nicht mehr sicher. Aber jetzt war es zu spät, und sie musste sich der Herausforderung stellen.

Um sich ein wenig zu trösten, zückte sie ihr Handy und klickte die Galerie auf. Sofort strahlten Noah und Mia sie an, und ihr Herz wurde weit. Ach, die beiden Süßen.

Sacht streichelte Corinne über das Display. Sie blätterte sich durch die Bilder, die fast alle Mia zeigten. Noah versorgte Corinne täglich mit neuen Fotos. Mia mit Spaghetti in den Haaren. Mit ihrem Lieblingsstoffhasen. Unter dem Tisch. Im Sandkasten, stolz mit ihrem ersten Sandkuchen.

Auf der Schaukel. Manchmal waren Noah oder Klara mit auf den Bildern. Die beiden verbrachten am meisten Zeit mit Mia. Ein kleiner Stich machte sich in Corinnes Herz bemerkbar. Da war wieder dieses gemeine Gefühl von Eifersucht. Sie hätte so gern auch mehr Zeit mit ihrer Tochter. Aber sie konnte ihre Arbeitszeit nicht reduzieren, dazu gab es zu viele Dinge zu tun. Corinne machte das Handy aus.

Die Bilder hatten sie nicht getröstet, sondern ihre Sehnsucht nur noch weiter angefacht. Am liebsten würde sie in São Paulo direkt in den nächsten Flieger nach Deutschland steigen.

Sei nicht albern, rief sie sich selbst sofort zur Ordnung.

Die Lautsprecher knacksten, gleich darauf erklang die Stimme des Kapitäns, der die baldige Landung ankündigte. Das war der Moment, ab dem Corinne ihr logisches Denken einstellte und auf Überlebensmodus schaltete.

So sehr sie Starts liebte, Landungen weckten bei ihr jedes Mal aufs Neue echte Todesangst.

Zitternd legte sie sich den Gurt um und versuchte, sich nur auf ihre Atmung zu konzentrieren. Als das Flugzeug sich langsam senkte, krallte Corinne ihre Hände in die Armlehnen und schloss die Augen. In ihren Ohren rauschte es, während der Boden immer näher kam.

Beim ersten Bodenkontakt brauchte Corinne ihre gesamte Selbstbeherrschung, um nicht aufzuschreien.

Kapitel 11

Familienrat

Aachen · Oche · Aix-la-Chapelle · Aken · Aquae Granni

August 1948

»Eberhard, ich weiß, du bist erschöpft, und in der Firma wartet sicher jede Menge Arbeit auf dich«, begann Magdalena nach dem Frühstück mit sanfter Stimme, während sie den Tisch abräumte.

Bei diesem Tonfall wusste Eberhard natürlich sofort, dass sie etwas wollte. Er seufzte leise. Sie hatte recht, er war tatsächlich sehr müde. Die Schmuggeltour letzte Nacht war enorm anstrengend und nervenaufreibend gewesen. Er hatte ein ganzes Stück rennen müssen, weil er beinahe in eine Schlacht zwischen Zöllnern und einer Schmugglerbande geraten war. Am Ende war er mit zwölf Kilometern Umweg in Füßen und Knochen bei Sonnenaufgang zu Hause angekommen. Er hatte es gerade noch geschafft, sich hinzulegen, bevor seine Frau aufstehen musste. Magdalena ahnte nicht, wie knapp es gewesen war. Aber von diesen Ereignissen konnte er ihr auch nichts erzählen. Magdalena wurde sowieso fast verrückt, wenn er auf Tour ging.

Wenn sie wüsste, wie gefährlich es wirklich war und was da draußen an der Kaffeefront inzwischen für ein Krieg tobte, würde sie durchdrehen. Also erzählte Eberhard immer nur, dass alles gut geklappt hatte, und ließ die unfeinen Details weg.

Während er darauf wartete, dass seine Frau mit der Sprache herausrückte und ihr Anliegen vortrug, gähnte Eberhard. Eine Stunde Schlaf hatte er abbekommen, bevor es schon wieder Zeit gewesen war, aufzustehen. Er hatte einen vollen Tag vor sich und konnte sich nicht leisten, einfach länger liegen zu bleiben.

Er würde es heute etwas langsamer angehen, aber Nichtstun kam nicht infrage. Wichtigster Punkt auf seiner Arbeitsliste: rösten.

Dieses Thema brannte ihm inzwischen richtig auf der Seele. Solange er mit dem Handröster arbeitete, fraß die Aufgabe weiterhin sehr viel seiner Zeit. Jean-Claude hatte ihn bei ihrem Treffen letzte Nacht auf den neuesten Stand gebracht. Er war wirklich viel mehr als nur ein Handelspartner und hatte seine Beziehungen spielen lassen. Sein Kontakt in Deutschland würde Eberhard einen Trommelröster besorgen. Er musste nur Ja sagen.

Aber das konnte er nicht. Es machte ihn verrückt. Er hatte keine Ahnung, wie er das Geld dafür auftreiben sollte. Außerdem hatte er noch immer nicht mit der Familie gesprochen. Es war noch nicht der richtige Zeitpunkt gewesen. Im Moment hatten alle nur einen Gedanken: Hans musste gesund werden.

Zum großen Glück ging es seinem Freund mittlerweile

besser. Fast schon zu gut, denn er wurde zunehmend aufmüpfig.

Nach zehn Tagen auf Leben und Tod hatte Hans den harten Kampf gegen den Sensenmann gewonnen. Die Entzündung war abgeklungen, das Fieber gesunken, und die Wunde begann zu heilen. Es ging Hans von Tag zu Tag besser, und er wartete ungeduldig darauf, wieder aufstehen zu dürfen. Die Tage des braven Patienten waren gezählt, nun wurde er langsam, aber sicher rebellisch. Eberhard freute sich immer, wenn die Frauen darüber sprachen. Er selbst besuchte Hans mehrfach täglich, allerdings reichte die Zeit meist leider nur für ein kurzes Hallo. Aber Eberhards Mutter, Edda, Magdalena und auch Barbara kümmerten sich rührend um ihn und verwöhnten ihren Hans nach Strich und Faden. Und auch die täglichen Kontrollbesuche von Schwester Mechthild brachten Abwechslung in den tristen Alltag des ans Bett gefesselten Freundes.

Magdalena wischte den Tisch ab, trocknete ihn und setzte sich dann auf den Stuhl neben Eberhard.

»Kannst du dir heute bitte etwas mehr Zeit für Hans nehmen, Eberhard? Ich glaube, er braucht dich. Lenke ihn ein wenig ab. Und vor allem, rede ihm ins Gewissen. Du musst ihm klarmachen, dass er liegen bleiben muss. Er darf seine Genesung nicht aufs Spiel setzen, nur weil ihm die Geduld ausgeht.« Sie nahm seine Hand in ihre und sah ihn flehend an. »Ich mache mir wirklich Sorgen, Eberhard.«

Selbstverständlich hatte Magdalena jedes Recht, ihn um diese Unterstützung zu bitten. Und da es um Hans ging, nickte Eberhard auch sofort und versprach ihr, sich des Freundes anzunehmen.

»Lass mich jetzt in die Rösterei gehen, Magdalena. Das muss sein.« Eberhard überschlug die Dinge, die heute erledigt werden mussten. »Ich werde mir Hans nach dem Mittagessen zur Brust nehmen und dann auch etwas bei ihm bleiben. Vielleicht können wir Karten spielen. Mal sehen. Ich lasse mir etwas einfallen.«

»Danke, Eberhard. Das ist gut.« Magdalena atmete erleichtert durch. »Es wäre eine Tragödie, wenn durch seinen Übermut alles wieder zunichte gemacht würde, was wir inzwischen erreicht haben«, sagte sie, um noch einmal zu unterstreichen, wie wichtig ihr das war.

»Wir haben so viel geschafft, Liebling, den Rest schaffen wir auch noch.« Jetzt grinste er Magdalena an. »Notfalls fesseln wir den Halunken einfach ans Bett«, sagte er und gab seiner Frau einen Kuss.

»Alberner Kerl«, lachte sie und schüttelte den Kopf. »Sorge lieber dafür, dass es so weit nicht kommen muss.«

Das würde er auf jeden Fall versuchen. Hans war wichtiger als das Geschäft. Er würde so lange bei ihm bleiben, wie er ihn brauchte. Und wenn er mit seiner Arbeit nicht fertig wurde, würde er eben eine zusätzliche Schicht nach dem Abendessen einlegen.

Wie versprochen ging Eberhard nach dem Mittagessen zu Hans. Er zog sich einen Stuhl ans Bett und leistete seinem Freund Gesellschaft.

Hans war unwirsch.

»Was ist los, Hans?«, fragte Eberhard frei heraus. »Für jemanden, der dem Tod geradewegs von der Schippe gesprungen ist, machst du ein reichlich finsteres Gesicht. Oder nervt dich mein Besuch? Sag es, und ich verschwinde auf der Stelle.«

Hans brummte und winkte ab.

»Auch wenn es gerade nicht so aussieht«, sagte er. »Ich bin froh, dass du da bist, Eberhard. Es ist nur …« Hans stockte.

»Nur?«, fragte Eberhard schließlich, nachdem Hans auch nach mehreren Atemzügen nicht weitersprach.

»Sieh doch mal da raus!«, forderte Hans ihn auf. »Die Sonne scheint. Mir kommt es vor, als würde sie mich verhöhnen. Ich möchte so gern mal wieder an die frische Luft. Und außerdem habt ihr alle so viel für mich getan und ich liege hier mit meinem faulen Hintern die Matratze platt. Das ist doch nicht richtig.« Hans verschränkte die Arme vor dem Körper und zog die Augenbrauen zusammen. »Mein Stumpf ist fast wie neu. Wieso sagt mir jeder, dass ich liegen bleiben soll? Ich könnte längst wieder mit anpacken und dich ein bisschen unterstützen. Stattdessen halte ich dich auch noch von der Arbeit ab, weil deine Frau möchte, dass du dich um mich kümmerst.«

Eberhard öffnete erstaunt den Mund, doch Hans schüttelte den Kopf. »Versuch erst gar nicht, mir etwas vorzuflunkern. Ich weiß doch, wie besorgt Magdalena mich die ganze Zeit mustert. Sie hat Angst, dass ich die Geduld verliere, und dich gebeten, mir ins Gewissen zu reden.«

»Erwischt«, gab Eberhard nun unumwunden zu. Zuerst hatte er es abstreiten wollen, doch während er Hans aussprechen ließ, änderte er die Taktik. Er packte den Stier bei den Hörnern.

»Ich weiß genau, wie schwer es dir fällt, stillzuliegen, Hans. Und ich verstehe auch, dass du dich verpflichtet fühlst, etwas von dem zurückzugeben, was du während deiner Krankheit von uns bekommen hast.«

»Na also«, freute sich Hans, aber Eberhard stoppte ihn.

»Moment, ich bin noch nicht fertig. Ich freue mich schon auf den Tag, wenn du mir auf der Baustelle wieder Beistand leisten kannst. Aber im Moment gibt es für dich nur eine Möglichkeit, zu zeigen, dass du dankbar bist, mein Freund.«

Hans hob fragend die Augenbrauen.

Eberhard sprach weiter. »Achte unsere Bemühungen, vor allem die von Magdalena, die so viele Stunden bei dir gesessen hat. Der einzige Weg für dich, ihr Respekt zu zollen, ist, im Bett zu bleiben und zu tun, was sie dir sagt. Hilf so gut es geht mit, damit du vollständig gesund wirst.«

Hans schnaubte genervt, und Eberhard legte ihm die Hand auf den Arm. »Ich weiß es, Hans. Du bist ungeduldig. Aber ein paar Tage wirst du noch durchhalten müssen. Wenn du zu früh aufstehst, machst du alles zunichte, was wir in den letzten Wochen erreicht haben. Das willst du doch nicht, oder?«

»Ich fühle mich wie ein nutzloser Taugenichts«, murmelte Hans und wischte sich über die Augen.

Eberhard beschloss, die Situation mit ein wenig Humor aufzulockern. »Taugenichtse sitzen am helllichten Tag in der Bude und klopfen Karten. Also, wenn du ein Taugenichts sein willst, dann bin ich dabei. Wollen wir uns ein Spielchen genehmigen? Ich habe mir Barbaras Blumenquartett ausgeliehen.«

Ursprünglich hatte er vorgehabt, mit Hans über den Trommelröster zu sprechen und ihn um Rat zu bitten. Doch für den Moment schob er das Thema auf. Sein Freund hatte genug mit sich selbst und seinen Problemen zu tun. Er wollte ihm kein weiteres aufbürden.

Während Eberhard die Karten mischte, beschloss er, noch einmal zu verdeutlichen, dass ein schlechtes Gewissen vollkommen überflüssig war.

»Hans, ich meine das wirklich ernst. Das größte Geschenk, das du uns allen machen kannst, ist durchzuhalten und vollständig gesund zu werden. Hör bitte auf, dir Gedanken darüber zu machen, dass du helfen möchtest. Das ist vollkommen unnötig. Stell dir stattdessen vor, es hätte einen von uns erwischt. Na?«

Zufrieden beobachtete er, wie seine Worte langsam bei Hans ankamen. Er konnte es an seinem Gesicht ablesen.

»Wir sind doch Freunde, Hans, oder?«, fragte er schließlich noch.

Als Hans dies bestätigte, nickte Eberhard zufrieden und sagte in festem Ton: »Na also. Dann ist doch alles gesagt. Vertrau mir als dein Freund und tu, was meine Frau dir sagt. Wenigstens noch für eine Weile.« Er zwinkerte ihm zu, nahm seine Karten auf und studierte die Gewächse, die er in der Hand hielt.

Sie waren mitten in das Spiel rund um Rosen, Nelken und Gänseblümchen vertieft, da klopfte es forsch an der Tür, und gleich darauf kam auch schon Schwester Mechthild in den Raum gerauscht, ohne eine Antwort abzuwarten.

»Guten Tag, die Herren«, schmetterte sie. Schwungvoll stellte sie ihre Tasche auf den zweiten Stuhl im Raum.

»Guten Tag, Schwester«, grüßten Eberhard und Hans fast zeitgleich.

Eberhard sah erstaunt zu Hans hin. Dessen Stimme hatte plötzlich einen fröhlichen Unterton, der so gar nicht zu der gedrückten Stimmung von gerade eben passte. Und richtig. Hans strahlte die resolute Schwester richtiggehend an. Nanu? Er war zwar kein Profi in Herzensangelegenheiten, aber dieser Gesichtsausdruck schien Eberhard doch schon ziemlich eindeutig zu sein. Hatte Hans sich etwa in diesen weiblichen Feldwebel verguckt? Eberhard staunte und unterdrückte rasch das zuckende Grinsen, das sich auf seine Lippen legen wollte. Er hatte auch gar keine Zeit mehr, sich lange zu amüsieren, denn die Schwester katapultierte ihn ganz selbstverständlich aus dem Raum.

»Herr Ahrensberg, wenn Sie bitte draußen warten würden. Ich muss mich jetzt um den Patienten kümmern«, forderte sie ihn auf, und es war klar, dass sie keinen Widerspruch duldete.

Hans versuchte es dennoch. Er lachte und winkte ab.

»Seien Sie doch nicht so streng, Schwester«, sagte er. »Wegen mir kann Eberhard ruhig bleiben. Den Stumpf hat er schon mehr als einmal gesehen, das haut ihn nicht um. Oder haben Sie etwas vor, was mein Freund nicht mitbekommen soll, Schwester Mechthild?«, fragte er, und in seinen Augen funkelte es vergnügt.

Hans hatte sich nicht nur verguckt, er schäkerte richtig mit der Schwester. Eberhard kam aus dem Staunen kaum heraus. Es war wirklich kaum zu glauben, dass dieser Mann gerade erst auf Leben und Tod darniedergelegen hatte.

»Reden Sie kein dummes Zeug, Herr Brudermann«, schnaufte nun Schwester Mechthild empört. Doch Eberhard hatte sie längst durchschaut. Um ihren Mund herum zuckte es vergnügt, und ihre Augen funkelten. Es hatte offenbar nicht nur Hans erwischt, sondern auch die Schwester. Na, das war ja ein Ding. »Also gut«, sagte sie schließlich und tat, als wäre es eine enorme Last, diese Entscheidung zu treffen. »So bleiben Sie eben in Gottes Namen.«

Mit energischen Handgriffen wechselte die Schwester den Verband an Hans' Beinstumpf.

Hans ließ es ohne Klagen über sich ergehen, dabei musste die Prozedur unangenehm sein. Obwohl die Entzündung fast gänzlich zurückgegangen war, war die Wunde noch immer nicht ganz ausgeheilt.

Hans lag da und ließ die Schwester nicht aus den Augen, bis sie einen frischen Verband gewickelt hatte, sich resolut verabschiedete und wieder aus dem Zimmer verschwand.

Kaum hatte sie sie verlassen, war Eberhard versucht, auf Hans einzudringen. Doch so gern er auch gewusst hätte, wie es um das Seelenleben seines Freundes bestellt war, er beschloss, ihm das süße Geheimnis vorerst zu lassen und die Sache eine Weile zu beobachten. Irgendwann würde Hans sicher von allein damit herausrücken – falls es etwas zu erzählen geben würde.

Sie spielten weiter Karten und vergnügten sich eine Weile. Eberhard vergaß sogar, dass viel Arbeit auf ihn wartete, so angenehm war es in Hans' Gesellschaft. Gerade hatte er Hans eine Karte abgeluchst, als die nächste Besucherin sich lautstark ankündigte. Barbara war nach Hause gekommen.

»Holiolioliholie, holioliolie«, schallte ihr helle Stimme durch das Haus, als sie gut gelaunt die Treppe hinaufgerannt kam.

Eberhard seufzte. Er hatte durchaus auch Freude an den modernen Schlagern, aber seit Barbara entdeckt hatte, dass sie eine schöne Stimme hatte, trällerte sie von morgens bis abends. Und vor allem sang sie immer wieder die gleichen Lieder. Seit drei Wochen war *Die Rose vom Wörthersee* nun schon an der Reihe. Eberhard fing an, dieses Lied inbrünstig zu hassen.

»Hallo Hans, da bin ich«, grüßte Barbara fröhlich, als sie, ebenfalls nach kurzem Klopfen, in das Zimmer tanzte. »Wie geht es dir heute? Soll ich dir ein bisschen vorsingen?« Dann entdeckte sie Eberhard und strahlte auch ihn an. Ihr großer Bruder war für Barbara ihr Ein und Alles. »Eberhard, wie schön. Oh, ihr spielt Karten! Darf ich mitspielen?« Schon hüpfte sie zu Hans auf das Fußende des Bettes, zog die Beine an und streckte erwartungsvoll die Hand aus.

»Oder nein. Erst sing ich für euch«, beschloss Barbara.

Hans strahlte das Mädchen an. Er freute sich sichtlich über ihren Besuch. Im Gegensatz zu Eberhard schien er der immer gleichen Schlager nicht überdrüssig zu werden. Ebenso wenig wie Barbara.

Eberhard machte sich auf das Schlimmste gefasst. Dachte er zumindest. Doch da kannte er seine kleine Schwester schlecht.

»Ich will sie nicht, ich will sie nicht, sie ist zu fett für mich, sie ist zu fett …« Barbara sprühte vor Vergnügen. Sie klatschte zur Fett-Polka rhythmisch in die Hände und wippte auf der Matratze auf und ab, dass Hans mit durchgeschüttelt wurde.

»Barbara«, fuhr Eberhard donnernd in den Gesang seiner kleinen Schwester hinein. »Was ist denn in dich gefahren? Bist du verrückt geworden?«

»Was denn, Eberhard?« Barbara sah ihn mit großen Augen erstaunt an. »Das ist die Fett-Polka. Das Lied wird gerade überall gespielt. Das ist doch lustig.«

»Sei kein Spielverderber, Eberhard. Lass Barbara singen«, mischte sich nun auch Hans ein.

Eberhard schüttelte den Kopf über so viel Unverstand. Er legte seine Karten auf das Deckbett und stand auf.

»Macht doch, was ihr wollt. Ich muss sowieso los. Aber sing das nicht, wenn ich es hören muss. Verstanden?«

Eberhard war ehrlich entsetzt. Hatten sie nicht alle erst Krieg, Entbehrungen und den schrecklichen Hungerwinter hinter sich gelassen? Gab es nicht genug Menschen, die noch immer darum kämpfen mussten, sich ihr Essen leisten zu können? Wer kam auf die Idee, so ein bescheuertes Lied zu schreiben?

Es ging bergab mit Deutschland. Wieder einmal fürchtete Eberhard das Schlimmste. Die Jugend verwahrloste immer mehr. Er gönnte Barbara ihr Glück. Sie war ein zauberhaftes Mädchen, das bald eine junge Frau sein würde. Aber gerade deshalb würde er noch mehr aufpassen müssen, dass sie nicht vom rechten Weg abkam. Er war kein Moralist, aber der um sich greifende Freigeist ließ ihn doch so manches Mal schlucken und an sich selbst und seinen eigenen Werten zweifeln.

Eberhard sah auf seine Taschenuhr. Dass Barbara ihn bei Hans abgelöst hatte, kam ihm gelegen. Wenn er sich sputete, konnte er den größten Teil der Bestellungen doch heute noch ausliefern, er hatte alles schon vorbereitet.

Flugs lief er zur Küche und fand dort wie erhofft seine Mutter, Edda und Magdalena.

»Ich gehe noch eben auf Liefertour«, verkündete er. »In zwei Stunden bin ich wieder da. Mit Hans ist alles in Ordnung. Barbara ist jetzt bei ihm.«

Eberhard wollte die Tür schon wieder schließen, da hatte er plötzlich eine andere Idee. Wenn er sie schon alle versammelt hatte, konnte er die Gunst der Stunde auch nutzen. Endlich einmal waren sie nicht vor Sorgen um Hans selbst ganz krank.

Also trat Eberhard in die Küche ein.

»Hast du nicht gerade gesagt, du machst eine Liefertour?«, fragte Magdalena prompt. »Wenn du dich beeilst, schaffst du es rechtzeitig bis zum Abendbrot.«

»Ich habe es mir nun doch anders überlegt. Es gibt etwas, was ich mit euch besprechen möchte. Ich brauche den Familienrat, und da ihr gerade so einträchtig beisammensitzt …«

»Was ist los, Eberhard? Hast du Sorgen?«, wollte Edda sofort wissen. »Das Geschäft läuft doch sehr gut. Ich sehe dich nur noch rösten und ausliefern. Du hast so viel Arbeit.«

»Das Geschäft läuft ausgezeichnet, Edda. Das schätzt du absolut richtig ein. Aber genau darum geht es. Es läuft so gut, dass es langsam zum Problem wird.«

»Sag nicht, dass du noch öfter Touren nach Belgien machen möchtest, als du es ohnehin schon tust«, warf Magdalena ein. Sie war vor Schreck milchweiß im Gesicht.

»Nein, Magdalena. Es geht nicht um meine Touren. Es geht um das Rösten. Ich kann immer nur kleine Portionen rösten, es dauert ewig, bis ich die Bestellungen fertig habe. Und es ist ja nun mal nicht so, dass ich Zeit im Überfluss hätte. Die Renovierungsarbeiten in der Villa, notwendige Instandsetzungen, die Außenanlage, die Stallungen – es gibt so viel zu tun, und ich sitze in der Rösterei und drehe an der Kurbel.«

»Und wie kannst du das lösen?«, wollte nun seine Mutter wissen. »Sollen wir dich dabei unterstützen?«

»Ich könnte einspringen, Eberhard. Du weißt, dass ich das kann, immerhin habe ich dir das Rösten beigebracht«, warf Edda nicht ohne Stolz in der Stimme ein.

»Danke Edda, ich weiß das zu schätzen, aber das wäre nicht die Lösung. *Ahrensberg Kaffee* bin ich. Die Röstungen sollen meine Handschrift haben, das möchte ich nicht in fremde Hände geben, und wenn sie noch so sehr zur Familie gehören. Mein Ansatz ist die Erhöhung des Durchsatzes. Ich würde sehr gern statt der Handtrommel einen richtigen Trommelröster anschaffen. Jean-Claude hat Beziehungen und könnte mir einen beschaffen. Die Frage ist nur, wie ich den finanzieren soll.«

Eberhard fiel es schwer, den Frauen des Haushalts einzugestehen, dass er seine Rösterei nicht ohne Familienunterstützung erweitern und damit aufbauen konnte. Er fühlte sich wie ein Versager. Aber jetzt war es wenigstens raus.

Nun musste er im nächsten Schritt die Möglichkeit auf den Tisch legen, die ihm im Kopf herumschwirrte. Er hasste es, das zu tun, aber es ging nicht anders.

»Wie wäre es, wenn du unser Grundstück in Euweiler verkaufst?«, fragte seine Mutter, bevor er sich die richtigen Worte zurechtgelegt hatte.

Vor Staunen klappte Eberhard die Kinnlade hinunter. Seine Mutter schien wirklich an ihn zu glauben. Er selbst hatte Tage gebraucht, um auf diese Lösungsmöglichkeit zu kommen. Und Wochen, um den Mut zu haben, es anzusprechen, während seine Mutter die Idee mit einer Leichtigkeit in die Runde warf, als wäre das nichts weiter.

Kapitel 12
Brasilien

Aachen • Oche • Aix-la-Chapelle • Aken • Aquae Granni

Gegenwart: Juni

Noch völlig high vom Adrenalin trat Corinne aus der Halle des Flughafens. Bei Landungen schüttete ihr Körper das Stresshormon immer so geballt aus, dass sie jedes Mal das Gefühl hatte, das Adrenalin fließe unverdünnt durch ihre Adern. Sie wusste natürlich, wie albern das war, aber gegen die Panik war sie machtlos. Und so war sie wie nach jeder Landung auch heute wieder so in Angstschweiß gebadet, dass ihr die Kleidung am Körper klebte.

Bei der Zollkontrolle war es ihr schwergefallen, nicht hysterisch loszukichern und damit vielleicht das Misstrauen der Beamten zu erregen. Im nächsten Moment hatte sie sich so elend gefühlt, dass sie am liebsten geweint hätte. Ihr emotionales Gleichgewicht war durch den Schlafmangel und den Stress komplett außer Kontrolle geraten.

Corinnes Sinne waren überempfindlich. Die Geräusche um sie herum knallten wie Donnerschläge in ihren

Ohren. Ihre Haut reagierte auf jede Berührung mit einem Schmerzsignal. Es war ganz offensichtlich, Corinne brauchte dringend etwas Ruhe und vor allem weniger Menschen um sich herum. Dieses laute hektische Gewimmel machte sie verrückt. Zielstrebig steuerte sie auf den Ausgang zu.

Angenehme zwanzig Grad Außentemperatur und ein sanfter Wind empfingen Corinne vor dem Flughafen. Sie ging ein Stück zur Seite, um den Menschenfluss nicht zu behindern. Dann blieb sie stehen, atmete durch und ließ die Eindrücke auf sich wirken.

Hier war es schon etwas entspannter als in der großen überfüllten Halle, wenn auch noch immer sehr belebt. Während sie sich orientierte, versuchte Corinne wieder einigermaßen in die Spur zu kommen. Sie wollte schließlich gleich einen souveränen Eindruck machen und nicht wie ein verängstigtes Hühnchen wirken. Erst als sie sich etwas wohler fühlte, war sie für den nächsten Schritt bereit.

Suchend blickte sie sich um. Hoffentlich hatte Fernando die richtige Ankunftszeit notiert. Er hatte ihr versprochen, dass entweder er selbst sie abholen oder einen seiner Mitarbeiter schicken würde.

Ein Stück von ihr entfernt entdeckte sie einen jungen Mann mit dunklen Locken und einem freundlichen Gesicht. Er trug Shorts, Shirt und Sandalen in Brauntönen und hielt ein Pappschild hoch. Corinne ging zwei Schritte auf ihn zu, dann konnte sie die Schrift entziffern. Wie sie gehofft hatte, stand tatsächlich ihr Name auf dem Schild.

Aufgedruckt auf seine Brust erkannte Corinne jetzt auch das Logo der Plantage. Sie wurde erwartet. Erleichtert winkte Corinne und ging ihrem Chauffeur lächelnd entgegen.

Der Brasilianer stellte sich als Matheus vor und führte Corinne zu seinem Wagen. Er sprach schnell, und sie musste sich anstrengen, um zumindest die wichtigsten Worte zu erfassen, die auf sie niederprasselten. Fernando hatte ihn gebeten, sie in Empfang zu nehmen, da er selbst nicht wegkonnte. Sie hatten endlich das neue Material bekommen, und der Schulhausbau ging wieder voran. Soweit sie verstanden hatte, klang das alles durchaus erfreulich.

Corinne würde, wie schon während ihrer Praktikumszeit, im Gästezimmer in Fernandos Haus wohnen. Sie hatte ihm selbstverständlich angeboten, in ein Hotel zu ziehen. Sie wollte ihm und Luciana keine Umstände machen. Aber in diesem Punkt hatte Fernando nicht mit sich reden lassen und darauf bestanden, ihr Gastgeber sein zu dürfen.

»Wenn dir unsere Freundschaft etwas wert ist, Corinne, schlägst du meine Gastfreundschaft nicht aus«, hatte er gesagt. »Das würde mich beleidigen.«

Ein Blick in seine entschlossene Miene hatte Corinne deutlich gesagt, dass sie es wirklich besser dabei bewenden lassen sollte.

Während Matheus den Wagen sicher durch den Verkehr manövrierte und zum Glück nicht mehr auf sie einredete, lehnte Corinne im Fond des Wagens den Kopf gegen das

Polster und schloss die Augen. Hin und wieder nahm sie einen Schluck der eisgekühlten Cola, die Matheus ihr angeboten hatte. Das Obst hatte sie dankend abgelehnt. Solange sie noch dermaßen unter Strom stand, würde sie keinen Bissen hinunterbringen.

Sehnsüchtig dachte sie an Fernandos Haus, an das Gästezimmer und das wunderbar bequeme Bett, das sie dort erwartete. Wie gern würde sie sich jetzt auf die weichen Kissen fallen lassen und mindestens hundert Stunden schlafen. Aber sie wusste, dass sie diesem Wunsch auf keinen Fall nachgeben durfte. Es war gerade mal Mittag. Wenn sie jetzt einschlief, würde sie den Jetlag die ganzen nächsten Tage nicht abschütteln können.

Viel vernünftiger war es, sich durch diesen ersten harten Tag zu kämpfen und direkt den Rhythmus Brasiliens aufzunehmen und danach zu leben. Das bedeutete, ankommen, duschen und ohne Umweg ins Bett direkt dem Leben entgegentreten.

Corinnes Gedanken drifteten ab. Die Geräusche der Welt um sie herum wurden dumpf. Die Hand, in der sie die Cola hielt, sackte zur Seite. Diese Bewegung ließ sie hochschrecken. Gerade noch rechtzeitig, bevor die Flüssigkeit auf den Polstern des Rücksitzes landete, fing Corinne den Fall der Colaflasche ab.

Energisch rieb sie sich über das Gesicht und trank einen weiteren großen Schluck, um die Lebensgeister zu aktivieren. Es half zumindest kurzfristig. Das kalte Getränk verscheuchte für den Moment die Müdigkeit. Sie widerstand dem Wunsch, die Augen wieder zu schließen, und sah stattdessen aus dem Fenster. Es war wunderschön hier. Die sanften Hügel zogen sich bis zum Horizont. Wiesen und Wälder wechselten sich ab. Nur hier und da tauchte ein Haus auf, wie hingetupft von einem Maler. Über dem Grün spannte sich tiefblau der Himmel, an dem einzelne kleine Wolken für Abwechslung sorgten.

Schon bei ihrem ersten Besuch hatte Corinne sich in das Land verliebt, und jetzt gerade wurde diese Liebe neu belebt. Kein Wunder, dass ihr Großvater ausgerechnet hier Land gekauft hatte. Und wie wunderbar, dass sie es ihm im Namen der Stiftung hatte gleichtun können.

»Corinne, herzlich willkommen, ich freue mich, dass du da bist«, begrüßte Fernando sie, als sie aus dem Auto stieg. Er begrüßte seine Geschäftspartnerin und Freundin mit einer Umarmung und Wangenküsschen.

Auch Luciana kam herbei und war mit ihrem Willkommen nicht weniger herzlich als ihr Mann. Ihre Tochter Katalina folgte ihrer Mutter auf dem Fuß. Das Mädchen sah die fremde Frau, die Corinne für sie war, mit großen Augen an. Corinne ließ ihr Zeit. Sie begrüßte Katalina mit einem einnehmenden Lächeln, drängte sich aber nicht auf.

»Was möchtest du tun, Corinne?«, fragte Fernando nach der Begrüßung mit ausgebreiteten Armen. »Ausruhen? Essen? Oder direkt arbeiten? Ich denke, ich habe interessante Neuigkeiten.«

Seine Augen blitzten, sein Gesichtsausdruck wirkte wild entschlossen, aber auch durchaus zufrieden. Wie es aussah, hatte sich seit ihrem letzten Gespräch etwas ergeben, und er brannte darauf, es ihr mitzuteilen. Corinnes Neugier war geweckt. Vielleicht hatte Fernando den Grund ihrer Probleme herausgefunden. Sein fast schon selbstgefälliges Lächeln deutete in diese Richtung. Am liebsten hätte sie ihn direkt gefragt, aber sie zügelte ihre Ungeduld. Sollte es wirklich gute Nachrichten geben, wollte sie sich ganz unbeschwert darüber freuen können und sich dabei wohlfühlen in ihrer Haut.

Gerade aber fühlte sie sich von all dem Reisedreck und der Aufregung klebrig und schmutzig. Sie musste sich unbedingt erst frisch machen, bevor sie sich in das Leben und die Arbeit stürzte.

»Gib mir fünfzehn Minuten, Fernando. Ich werde duschen und mich umziehen. Dann könnten wir mit einem Gang über die Plantage starten und uns dabei unterhalten. Ich möchte gern sehen, wie es sich in den letzten Jahren entwickelt hat. Und auf die Jacu Birds freue ich mich auch. Was meinst du? Ist das in Ordnung für dich?«

»Ausgezeichnet«, stimmte Fernando ihrem Vorschlag zufrieden zu. »Dann gehe ich in der Zwischenzeit noch mal rüber zum Schulhaus. Ich komme gleich wieder und hole dich ab. Luciana und Katalina bringen dich auf dein Zimmer und sind für dich da, falls du etwas brauchst. Und keine Hektik, Corinne. Du bist jetzt in Brasilien, bei uns gehen die Uhren anders, vergiss das nicht.«

Fernando grinste, und Corinne erwiderte es. Sie wusste genau, dass er sich über ihre deutsche Pünktlichkeit lustig machte, und gestand es ihm zu. Sie war jetzt in seinem

Land und würde sich den Gepflogenheiten anpassen. Fernando stieg in seinen Jeep und brauste davon, während die Frauen zurückblieben.

Luciana bestand darauf, Corinnes Koffer zu tragen. Da Corinne keine Lust auf Diskussionen hatte, zuckte sie mit den Schultern und ließ ihre Gastgeberin gewähren. Sie warf sich ihren kleinen Handgepäckrucksack über die Schulter, zwinkerte Katalina zu, lächelte das Mädchen an und streckte ihr die Hand hin. Die Selbstverständlichkeit, mit der Corinne sie selbst entscheiden ließ, in welchem Tempo sie die fremde Besucherin kennenlernen wollte, ließ die Kleine schnell Vertrauen fassen. Selbstbewusst nahm sie Corinnes Hand, ohne zu zögern.

So zogen sie zu dritt durch das Haus bis zum Gästezimmer.

»Kannst du mir den Koffer bitte auf das Bett legen, Luciana?«, bat Corinne, als sie im Zimmer standen. »Ich werde die Sachen direkt auspacken. Ich hoffe, es hängt sich etwas aus und ist nicht zu sehr zerknittert.«

Außerdem brannte sie darauf, Katalina ihr Geschenk zu überreichen. Sie war so ein liebes Mädchen, Corinne tat es wieder einmal sehr leid, dass Mia nicht bei ihr war. Die Kinder hätten bestimmt Spaß miteinander gehabt, trotz des Altersunterschieds. Als Corinne den Koffer öffnete, lag das Einhorn gleich obenauf.

»Oh«, machte Katalina und strahlte das Kuscheltier an.

»Das habe ich für dich mitgebracht, Katalina«, sagte Corinne langsam.

Ihr Portugiesisch war in den letzten Jahren, in denen sie

es wenig genutzt hatte, nicht besser geworden. Mit Fernando unterhielt sie sich meist auf Englisch, das ging ihr leichter über die Lippen.

Katalina nahm das Stofftier und presste es mit beiden Armen fest an sich. Sie bedankte sich höflich und verschwand dann fröhlich hüpfend. Vermutlich wollte sie das Einhorn ihren anderen Kuscheltieren vorstellen. So jedenfalls hatte Corinne es früher immer gemacht, wenn es einen Neuzugang im Stofftierzoo gegeben hatte.

Luciana sah ihrer Tochter nach und bedankte sich dann ebenfalls bei Corinne.

»Das ist doch selbstverständlich«, wehrte Corinne ab.

»Du hast eine ziemlich schwierige Aufgabe für die Stiftung übernommen, Luciana. Dafür möchte ich dir danken«, sagte sie, während sie Kleidungsstück um Kleidungsstück aus dem Koffer nahm und in den Schrank räumte. »Wenn ich mich etwas akklimatisiert habe, unterhalten wir beide uns in Ruhe. Einverstanden?«

»Sehr gern, Corinne. Es ist wirklich nicht einfach. Die Frauen haben so hohe Erwartungen und so viele Ängste. Dazu ihre Männer, die ihnen den Kopf mit Flausen und dummen Ideen vollsetzen. Ach, du weißt es ja. Ich bin froh, dass du da bist, Corinne. Ich glaube, es wird dem Projekt guttun. Und mir vermutlich auch.«

Es tat Corinne in der Seele wohl, sich so willkommen zu fühlen. Das machte das fürchterlich schlechte Gewissen ein wenig wett, das sie wegen Noah und Mia hatte. Auch wenn sie nach wie vor der Überzeugung war, dass die Entscheidung, allein zu reisen, richtig gewesen war.

Die Sehnsucht nach ihren beiden Herzensmenschen milderte das leider nicht.

»Hier haben wir in den letzten Jahren aufgeforstet«, erklärte Fernando, als sie wenig später gemeinsam über das Gelände der Plantage spazierten. Den Bereich mit der Monokultur ließen sie außen vor. Corinne interessierte sich viel mehr für den Schattenanbau. Luciana war mit Katalina zu Hause geblieben.

Der Ruf der Jacu Birds drang durch das Blättergrün zu ihnen und versetzte Corinne in eine nostalgische Stimmung. Es war erst ein paar Jahre her, dass sie hier selbst von Hand geerntet und nebenbei auch mit Kaffeekirschen versetzten Jacu-Bird-Kot gesammelt hatte. In der Zeit zwischen damals und heute war so viel geschehen, dass es Corinne wie ein anderes Leben vorkam.

»Und dieser Abschnitt hier gehört momentan zu unserem Kooperationsprojekt, solange, bis die Frauen den Wald auf dem Stiftungsgrundstück für die Bewirtschaftung vorbereitet haben. Auch wenn es einige Hürden gab, es geht voran, Corinne. Ich bin zuversichtlich, dass wir auf einem guten Weg sind.«

»Meinst du, wir können auf dem Stiftungsgrundstück auch eine Jacu Bird Kolonie ansiedeln?« Daran hatte sie bislang noch gar nicht gedacht, aber das wäre eine zusätzliche Aufwertung und Möglichkeit für die Frauen, Geld zu verdienen.

Heute hatte sie noch keinen der scheuen Vögel zu Gesicht bekommen, aber Corinne erinnerte sich sehr gut an ihre Pirsch mit Fernando beim letzten Besuch. Er hatte es geschafft, und sie hatte einen Blick auf die Tiere werfen können. Die Vögel waren dunkelgrau bis schwarz und hatten eine leuchtend rote Gurgel, die sie unverkennbar machte. Ein ausgewachsenes Tier brachte es auf die Größe eines Truthahns. Auch wenn Jacu Birds keine ausgesprochen lieblichen Gestalten waren, fand Corinne sie doch irgendwie auf ihre besondere Weise hübsch. Vor allem das Wissen, dass sie für diesen exklusiven Kaffee sorgten, steigerte selbstverständlich ihre Attraktivität – in diesem Punkt hatte Corinne ganz klar die Brille der Kaffeeösterin auf der Nase.

»Wir werden sehen«, sagte Fernando. »Einen Versuch ist es auf jeden Fall wert.« Er blieb stehen und zeigte mit ausgestrecktem Arm ein Stück den Hügel abwärts. »Dort unten entsteht die Siedlung, Corinne. Dort werden die Hütten für den Kaffee, für die Sortierung und für die Frauen und deren Familien gebaut. Nicht alle werden dort wohnen, aber einige sind sehr froh über die Möglichkeit. Wir sorgen für Gemeinschaftsräume und eine Küche selbstverständlich.«

Corinne spähte in die vorgegebene Richtung. Durch die dichten Bäume sah sie allerdings nicht sehr viel. Fernando störte das nicht, er erzählte unbeirrt weiter. »Das Schulhaus, Schulküche und Aufenthaltsräume für die Kinder bauen wir am anderen Ende des Grundstücks«, sagte er nun. »Siehst du diesen Pfad dort?«

Corinne kniff die Augen zusammen und nickte schließlich. Sie sah etwas, was zumindest der benannte Pfad sein könnte.

»Das ist die Verbindung. Wir werden den Weg noch ausbauen, aber eins nach dem anderen.«

Selbstverständlich hatte Corinne all das bereits auf den Plänen gesehen, das half ihr, es sich jetzt vorzustellen.

»Ich glaube, es war richtig, die Schule von der Arbeitsstätte der Frauen zu trennen«, sagte sie nun.

Diesen Punkt hatten sie intensiv diskutiert. Anfangs war Corinne nicht überzeugt gewesen, doch inzwischen war ihr klar, wie wichtig die räumliche Distanz war. So konnten sich die Kinder auf das Lernen und in den Pausen auf das Spielen konzentrieren und die Frauen sich auf ihre Arbeit. Die Gefahr, dass die Kinder aus Bequemlichkeit, weil sie eben verfügbar waren, zu Hilfsarbeiten herangezogen wurden, verringerte sich dadurch enorm, außerdem fiel es den Kindern leichter, die Trennung von den Müttern zu akzeptieren, die sie sonst ständig um sich hatten, wenn sie sie nicht vor sich sahen.

»Komm, lass uns ein bisschen hier sitzen. Und dann erzähl mir mal, was dir so gute Laune macht«, forderte Corinne Fernando nun auf. Wäre ihr Gehirn durch den Jetlag nicht so träge, hätte sie das längst gefragt. Dafür, dass sie den Verdacht hatten, boykottiert zu werden, wirkte Fernando ausgesprochen unbekümmert.

»Ich dachte schon, du willst es gar nicht wissen«, prustete Fernando jetzt übermütig los. »Ich wollte dich nicht überfordern, die Reise war sicher anstrengend.«

»Jetzt aber raus damit.«

Sie setzte sich auf einen umgekippten Baumstamm, und Fernando tat es ihr gleich.

»Ich habe dir doch von den verschwundenen Arbeitern berichtet. Erinnerst du dich?«

Corinne nickte nur knapp.

»Sie sind wieder aufgetaucht. Ein Kumpel von mir hat sie auf einer Plantage etwa 60 Kilometer südlich von hier entdeckt. Er hatte dort einen Job zu erledigen und hat sie erkannt. Ach, ich erspare dir die Einzelheiten. Jedenfalls wissen wir jetzt, dass die Frau des Plantagenbesitzers wohl hinter unseren Problemen steckt. Sie denkt, die Kooperative ist Teufelswerk und setzt den Frauen nur Flausen von Gleichberechtigung und Selbstbestimmung in den Kopf, statt sie Gehorsam und Demut zu lehren. Es sei unchristlich, was wir vorhaben. Und sie hat ihren Mann angestachelt, unter der Hand gegen uns vorzugehen.«

Corinnes Härchen auf den Unterarmen standen senkrecht. Sie konnte kaum glauben, was Fernando berichtete, doch er ließ keinen Zweifel aufkommen.

»Bis jetzt ist es nur Hörensagen, Corinne. Deshalb müssen wir uns bedeckt halten. Aber jetzt haben wir den Punkt, den wir die ganze Zeit gesucht haben. An dieser Stelle können wir den Hebel ansetzen und dem Spuk ein Ende bereiten. Es braucht nur noch etwas Zeit. Wir bereiten gerade eine Falle vor und werden diese Bagage der Polizei übergeben.«

»Was …?«

Doch Fernando wehrte sofort ab.

»Frag nicht, Corinne. Vertrau mir in diesem Fall bitte einfach. Das alles wird auch noch ein paar Tage dauern und vermutlich erst über die Bühne gehen, wenn du längst wieder in Deutschland bist. Aber da wir nun unseren Gegner kennen, sind wir ihm immer einen Schritt voraus. Du kannst dich während deines Aufenthalts hier sicher fühlen, dafür stehe ich ein. Ich habe gut vorgesorgt. Es wird keine weiteren Vorkommnisse geben.«

Corinne schwirrte der Kopf. Es fiel ihr nicht leicht, Fernando freie Hand zu lassen. Alles in ihr forderte Polizei und Untersuchung. Aber sie wusste auch, dass sie nicht mit europäischen Erwartungen an diese Sache herangehen durfte, sonst würde sie am Ende alles gefährden.

»Und der Kaffee?«, fiel ihr jetzt ein.

Ein Blick in Fernandos betretene Miene sagte alles.

»Das Problem ist, dass ich mir nicht sicher bin, ob wir es ihnen nachweisen können, Corinne. Deshalb weiß ich auch nicht, ob wir Schadensersatz bekommen. Aber allem Anschein nach haben sie die Ware absichtlich nass gemacht.«

Es war viel Geld. Corinne schluckte. Auf der anderen Seite war es Geld gewesen, das ihr selbst vollkommen unverdient in den Schoß gefallen war. Wenn sie es zurückbekam, müsste sie es – sollte sich dieser Maximilian Rosenbaum tatsächlich als Erbe herausstellen – an Sarahs rechtmäßigen Erben auszahlen. Bekam sie es nicht zurück, würde sie es darauf ankommen lassen. Wenn er sie dafür anzeigen wollte, sollte er es versuchen. Als sie das Geld ausgegeben hatte, war sie rechtmäßige Erbin gewesen. Sie hatte in Treu und Glauben an die Rechtmäßigkeit ihres Handelns die Zahlung veranlasst.

»Corinne?«, hörte sie Fernandos Stimme. Er hatte sie beobachtet, während ihre Gedanken spazieren gegangen waren.

»Entschuldige Fernando. Ich glaube, ich bin heute nicht mehr ganz bei mir.« Sie seufzte. »Das klingt alles sehr mysteriös, aber in Ordnung. Ich vertraue dir und verlasse mich darauf, dass du die Sache regelst. Und wegen der Lieferung warten wir die weitere Entwicklung erst einmal ab. Fürs Erste sind die Kosten ja gedeckt.«

***

»Schmeckt es dir, Corinne?«, fragte Yasmin und setzte sich zu ihr. Sie war eine der Frauen der Kooperative und hatte sich in den letzten Tagen für die Initiative eingesetzt und die anderen Frauen von der guten Sache der Stiftung überzeugt. Endlich zogen alle an einem Strang.

»Fantastisch«, sagte Corinne und genoss ihre Feijoada. Sie hatte sich extra nur wenig von dem schmackhaften Eintopf mit Bohnen und Fleisch genommen, weil sie wusste, dass sie in den nächsten Stunden ständig mit Essen versorgt werden würde.

Zur Feier der Fertigstellung des Schulhauses hatten sie ein großes Fest auf dem künftigen Schulhof auf die Beine gestellt. Musiker gaben brasilianische Volksmusik zum Besten. Tische bogen sich vor lauter Köstlichkeiten. Grills waren angeheizt, und Gemüse und Fleisch garte in der Hitze der glühenden Holzkohle. Alle hatten mitgeholfen und ihren Teil dazu beigesteuert.

Sie konnte es kaum fassen, dass ihre Tage in Brasilien schon vorbei sein sollten. Einerseits fühlte sie Wehmut, denn sie war gern hier und hatte die Zeit sehr genossen. Andererseits konnte sie es kaum erwarten, zu Noah und Mia zurückzukommen. Die Sehnsucht hatte ihr zwischendurch schier ein Loch ins Herz gefressen.

Zum Glück war sie die meiste Zeit ihres Aufenthalts abgelenkt gewesen und hatte wirklich schöne Tage erlebt mit konstruktiven Gesprächen und Ideen.

Besonders das Zusammensein mit den Frauen, das geprägt gewesen war von gegenseitiger Neugier und Respekt. Luciana hatte in den vergangenen Tagen mit ein klein wenig Hilfe von Corinne perfekt in ihre Rolle gefunden und würde den Frauen künftig eine gute Stütze sein. Es war so gewesen, wie Corinne das erwartet hatte, Luciana hatte bereits alles für den Erfolg in sich gehabt. Es hatten ihr nur die Selbstsicherheit und ein wenig Übung gefehlt. Von nun an würde das kein Problem mehr sein. Zumal Luciana und Yasmin sich angefreundet hatten und Yasmin sich als Sprecherin der Frauen etabliert hatte.

Das Projekt Frauenkooperation stand nun endgültig in den Startlöchern. Und wenn Fernando in den nächsten Wochen auch noch das Problem mit den Übergriffen aus der Welt schaffen konnte, stand dem Erfolg ihres ersten Stiftungsprojektes nichts mehr im Weg.

Zu Corinnes großer Begeisterung hatten sie auch direkt ein zweites Projekt gestartet, das schon länger vorbereitet gewesen war. Durch ihren Besuch hatten sie alles direkt besprechen und umsetzen können. Ab sofort wurden die umliegenden Kaffeehändler nicht mehr nur nach Menge, sondern auch nach Qualität bezahlt. Schattenanbau, nachhaltige Bewirtschaftung, vernünftige Personalführung – all das waren Faktoren, die in die Prämie hineinflossen.

Wer gute Ware lieferte, bekam auch einen guten Preis – das war der Grundgedanke. Corinne wollte über diese Prämien die Anbauer dazu anhalten, nachhaltig zu arbeiten. Corinne und Fernando hatten drei Prüfer ausgewählt, die in der nächsten Zeit von Fernando geschult wurden und dann die stichprobenartigen Kontrollen auf den Plantagen übernehmen würden.

Dieses Projekt brauchte sehr zuverlässige Mitarbeiter, aber Fernando hatte Corinne beteuert, dass er für die Männer die Hand ins Feuer legen würde. Zwei waren langjährige Mitarbeiter, für die Fernando längst nach einer leichteren Arbeit gesucht hatte, weil der Kaffeeanbau zu anstrengend geworden war. Sie zeichneten sich durch Loyalität und viel Erfahrung aus. Der dritte Mann war ein Cousin von Luciana.

Mitnehmen würde Corinne von ihrer Reise die Wichtigkeit, hin und wieder Präsenz zu zeigen – ja, sie konnte den Brasilianern nicht die deutsche Korrektheit und Arbeitsweise aufstülpen, und das wollte sie auch gar nicht, aber gelegentliches planvolles Eingreifen ihrerseits und Zurechtrücken der Grenzen waren für den Erfolg von Projekten anscheinend unerlässlich. Und außerdem die Überzeugung, ein Team hinter sich zu haben, das ihr den Rücken stärkte und mit ihr gemeinsam in eine bessere Zukunft gehen wollte. Das erfüllte sie mit Glück. Sie konnte guten Gewissens nach Hause fahren. Und es wurde auch wirklich Zeit.

Während um sie herum gelacht, getanzt und geschlemmt wurde, nahm Corinne ihr Handy und tippte eine Nachricht an Noah.

Ihr fehlt mir so sehr, schrieb sie. *Ich kann es kaum erwarten, wieder zu Hause zu sein.*

Sie sah, dass er online war. Es dauerte nicht lange, dann begann er zu schreiben. Zuerst erreichte sie ein Bild. Noah und Mia Kopf an Kopf mit gespitzten Kusslippen.

Dann schrieb er: *Wir freuen uns auf dich. Und schöne Grüße an das Kuchenkrümelmonster: Es wird Erdbeerkuchen im Kühlschrank stehen.* Es folgte ein Herz und ein: *Wir haben dich lieb.*

Corinne schniefte gerührt und schickte zwei Herzen zurück. Eins für Noah und eins für Mia. Sie war froh, dass sie und Noah wieder unbefangen miteinander kommunizieren konnten, auch wenn er nicht mit ihrer Entscheidung einverstanden gewesen war.

Wahrscheinlich hatte er sich einfach nur wirklich Sorgen um sie gemacht. Nicht weil sie eine schwache Frau war, sondern weil er sie liebte. Sie hatte darüber nachgedacht, wie es ihr umgekehrt gegangen wäre. Und sie hatte sich eingestanden, dass sie vermutlich genauso besorgt gewesen wäre und sich ebenfalls gewünscht hätte, Noah zu begleiten.

Sie hatte sich durchsetzen müssen, auch jetzt hatte sich an dieser Überzeugung nichts geändert. Aber das gegenseitige Verständnis machte es leichter, diese Tage auszuhalten.

Noch einmal schlafen, dann steige ich in den Flieger nach Hause, dachte sie und wurde von einem Glücksgefühl durchströmt. Und dann tauchte unvermittelt und sehr unwillkommen Maximilian Rosenbaum in ihren Gedanken auf. Das Glücksgefühl löste sich in Nichts auf. Zu Hause wartete direkt das nächste Problem auf Corinne.

Kapitel 13
Sondertour

Aachen · Oche · Aix-la-Chapelle · Aken · Aquae Granni

August 1948

Da Magdalena nun nicht mehr Stunde um Stunde an Hans' Bett sitzen und Wache halten musste, genoss sie die wiedergewonnene Freiheit. Obwohl alle Hausbewohner nach Kräften mitgeholfen hatten, war während ihres Ausfalls doch einige Arbeit liegen geblieben. Besonders in dem großen Gemüsegarten, in dem sie jetzt wieder viele Stunden zubrachte. Sie kümmerte sich auch wieder selbst um die Tiere – worüber Eberhard von Herzen froh war.

Die Schweine und die Hühner waren in Ordnung, mit denen kam Eberhard gut klar. Aber Kuh Isolde machte ihm das Leben schwer. Er hatte das Gefühl, dass sie ihn nicht sonderlich leiden konnte. Obwohl sie sehr schöne Augen und durchaus hübsche Wimpern hatte, wirkten die Blicke, die sie Eberhard zuwarf, für ihn immer irgendwie boshaft.

Merkwürdigerweise zickte sie auch nur bei ihm herum, wenn sie gemolken werden sollte. Sie benahm sich, als hätte sie sehr empfindliche Zitzen, zuckte weg oder trat mit dem Hinterlauf aus. Er musste ständig aufpassen, dass sie nicht den Eimer umwarf oder ihm den Schwanz ins Gesicht schlug.

Außerdem hätte er schwören können, dass es ihr Vergnügen bereitete, ihm regelmäßig und sehr schmerzhaft auf die Füße zu trampeln. Dazu nutzte sie jede Gelegenheit. Egal ob er sich um ihren Stall kümmerte, frisch einstreute oder sie melkte – Eberhard musste ständig auf der Hut sein. So benahm Isolde sich sonst bei keinem. Durch ihr Verhalten war es für Eberhard eine tägliche Herausforderung gewesen, sie zu versorgen, und er hatte einige blaue Flecken davongetragen. Nun hoffte er, dass er nicht mehr so bald in die Verlegenheit kommen würde, sich um die biestige Kuh kümmern zu müssen.

Magdalena dagegen hatte es nicht erwarten können, die Tiere wiederzusehen. Und sie war mit einem freundlichen Muh und einem liebevollen Wimpernschlag von Isolde begrüßt worden. Eberhard hatte seinen Augen kaum getraut, als Isolde sich von Magdalena genüsslich hinter den Ohren streicheln ließ.

Nachmittags hatte Magdalena einen Rundgang durch den Garten und über die angrenzende Wiese gemacht. Eberhard hatte sie vom Fenster aus beobachtet, als er bei Hans saß. Immer wieder hatte sie sich gebückt und Schätze gesammelt. Löwenzahn, Gänseblümchen, Ringelblumen, Spitzwegerich, Vogelmiere, Gundermann, Sauerampfer und Giersch, aber auch Petersilie, Liebstöckel und Schnittlauch hatte sie geerntet. Dazu noch ein paar Karotten, Tomaten und Rote Bete.

Jetzt vermischte Magdalena die Wildkräuter in der großen Tonschüssel mit Essig und Öl. Edda deckte in der Zwischenzeit den Tisch.

»Wir haben das Paradies direkt vor unserer Haustür«, sagte Magdalena glücklich und kostete ein Löwenzahnblatt. Es erinnerte Eberhard an einen gemeinsamen Nachmittag im Wald, als sie ihn mit Sauerklee gefüttert hatte. Wie lange das her war, und wie wunderschön es gewesen war! Das war noch bevor das Schicksal sie seinen harten Prüfungen unterzogen hatte. Vor dem Hungerwinter und bevor sie ihr Baby verloren hatten.

Sie hatten schon viel zu lange keine ungestörte gemeinsame Zeit miteinander verbracht. Eberhard nahm sich vor, das so bald wie möglich nachzuholen. Er liebte Magdalena und wollte ihr das auch zeigen. Sie hatte ein wenig Freude und Unbeschwertheit verdient.

Offensichtlich war Magdalena mit der Würzung noch nicht zufrieden. Sie gab eine ordentliche Prise Salz über den knackig frischen Salat und goss ein wenig Essig nach. Noch einmal wirbelte sie mit dem Salatbesteck die Blätter untereinander, dann stellte sie die Schüssel in die Tischmitte und streifte dabei sacht an Eberhard vorbei. Er lächelte sie an, hielt sie fest und zog sie zu sich hinunter, um sich einen Kuss zu stehlen.

»Frecher Kerl«, schimpfte Magdalena, doch ihre Augen strahlten ihn an.

»Deshalb liebst du mich doch, oder?«, entgegnete er und lachte.

Magdalenas Wangen überzog ein roter Hauch, was

Eberhard verleitete, sich gleich noch einen Kuss zu ergaunern. Doch Magdalena war darauf vorbereitet. Blitzschnell biss sie ihn sacht in die Unterlippe, lächelte verschmitzt und befreite sich. Eberhard zuckte erstaunt zurück. Damit hatte er nicht gerechnet. Wie gewieft sie doch war, seine Liebste. Diese roten Wangen waren Tarnung gewesen.

Zufrieden lächelnd richtete Magdalena ihre Schürze, bevor sie sich dem restlichen Essen zuwandte, das noch hergerichtet werden musste.

Eberhard musste wirklich für mehr Zeit zu zweit sorgen, dachte er noch einmal. Dann zog er das Brett mit dem großen Laib Brot zu sich und begann mit dem gezackten Brotmesser und geübten Bewegungen Scheiben abzuschneiden. Er saß an seinem Platz am Kopfende des Tisches und wartete darauf, dass der Rest der Familie sich einfand, damit sie das Essen gemeinsam beginnen konnten.

Er war früh dran, denn er hatte doch keine Liefertour mehr gemacht, sondern war stattdessen in die Rösterei gegangen, um nachzudenken.

Sie hatten vereinbart, nach dem Abendessen noch einmal über das Grundstück zu sprechen und dann auch Barbaras Meinung zu erfragen. Seine kleine Schwester war zwar noch ein Backfisch, aber es ging schließlich auch um ihr Erbe. Eberhard wollte nichts über ihren Kopf hinweg bestimmen.

Der Tisch war reich gedeckt und Eberhard voller Dankbarkeit für diesen Luxus. Die Erinnerung an Zeiten des Hungers hatten ihn nachhaltig geprägt. Dass es ein

Geschenk war, ausreichend Essen zu haben, würde ihm wohl ein Leben lang bewusst bleiben.

An diesem Abend gab es Frischkäse und einen etwas gereifteren Hartkäse aus eigener Herstellung. Auch die mit einem Blumenmuster verzierte Butter hatte Magdalena selbst im Butterfass geschlagen und mithilfe eines Modells in Form gebracht.

Seit sie in der Villa wohnten und eigene Milch hatten, experimentierte Magdalena mit dem Käsen und hatte schon allerlei Köstliches hervorgebracht. Über die bei diesem Prozess entstehende Molke freuten sich die Schweine und machten sich immer mit lautem Gequieke schlürfend und schmatzend über den Trog her.

Im Laufe der Jahre hatte sich Magdalena zu einer fantastischen Hausfrau und Köchin entwickelt, und auch für die Käserei hatte sie ein Händchen. Sie schaffte es, aus einfachen Dingen etwas Besonderes zu machen und sorgte immer wieder für unerwartete Geschmackserlebnisse.

Den Frischkäse heute hatte sie in gerösteten Brennnesselsamen gewälzt, was ihm ein ausgesprochen feines Aroma verlieh. Dazu gab es von ihr im Herbst eingelegte Essiggurken, die jungen frisch geernteten Karotten und fein gehobelte Rote Bete, die mit etwas Salz, Zucker, Essig und Kräutern mariniert war. Ein Teller mit hartgekochten Eiern stand ebenfalls bereit.

»Hans ist müde«, verkündete Barbara, die gut gelaunt zur Küche hereingestürmt kam und sich direkt an ihren Platz setzte. »Und ich habe einen Riesenhunger.«

»Hat Hans sein Abendbrot gegessen?«, wollte Eberhards Mutter Johanna nun von Barbara wissen.

»Alles fein brav weggeputzt«, erzählte der Backfisch und hob ihre Finger zum Schwur. »Ich habe ihm nicht dabei geholfen. Ich schwöre.«

»Das will ich dir aber auch geraten haben. Hans braucht sein Essen, damit er wieder zu Kräften kommt«, sagte Johanna. »Und wieso hast du den leeren Teller nicht mit nach unten gebracht, junges Fräulein? Dachtest du, er kommt von allein die Treppe hinuntergelaufen?« Ihre Mutter zeigte zur Tür. »Lauf und hol das Geschirr«, befahl sie in einem Ton, der keinen Spielraum für Diskussionen ließ.

Barbara wusste sehr wohl, dass ihr nichts anders übrigblieb. Sie schob scharrend ihren Stuhl vom Tisch weg, stand auf und verließ leise motzend die Küche. »Immer werden die Kinder geschickt. Tu dies und hol das. Es ist wirklich nicht leicht, ein Kind zu sein.«

Eberhard verkniff sich ein Lachen, und auch Johanna sah ihrer maulenden Tochter amüsiert hinterher.

»Backfischjahre sind wahrlich nicht einfach«, sagte sie. »Aber ich denke, Barbara wird den Frondienst des Tellerholens heil überstehen.«

Während des Essens unterhielten sie sich über angenehme Belanglosigkeiten. Doch nachdem alle satt waren, der Tisch abgeräumt und das Geschirr gewaschen war, wurde es Zeit, sich dem wichtigen Thema zuzuwenden, um das Eberhards Gedanken seit Stunden kreisten.

Um Barbara auch ins Bild zu setzen, erzählte er in kurzen Worten noch einmal von seinem Problem mit den kleinen Röstmengen und dem Wunsch, einen Trommelröster anzuschaffen, um die Firma weiter wachsen zu lassen.

»Es ist doch toll, dass immer mehr Leute deinen Kaffee wollen, Eberhard. Wenn es dir hilft«, sagte Barbara. »Ich habe zwei Mark in meinem Sparstrumpf. Die gebe ich dir, Eberhard.«

Dieses spontane Angebot rührte Eberhard sehr. Seine Schwester war wirklich ein guter Mensch.

»Ich danke dir, Barbara, aber behalte du dein Geld. Mutter hat vorgeschlagen, das Familiengrundstück in Euweiler zu verkaufen. Wie findest du diese Idee? Wärst du damit einverstanden?«

»Wenn es dir hilft, dann machen wir das. Das ist doch klar«, antwortete Barbara, ohne auch nur eine Sekunde nachzudenken. »Was sollen wir denn auch mit dem alten Grundstück. Wir haben hier unsere Villa und so viel Platz. Außerdem ist es schön, in Aachen zu leben. Hier gibt es so viele tolle Dinge, die man machen kann. Ich mag die vielen Brunnen und den Dom. Aber auch die Tanzschule und meine Klassenkameraden. Ich möchte nicht nach Euweiler zurück.«

Eberhard klatschte in die Hände. »Mutter, wenn du noch immer ebenfalls der Meinung bist, dann scheint das eine beschlossene Sache zu sein.« Johanna nickte, und Eberhard wandte sich an Edda. »Wäre es in Ordnung, wenn ich mir Pepe ausleihe?«, fragte er. »Ich würde gern zu Franz nach Euweiler fahren. Vielleicht kennt er jemanden, der Interesse an dem Grundstück hat.«

»Wie oft muss ich dir noch sagen, dass Pepe uns allen gehört, Eberhard? Du weißt, wo der Schlüssel hängt. Nimm ihn dir und fahr.«

»Wartet nicht auf mich«, sagte Eberhard zum Abschied. »Es könnte spät werden.«

Weshalb es spät werden könnte, behielt er allerdings lieber für sich, so ersparte er sich eine Diskussion mit Magdalena. Sollte sie ruhig denken, dass er bei seinem Freund versackte. Dann machte sie sich schon nicht so viele Sorgen.

***

Es war ein eigenartiges Gefühl für Eberhard, in dem Haus zu Gast zu sein, in dem er selbst früher gelebt hatte. Vermutlich ging es Franz auch so, wenn er in der Villa zu Besuch war. Aber beide – Eberhard genau wie Franz – hatten den Häusertausch noch nie bereut. Es war Fügung gewesen, dass Franz etwas Dörfliches gesucht hatte und Eberhard zur gleichen Zeit gern nach Aachen hatte ziehen wollen. Er hatte Franz seinen Laden überlassen und ihm auch das Grundstück mit dem zerstörten Wohnhaus der Familie angeboten. Doch Franz hatte nicht noch einmal bauen wollen. Ohne Eddas Haus, in dem auch Eberhards Familie gewohnt hatte, wäre der Tausch nicht zustande gekommen. Es war für alle ein Glücksfall gewesen.

Franz' Frau Rosmarie hatte das Wohnzimmer liebevoll dekoriert, die Polster mit einem braunweiß karierten Stoff überzogen und passend dazu Decken und Kissen drapiert.

Als Eberhard überraschend aufgetaucht war, hatte sie sich bald in das Schlafzimmer zurückgezogen. Sie wollte noch etwas handarbeiten und dabei Radio hören, erklärte sie den Männern. Franz hatte eine Flasche Rotwein entkorkt und nun saßen sie zu zweit hier und tauschten Neuigkeiten aus.

Es war sicher schon zwei Monate her, dass sie sich das letzte Mal gesehen hatten. Da hatte Franz im Preusweg vorbeigesehen, als er in Aachen ein paar Tauschgeschäfte zu erledigen hatte.

»Ich bin dir enorm dankbar, Eberhard«, beteuerte Franz gerade wieder. Er wurde nicht müde, das bei jedem ihrer Treffen zu betonen. »Mein Laden läuft hervorragend. Auf der Theke und auch darunter. Es könnte kaum besser sein.«

Franz trank einen Schluck und nickte zufrieden, und Eberhard freute sich für seinen Freund.

Für ihn selbst wurde es nun Zeit, mit seinem Anliegen herauszurücken. »Das freut mich außerordentlich, Franz. Dann habt ihr euch gut eingelebt, und du bist jetzt also ein angesehener Geschäftsmann.«

Franz nickte. »Ja, ich denke, das kann man so sagen. Die Menschen hier in Euweiler haben es uns leicht gemacht. Wir sind Teil der Gemeinde, als hätten wir schon immer hier gelebt.«

»Vielleicht kannst du mir dann auch bei einer Sache helfen, Franz«, sagte Eberhard. »Du weißt ja, dass das Grundstück auf deiner Rechten, das, auf dem einst mein Elternhaus gestanden hat, noch immer in unserem Besitz ist. Nun, es wäre mir daran gelegen, das Land zu verkaufen.«

»Bist du sicher?«, fragte Franz und hob erstaunt die Augenbrauen. »Land zu besitzen, ist wie eine Versicherung. Du könntest irgendwann darauf bauen und dann vermieten. Geld zerfließt zwischen den Fingern. Das gibst du aus und dann hast du nichts mehr«, sagte er. »Grundbesitz aber bleibt.«

»Ein Trommelröster bleibt auch«, konterte Eberhard. »Es geht um mein Geschäft, Franz. Es läuft gut. Ich muss mich vergrößern, um die steigende Nachfrage bedienen zu können. Und die Qualität der Röstung wäre in einem professionellen Röster sicher auch besser als das, was ich mit meiner kleinen Handtrommel erreichen kann.«

»Hm«, machte nun Franz. Er nahm sein Weinglas und lehnte sich in seinem Sessel zurück.

Eberhard beobachtete ihn, während er offensichtlich über einige Dinge nachdachte. Schließlich trank er den Wein aus, stellte das Glas ab und stand auf. Mit einem »Bin gleich wieder da« verließ er das Zimmer.

Es dauerte eine Weile, dann kam Franz zurück. Er trug einen kleinen Kasten unter dem Arm.

»Meine Geschäfte laufen sehr gut, das habe ich dir ja bereits erzählt. Was du aber nicht weißt: Ich hatte einen guten Riecher. Die Währungsreform war für einige ja ein ziemlicher Schlag. Wer Geld auf der Bank hatte, hatte das Nachsehen.«

»Eine der wenigen Situationen im Leben, in denen es sich endlich einmal lohnte, nicht reich zu sein«, kommentierte Eberhard trocken.

Für ihn selbst hatte die Währungsreform keine negativen Folgen gehabt, denn es hatte keine Ersparnisse gegeben, die man ihm hätte streichen können.

»Tja, das würde ich so nicht unterschreiben, Eberhard. Das Schicksal hat meine Familie in den letzten Jahren ordentlich durch die Mangel gedreht. Aber wie es aussieht, hat es in den letzten Monaten die Strategie geändert. Es fing damit an, dass ich bei unserem Auszug aus der Villa einen bis dahin unentdeckten Familienschatz entdeckte. Goldmünzen. Sieh her.«

Nun stellte Franz den Kasten auf den Tisch und öffnete den Deckel. Etliche Goldmünzen kamen zum Vorschein.

»Donnerlittchen«, entfuhr es Eberhard.

»Ja«, lachte Franz. »So kann man wohl sagen. Dazu kommt, dass Goldbesitzer die klaren Gewinner der Währungsreform sind. Es hat eine enorme Wertsteigerung erfahren. Und ganz ehrlich, Eberhard, so froh ich gewesen wäre, wenn ich das Gold im Hungerwinter gehabt hätte, noch froher bin ich heute, dass wir auch ohne das Gold überlebt haben und nun ein recht sorgloses Leben führen können.«

»Das freut mich ehrlich für dich, Franz«, beteuerte Eberhard, und er meinte es absolut aufrichtig. Wenn jemand etwas Glück verdient hatte, dann sein Freund Franz und dessen Frau Rosmarie, nachdem die Zeiten auch für sie so hart gewesen waren.

»Danke Eberhard, das weiß ich zu schätzen. Aber Rosmarie und ich brauchen keinen Reichtum. Wir wollen ohne Sorgen leben, das genügt. Das ist auch der Grund, weshalb wir angefangen haben, die Gemeinde zu unterstützen. Wir arbeiten mit der Kirche zusammen und engagieren uns für wohltätige Zwecke. Es gibt noch immer so viel Not und Elend, Eberhard. Dieser Krieg ist vorbei, aber seine Schatten liegen noch immer über vielen Menschen.«

Eberhard nickte. »Ja, ich weiß, Franz. Und ich bin mir nicht sicher, ob wir diese Schatten je wieder loswerden können. Oder auch sollten. Sie sind eine stetige Mahnung, es von nun an besser zu machen.«

»Da hast du recht, eine Mahnung ist wichtig und wird gewiss auch in hundert Jahren noch wichtig sein. Aber genauso wesentlich ist es auch, den Menschen zu helfen, die jetzt gerade Hilfe brauchen. Ich denke besonders an die vielen Kinder, die der Krieg zu Waisen gemacht hat.«

»Die Waisenhäuser sind überfüllt«, bestätigte Eberhard.

»Wir dachten sogar daran, ein Kind aufzunehmen«, erzählte Franz. »Aber Rosmarie ist nicht stabil genug, sie hat Angst, mit der Erziehung überfordert zu sein.«

Eberhard nickte und versuchte zu verstehen, was sein Freund ihm eigentlich sagen wollte. Wie in Dreiteufelsnamen waren sie von seinem Trommelröster zu Waisenkindern gekommen? Er hatte keine Ahnung.

»Weißt du, Eberhard, ich habe nicht vergessen, was für ein guter Freund du mir von Anfang an gewesen bist. Und wie sagt man so schön? Das letzte Hemd hat keine Taschen. Also, was soll ich mit dem Geld, das ich gar nicht selbst brauche? Ich sage dir etwas. Ich werde dir dein Grundstück abkaufen und mich mit dem Pfarrer zusammentun. Der Kerl ist jung und kräftig und hat im Gegensatz zu mir noch starke Nerven. Er soll mir helfen, ein Haus zu bauen. Und dann werde ich es der Kirche überlassen, damit sie dort ein Waisenhaus eröffnen kann. Was sagst du? Wäre das in deinem Sinne? Das Grundstück würde einem guten Zweck dienen, und du könntest dir deinen Trommelröster kaufen. Über den Preis werden wir uns schon einig werden.«

Eberhard schwirrte der Kopf. Hatte Franz ihm gerade wirklich erneut die Lösung seines Problems angeboten?

***

Eberhard fuhr in den Waldweg und stellte Pepe so ab, dass er von den Bäumen verdeckt wurde und nicht gleich zu erspähen war. Als er den Motor ausmachte, wurde es schlagartig stockdunkel. Eberhard blieb sitzen, bis seine Augen sich an die Dunkelheit gewöhnt hatten.

Er konnte noch immer kaum glauben, wie gut sein Besuch bei Franz verlaufen war. Seine ursprüngliche Hoffnung, über Franz einen Interessenten zu finden, war bei Weitem übertroffen worden. Nicht mehr lange, und er würde den ersten Kaffeebohnen in seinem eigenen Trommelröster die feinsten Aromen entlocken. Er konnte es kaum erwarten, es Magdalena zu erzählen.

Doch bevor er nach Hause fuhr, hatte er noch etwas zu erledigen. Da er nun schon so spät im Hohen Venn unterwegs war, wollte er die Chance nicht ungenutzt lassen und eine zusätzliche Tour gehen. So wie es aussah, würde er in nächster Zeit ohnehin mehr Kaffee brauchen. Entweder er musste selbst öfter gehen, oder er musste eine Quelle finden, bei der er geschmuggelten Kaffee kaufen konnte, ohne selbst die Grenze zu überqueren. Das würde zwar seinen Gewinn schmälern, dafür aber auch das Risiko.

Doch eins nach dem anderen.

Eberhard holte sein Kaffeewägelchen von der Rückbank. Er hatte diese Tour spontan geplant, als klar gewesen war, dass er nach Euweiler fahren würde, und in weiser Voraussicht seine Ausrüstung eingepackt.

Heute war er etwas südlicher unterwegs als sonst. Das war vielleicht gar nicht schlecht, denn zu viel Routine machte einerseits unvorsichtig, andererseits berechenbar.

Seine Schritte waren in dieser Nacht sehr beschwingt. Jean-Claude würde staunen, wenn er ihm gleich offenbarte, dass er den Trommelröster kaufen würde. Mit etwas Glück konnte er seinen neuen Besitz schon in ein paar Wochen in Betrieb nehmen.

So gut gelaunt war Eberhard lange nicht gewesen. Fast war er versucht, leise zu summen. Aber das tat er natürlich nicht. Er wollte die Geister der Nacht schließlich nicht auf sich aufmerksam machen. Nach den vielen Schwierigkeiten, die er seit Jahren zu bewältigen gehabt hatte, schien sich gerade alles zum Guten zu wenden.

Die Zeit war wie im Flug vergangen, er hatte gar nicht gemerkt, dass er schon so weit gekommen war, da tauchte vor ihm der Ort auf und wenig später klopfte Eberhard mit dem üblichen Zeichen an die Tür seines belgischen Freundes.

Diesmal war Jean-Claude kaum überrascht, Eberhard zu sehen, und sogar sehr erfreut über die gute Nachricht, die er brachte.

»In spätestens vier Wochen hast du deinen Röster«, versprach er. Eberhard konnte sein Glück kaum fassen, und die Freude, die er in Jean-Claudes Augen sah, steigerte dieses Glück noch mehr. Ihm ging es nicht nur um ein Geschäft. Eberhard war sein Freund und es bereitete dem Belgier ein Vergnügen, ihm auf die Beine zu helfen.

Zur Feier des Tages schnürte er Eberhard sogar einen kleinen Extrapacken Kaffeebohnen auf den Wagen. Bevor er ihn in die Nacht hinausschickte, schärfte er ihm ein: »Nicht verkaufen, Eberhard. Den trinkst du selbst mit deiner Familie. Der wird auf deiner Zunge Tango tanzen!« Er zog Eberhard in einen freundschaftlichen Klammergriff und klopfte ihm so ordentlich auf den Rücken, dass Eberhard beinahe die Luft wegblieb – dieser Belgier hatte Pranken wie ein Bär.

Dann machte Eberhard sich auf den Weg in die Dunkelheit.

Während er sich Schritt für Schritt seinen Rückweg suchte, ließ er den vergangenen Abend Revue passieren und lachte in sich hinein. Du bist ein glücklicher Mann, Eberhard Ahrensberg, dachte er. Das Schicksal meint es gut mit dir.

»Stehen bleiben! Hände hoch!«, riss ihn eine schnarrend klingende Stimme aus seinen glücklichen Gedanken. Der Mann stand etwas rechts von ihm und so nah, dass es keine Chance für einen Fluchtversuch gab. Das Blut gefror ihm in den Adern. In den nächsten Sekunden überlegte er fieberhaft, welche Möglichkeiten er hatte. Es gab keine.

Wenn er jetzt losrannte, würden sie ihn erschießen.

Kapitel 14
Beweise

Aachen · Oche · Aix-la-Chapelle · Aken · Aquae Granni

Gegenwart: Juni

»Mia schläft noch«, sagte Corinne, als sie ins Wohnzimmer trat. Sie gähnte und streckte sich. Seit einem Tag war sie wieder zu Hause und kämpfte noch sehr mit dem Jetlag. Deshalb – und weil sie die Nähe zu ihrem Baby so sehr genoss – hatte sie sich zusammen mit Mia zu einem Mittagsschlaf ins Bett gelegt. Am liebsten hätte sie auch Noah dabeigehabt, aber er hatte ihre Einladung ausgeschlagen.

»Kuschel du ruhig mit Mia«, hatte er gesagt. »Ich werde mich in der Zwischenzeit um den Haushalt kümmern, und nachher trinken wir einen Kaffee zusammen.«

Er hatte es in einem herzlichen Ton gesagt, sie dabei auch angelächelt, und doch hatte Noahs Verhalten Corinne einen schmerzhaften Stich versetzt. Hatte er sie nicht vermisst? War er beleidigt? Sie konnte es nicht einordnen.

Noah bemühte sich, normal zu wirken, aber seit ihrer Diskussion um die Reise hatte sich etwas zwischen ihnen verändert. Sie hatte gedacht, die Sache sei aus der Welt geräumt. Seine Nachrichten waren liebevoll gewesen. Doch seit ihrer Rückkehr empfand Corinne immer deutlicher, dass etwas nicht stimmte. Es war, als gäbe es eine unsichtbare Wand zwischen ihnen. Vielleicht gab es auch einen ganz anderen Grund?

Natürlich hatte sie ihn gefragt, was los war, doch Noah hatte sie nur erstaunt angesehen und ihr versichert, dass alles in Ordnung sei. Wie sie darauf käme, hatte er wissen wollen. Und war so überzeugend gewesen, dass Corinne ihm geglaubt hatte. Er war offenbar nicht sauer auf sie, das war schon mal sehr gut. Doch irgendetwas schien Noah zu beschäftigen.

Fürs Erste beschloss Corinne, es auf sich beruhen zu lassen. Sie wollte ihn nicht drängen. Vielleicht musste er sich auch erst selbst klar werden, was los war. Wenn er so weit war, würde er mit ihr sprechen – Corinne hoffte, dass es bald sein würde. Seit sie Noah kannte, waren sie und er innig verbunden gewesen, und sie wünschte sich nichts mehr, als das wieder zu fühlen. Sie jedenfalls würde alles dafür tun.

Lächelnd trat Corinne hinter Noah, der gerade Wäsche zusammenlegte, und umarmte ihn. Sie schmiegte sich an seinen Rücken und genoss die Nähe.

»Es ist so schön, wieder hier zu sein«, sagte sie. »Ich habe euch ganz schrecklich vermisst. Deshalb ist es fantastisch, dass Frieda und Beatrice so gut klarkommen und ich mir heute den Tag freinehmen konnte. Was meinst du, wollen wir Klara fragen, ob sie im Gästezimmer übernachten würde? Dann könnten wir beide etwas unternehmen. Essen gehen, Kino … irgendwas eben.«

»Wird dir das nicht zu viel?«, fragte Noah. »Du bist noch ziemlich erschöpft, und morgen willst du wieder arbeiten. Wir könnten es uns auch hier gemütlich machen und einen Film ansehen.«

»Bekomme ich Popcorn?«, fragte Corinne.

Noah legte das Handtuch, dass er gerade falten wollte, zur Seite. Er drehte sich zu Corinne um und nahm sie in die Arme. Warm und zärtlich. »Popcorn all you can eat«, sagte er, und endlich sah Corinne wieder das goldene Funkeln in seinen Augen, das sie so sehr liebte.

»Vorsicht«, mahnte sie. »Du wirst die Hälfte des Films verpassen, weil du ständig nachproduzieren musst.«

»Vielleicht fällt mir ja etwas ein, um dich von deiner Popcornlust abzulenken«, murmelte Noah und beugte sich zu ihr hinunter, um sie zu küssen. Seine Hände wanderten unter den Stoff ihres Oberteils. Wo er sie berührte, prickelte Corinnes Haut. Sie drängte sich an Noah heran, küsste ihn leidenschaftlich und streichelte seinen Rücken.

»Das könnte in der Tat ein guter Plan sein«, gestand sie und musste schon wieder gähnen.

»Komm«, sagte Noah und schnappte sich Corinnes Hand. »Lass uns in die Küche gehen. Ich koche uns einen Kaffee, und du erzählst mir von deiner Reise. Wir hatten noch gar nicht richtig Zeit, uns zu unterhalten.«

Mit seinem Vorschlag hatte Noah es geschafft, die Wand einzureißen. Was auch immer es gewesen war, er schien es in diesem Moment überwunden zu haben. Die Atmosphäre zwischen ihnen änderte sich schlagartig.

Während Noah Wasser erhitzte und die Kaffeebohnen in die Mühle gab, erzählte Corinne ihm von Brasilien. Sie pickte sich die besonderen Momente heraus, schwärmte von der Herzlichkeit der Menschen und der Landschaft. Und gab offen zu, wie allein sie sich immer wieder gefühlt hatte.

»Ich weiß, dass ich hin und wieder werde verreisen müssen. Aber ganz ehrlich, Noah, wenn es irgendwie geht, möchte ich, dass ihr mich begleitet. Das Gefühl ohne Mia und dich war nicht besonders schön.«

»Wir werden sehen. Wenn es nicht so kurzfristig ist wie dieses Mal, bekommen wir das sicher irgendwie hin.«

Corinne trank genüsslich den Jacu Bird Kaffee, den Fernando ihr zum Abschied geschenkt hatte.

»Es ist schon verrückt. Ich liebe meine Arbeit, das muss ich dir nicht erzählen. Aber manchmal fragte ich mich, wie es wohl gewesen wäre, wenn du deine Rösterei behalten hättest und ich stattdessen bei Mia geblieben wäre.«

Noah sah sie mit hochgezogenen Augenbrauen überrascht an.

Über dieses Thema hatten sie seit der Entscheidung nicht mehr gesprochen. Corinne wusste gar nicht, wieso es plötzlich in ihr hochkam, und war selbst überrascht, dass sie es einfach aussprach. Schon während sie die Worte formulierte, überlegte sie, ob es richtig war, es anzusprechen. Würde Noah verstehen, wie sie es meinte, oder es als

Vorwurf auffassen und die gerade erst geglätteten Wogen zwischen ihnen wieder aufpeitschen?

Sie musste es riskieren und ihm von ihren Gefühlen erzählen. Sie hatten immer ehrlich zueinander sein können, sie wollte nicht, dass sich das änderte, und deswegen würde sie jetzt nicht damit aufhören.

»In Brasilien hatte ich zwischendurch Zeit, über manche Dinge nachzudenken«, sagte sie also. »Und mir ist etwas bewusst geworden, was ich wohl schon länger mit mir herumtrage, aber nie greifen konnte. Noah, bitte versteh mich auf keinen Fall falsch. Du bist ein so wunderbarer Papa. Mia liebt dich abgöttisch und …«

»Corinne, was ist denn los? Hör bitte auf, um den heißen Brei herumzureden, und komm auf den Punkt. Habe ich etwas getan, was dich stört?«

»Nein, Noah, das meine ich ja gerade. Du hast alles richtig gemacht. Vielleicht ist gerade das ja auch Teil dessen, was gerade in mir passiert. Noah …« Corinne holte tief Luft, griff nach Noahs Händen und hielt sich daran fest. »Ich schäme mich, es zuzugeben, aber ich bin eifersüchtig.«

Noah zog die Augenbrauen zusammen und schüttelte den Kopf. »Corinne«, antwortete er und küsste ihre rechte Hand. »Ich habe keine Ahnung, wie du darauf kommst, aber es gibt überhaupt keinen Grund, eifersüchtig zu sein. Ich schwöre es dir. Auf wen denn überhaupt? Glaubst du etwa, ich hätte mir auf dem Spielplatz eine der anderen Mütter angelacht? Das traust du mir nicht wirklich zu, oder?«

Im ersten Moment verstand Corinne gar nicht, wovon Noah sprach. Als sie es kapiert hatte, lachte sie laut auf. »Stopp, Noah, nein, so meinte ich das nicht. Ich dichte dir kein Verhältnis an, und ich bin nicht eifersüchtig deinetwegen, sondern auf dich, auf deine Zeit mit Mia. Es kommt mir vor, als würde ich so vieles versäumen. Sie macht so große Entwicklungsschritte im Moment, und jeden Abend, wenn ich nach Hause komme, ist sie ein Stückchen erwachsener geworden – und ich war nicht dabei! Das macht mich traurig.« Corinne holte einen Moment tief Luft, um sich zu sammeln. »Ich gönne dir natürlich jede glückliche Sekunde mit unserer Kleinen. Deshalb schäme ich mich ja auch für meine Eifersucht. Aber so sehr mein Verstand auch sagt, dass es genau so ist, wie wir es vereinbart haben, dass ich stolz auf dich sein muss, was ich ohne Frage bin, und ich froh sein sollte, so einen tollen Mann zu haben, der mir den Rücken freihält, damit ich meinen Traum verwirklichen kann. Mein Herz ist neidisch auf die Zeit, die du mit unserer Tochter verbringst, und will zu Mia.«

»Oh«, kam es als Antwort von Noah. Und während Corinne beobachten konnte, wie er die Neuigkeiten sortierte, über das nachdachte, was sie gerade gesagt hatte, und es einordnete, schloss er sie fest in die Arme.

»Danke, Corinne«, sagte er schließlich. »Ich glaube, es ist gut, dass du es aussprichst. Ich habe gespürt, dass dich etwas beschäftigt, aber ich konnte es nicht einordnen. Dass du nicht mit mir darüber geredet hast, hat mir Angst gemacht. Aber jetzt bin ich davon überzeugt, dass wir das irgendwie lösen können. Lass mich etwas darüber nachdenken, bitte. Ich kann jetzt nicht spontan darauf antworten, sondern brauche etwas Zeit. Aber ich verspreche dir, alles wird gut.«

Er küsste sie, und Corinne flüsterte: »Ja, mit Liebe und Kaffee ist alles gut.«

Wieder einmal spürte sie, wie viel Wahrheit in ihrem Lieblingsspruch lag. Auch wenn sie noch nicht wusste, wohin diese Aussprache sie bringen würde.

»Und ich liebe dich, Corinne. Von ganzem Herzen und jeden Tag, den ich mit dir zusammen sein darf, ein bisschen mehr. Das wird immer so bleiben, darauf darfst du dich verlassen.«

»Das ist gut, weil ich dich auch liebe, Noah Engel.« Sie küsste ihn und lächelte ihn an. »Und weißt du, was ich noch liebe?«, fragte sie.

»Unsere Tochter?«, kam prompt die Gegenfrage.

Corinne nickte und schüttelte gleichzeitig den Kopf. »Die natürlich auch. Ich dachte gerade aber eher an Susans Erdbeerkuchen. Was ist, hast du Lust, mit Mia und mir ins *Emotion* zu gehen? Susan würde sich sicher freuen.«

»Das ist eine prima Idee. Auf dem Rückweg kann ich dann gleich Mais besorgen, wir haben nur noch eine Tüte, das könnte knapp werden. Ich bin mit einem Popcorn-Vielfraß verheiratet, weißt du?« Er lachte, als Corinne ihm spielerisch in den Finger biss.

»Vorsicht, sonst vernasche ich dich«, sagte sie.

»Ich kann es kaum erwarten«, entgegnete Noah. »Soll ich nach Mia sehen, oder möchtest du gehen?«

Gerade als sie zur Tür hinauswollten, warf Noah im Vorbeigehen einen Blick auf den Kalender. Er hielt inne und schlug sich die Hand an die Stirn.

»Verflixt«, sagte er. »Heute ist Mittwoch. Corinne, es tut mir leid, aber ich habe total vergessen, dass Mia um sechzehn Uhr zu einem Geburtstag eingeladen ist.« Er sah auf die Uhr und meinte: »Wenn wir jetzt gehen, kommen wir gerade pünktlich.«

»Oh«, sagte Corinne. »Und was machen wir jetzt?«

Noah überlegte. »Ich weiß nicht, wie es ankommt, wenn wir zu zweit dort auftauchen. Und wenn du an meiner Stelle hingehst, wirst du ins Kreuzfeuer genommen. Stell dir zehn neugierige Mütter vor, die dich über die Gründe ausquetschen, wieso du da bist und nicht dein Mann. Von den Unterhaltungen über deinen tollen Hausmann ganz abgesehen.«

Corinne verzog das Gesicht und Noah grinste.

»Dachte ich mir«, sagte er. »Absagen wäre sehr unschön, wir wollen ja für Mia Freundschaften aufbauen. Mütter können ganz schön zickig sein«, warf er locker daher.

Als Corinne empört einatmete, lachte er und wiegelte ab: »Schon gut, Väter natürlich auch.«

»Was habe ich doch für einen schlauen Mann«, neckte Corinne.

»Merkst du das jetzt erst?«, wollte er wissen. Dann wurde er wieder ernst. »Wie wäre es, wenn Mia und ich eine Stunde zu der Geburtstagsfeier gehen und dich hinterher bei Susan abholen?«

»Das ist ein super Plan«, stimmte Corinne erleichtert

zu. Die Vorstellung, sich einer Horde Supermütter stellen zu müssen, hatte ihr einen kalten Schauer über den Rücken gejagt. »Und weißt du was? Ich werde die Gelegenheit nutzen und Sebastian fragen, ob er Zeit für ein Treffen hat und Lust auf ein Stück Kuchen.«

Ihre Hoffnung wurde erfüllt. Sebastian war begeistert und bereit, sofort alles stehen und liegen zu lassen, um Corinne bei Susan im Café zu treffen.

Als Corinne die Tür zum Café aufstieß, hob Susan gerade den Kopf und sah in ihre Richtung. Sofort legte sie das Kuchenmesser zur Seite und kam auf Corinne zugestürmt, um sie zu begrüßen.

»Wie schön, du bist wieder hier«, rief sie und umarmte ihre Freundin stürmisch. »War es ein gutes Trip? Hattest du success? Hard time ohne Mia und Noah, right?«

»Hallo Susan, ja, das kannst du laut sagen. Ich habe die beiden sehr vermisst. Ansonsten war es aber eine sehr gute Reise, und ich würde sagen durchaus erfolgreich.«

»Komm, deine Tisch ist frei. Und ich will hören, von die feurige Brasilianer.« Sie zwinkerte Corinne zu. »Was trinkst du? Willst du Kuchen?«

»Eine heiße Schokolode und ein Stück Erdbeerkäsesahne, wenn du noch hast, Susan«, bestellte Corinne, während sie an ihrem Lieblingstisch Platz nahm. »Sebastian kommt auch gleich«, erzählte sie.

»Er ist schon hier«, erklang es hinter ihr, und Sebastian stand breit grinsend da. »Ich schließe mich Corinne an, Susan. Heiße Schokolade und Kuchen klingt perfekt.«

»Alright. Und nicht alles erzählen. Warte, bis ich bin

zurück.« Susan eilte hinter den Tresen und beeilte sich, die Bestellung zu richten.

»Ich habe mich sehr über deinen Anruf gefreut, Corinne«, sagte Sebastian und umarmte sie zur Begrüßung. »Sitzt dir der Jetlag noch sehr in den Knochen?«, wollte er wissen.

»Ich merke es, aber es ist okay. Die Freude, wieder in Aachen zu sein, ist stärker als die Müdigkeit«, meinte Corinne leichthin.

»Here we go«, verkündete da auch schon Susan, während sie auf sie zutänzelte. Sie hatte nicht nur zwei, sondern drei Tassen heiße Schokolade auf dem Tablett. Nach einem kurzen Kontrollblick über die Handvoll Gäste und ihre Servicekraft zog sie sich einen Stuhl unter dem Tisch hervor und setzte sich zu Corinne und Sebastian an den Tisch. »Jetzt leg los. Wie war es? Was gibt es Neues? Sebastian und ich wollen wissen alles. Right?«

»Right«, bestätigte Sebastian und grinste.

Gerade als Corinne anfangen wollte, von ihrer Reise zu erzählen, klingelte ihr Handy. Die Nummer sagte ihr nichts. Erstaunt nahm sie den Anruf an.

»Corinne Ahrensberg«, meldete sie sich höflich, aber reserviert.

»Oh, Sie unterschlagen ja den Engel«, meldete sich die schnarrende Stimme, bei der Corinne sofort wusste, mit wem sie sprach.

»Ach, Herr Rosenbaum, nun bin ich überrascht. Ich dachte, Sie hätten es sich anders überlegt, nachdem ich Sie nicht erreichen konnte.«

Und das war nicht gelogen. Dieser Mensch kam ihr sehr suspekt vor. Nachdem sie ihn nicht hatte erreichen können, hatte Corinne mehr denn je einen Betrug vermutet und angenommen, dass er vielleicht kalte Füße bekommen hätte.

»Geschäfte, Verehrteste. Aber nun bin ich wieder da. Und an meiner Forderung hat sich nichts geändert. Ich erwarte von Ihnen, dass Sie mir mein rechtmäßiges Erbe aushändigen, andernfalls werden Sie es bereuen.«

»Das möchte ich sehen«, entfuhr es Corinne, die ihren Vorsatz, diplomatisch zu bleiben, vergessen hatte.

»Wenn Sie darauf bestehen. Jederzeit, Engelchen. Jederzeit«, schnarrte es fies durch den Hörer. »Und jetzt hören wir auf mit diesen Spielchen. Ich bin der rechtmäßige Erbe, und Sie überweisen mir gefälligst das, was mir zusteht, und sorgen dafür, dass die Immobilien auf mich überschrieben werden. Sonst werde ich ungemütlich.«

Corinne spürte Susans und Sebastians fragende Blicke. Die beiden hatten natürlich längst mitbekommen, dass es sich um ein eher unangenehmes Gespräch handelte.

»Herr Rosenbaum, ich habe Ihnen keinen Anlass gegeben, sich derart im Ton zu vergreifen. Und wie ich Ihnen bereits sagte: Ich brauche einen Nachweis, dass Sie der sind, der Sie behaupten zu sein. Vorher werde ich gar nichts unternehmen.«

»Sie wissen so gut wie ich, was für schwierige Zeiten es damals waren. Auch nach dem Krieg noch. Mein Leben ist geprägt von Schicksalsschlägen. Als vor vielen Jahren mein Haus abgebrannt ist, habe ich alles verloren.

Meine gesamte Existenz und auch all meine Papiere. Aber ich habe natürlich Ersatz. Dies nur zur Erklärung, weshalb es sich nicht um Originaldokumente handelt. Ich werde Ihnen die Unterlagen zukommen lassen. Ich melde mich«, fauchte ihr Gesprächspartner und brach das Telefonat ab.

Corinne starrte ihr Handy an und Sebastian sagte: »Was bitte war denn das?«

»Did you say Rosenbaum?«, wollte Susan wissen.

Corinne seufzte. Sie hatte tatsächlich gehofft, den Mann mit ihrer Forderung nach Nachweisen vertrieben zu haben. Nun wusste sie, dass dieses Problem noch immer existierte. Und dieser Maximilian Rosenbaum war ihr richtiggehend zuwider.

Es ging ihr gar nicht in erster Linie um das Geld, auf das er einen Anspruch erhob. Ihr widerstrebte die Vorstellung, dass so ein unangenehmer Mensch Sarahs Bruder gewesen sein sollte. Das konnte sie sich beim besten Willen nicht vorstellen.

Da Sebastian und Susan sie noch immer anstarrten und auf eine Erklärung warteten, gab Corinne sich einen Ruck und erzählte den beiden die ganze unleidige Geschichte.

»Er ist ein Fake, Corinne«, sagte Susan, ohne zu zögern, kaum dass Corinne ihren Bericht beendet hatte.

Zwischenzeitlich hatten etliche neue Gäste das Café betreten, und Susan musste wieder hinter ihren Tresen zurück, um Kaffee zu kochen und Kuchen zu servieren. »Sebastian, tell her dass ich bin right. Okay?«

»Das glaube ich allerdings auch. Sehr mysteriös das Ganze, wenn du mich fragst. Und dann auch noch die Geschichte mit dem Brand. Nicht gerade besonders einfallsreich.«

»Weißt du, Sebastian, selbst wenn ich ihm glauben würde – ich kann ihm doch nicht so ohne Weiteres das Erbe übertragen. Sarah hat mich als Erbin benannt. Damit ist nach meinem Verständnis auch eine gewisse Verpflichtung verbunden. Ich habe es mir reiflich überlegt und mir die Entscheidung nicht leicht gemacht. Aber ich war bereit, das Erbe samt der Verantwortung anzunehmen. Über diesen Menschen weiß ich überhaupt nichts. Da könnte doch jeder kommen. Selbst wenn er ihr Bruder sein sollte, was ich mir wirklich nicht vorstellen kann. Hätte Sarah gewollt, dass er das Erbe bekommt, hätte sie ihn doch als Erben eingesetzt. Meinst du nicht? Und überhaupt muss ich – selbst wenn er ihr Bruder sein sollte – erst einmal herausfinden, ob er überhaupt einen Anspruch hat. Immerhin gibt es das Testament.«

Es war eine Wohltat, dieses Problem mit Sebastian diskutieren zu können. Er half ihr, die eigenen Gedanken zu reflektieren.

»Und wie es den Anschein hat, ist dieser Mensch ein Ausbund an Freundlichkeit und versprüht nur so seinen Charme«, feixte Sebastian. »Zumindest konnte ich das an deinem Gesicht ablesen.«

»Blödmann«, gab Corinne zurück und musste trotz der unangenehmen Situation lachen. Mit Sebastian wurden auch die schwierigsten Probleme ein bisschen einfacher.

»Vielleicht bin ich ungerecht, Sebastian. Aber ich kann mir nicht helfen. Ich glaube diesem Menschen einfach nicht. Wenn Sarah einen Bruder gehabt hätte, hätte sie mir von ihm erzählt. Und dass er so plötzlich wie aus dem Nichts auftaucht und von ihrem Tod erfährt, obwohl er doch angeblich als verschollen galt. Irgendetwas stimmt an dieser Geschichte nicht, davon bin ich fest überzeugt.«

»Und ich stimme dir hundert Prozent zu«, bestätigte Sebastian.

»Was würdest du tun? Anspruch hin oder her, wir sind uns ja wohl einig, dass ich so einem wildfremden Menschen nicht einfach glauben kann, wenn er behauptet, Sarahs Bruder zu sein. Und diese Geschichte mit den verlorenen Papieren – das ist doch sehr merkwürdig.«

»Hast du dir überlegt, vielleicht einen Detektiv zu beauftragen, der sich mit solchen Angelegenheiten auskennt und dem Typ mal auf den Zahn fühlen könnte?«

»Das wäre vielleicht eine Möglichkeit«, stimmte Corinne zu. »Oder ich übergebe es an einen Anwalt. Weißt du, je länger ich darüber nachdenke, desto mehr habe ich das Gefühl, dass er ein Betrüger ist. So ähnlich wie bei dem Enkeltrick, vor dem ältere Menschen immer wieder gewarnt werden. Sollte sich das bewahrheiten, werde ich ihn auf jeden Fall anzeigen.«

»Enkeltrick?« Sebastian kicherte. »Findest du das nicht noch ein bisschen früh für Mia?«, fragte er und musste noch mehr lachen. »Oma Corinne. Cool. Darf ich dich auch so nennen?«

Corinne verdrehte die Augen und musste wider Willen auch lachen.

»Sebastian«, sagte sie und schnaubte ungeduldig. »Du bist so ein Kindskopf, echt jetzt. Sei mal ernst.«

Kapitel 15

Der Trommelröster

Aachen • Oche • Aix-la-Chapelle • Aken • Aquae Granni

August / September 1948

Wie zur Salzsäule erstarrt stand Eberhard da und wagte kaum zu atmen. Sein Puls raste. Seine Hände, die er wie befohlen über den Kopf gehoben hatte, zitterten. Über seinen Schultern spannten sich stramm die Riemen des selbstgebauten Kaffeewagens und schnitten ihm ins Fleisch. Er wagte nicht, die Hände zu senken, um die Verschnürung zu lockern.

So verharrte Eberhard und überlegte krampfhaft, was er tun könnte, um aus dieser Situation doch noch irgendwie heil herauszukommen. Jede Sekunde rechnete er damit, dass der Zöllner, der ihn gestellt hatte, zu ihm herüberkommen und ihm den Lauf seiner Waffe in die Rippen drücken würde. Er wusste, dass die Zöllner nicht gerade zimperlich mit Schmugglern umgingen.

Wenn er doch nur erkennen könnte, was um ihn herum vor sich ging. Verzweifelt versuchte Eberhard etwas über seine Situation herauszufinden. Wie viele waren es? Wo standen sie? Gab es vielleicht eine Möglichkeit mit einem schnellen Satz Deckung zu finden? Er musste nur den Kugeln entkommen, alles andere würde sich hoffentlich finden.

Doch ausgerechnet jetzt hatten sich Wolken vor den Mond geschoben. So sehr er sich auch anstrengte, er schaffte es nicht, mit seinem Blick die Dunkelheit zu durchdringen. Ohne weitere Kenntnis über die Umstände konnte er keinen Fluchtversuch wagen. Das wäre Wahnsinn. Es blieb ihm nichts übrig, als weiter zu warten, bis die Zöllner sich rührten. Sein Schicksal lag im tiefsten Schwarz des Waldes.

Sonst freute Eberhard sich in Schmuggelnächten immer über einen mit Wolken bedeckten Himmel. Wenn es so finster war, dass man die Hand vor Augen nicht sehen konnte, gab ihm das ein Gefühl von Sicherheit. Heute aber verfluchte er das fehlende Mondlicht.

Wie hatten die Zöllner ihn überhaupt ausmachen können? Er war leise gewesen. Niemand konnte seine Route gekannt haben – hatte er bis kurz vor dem Losgehen doch selbst nicht gewusst, welchen Weg er nehmen würde. Es war Eberhard ein Rätsel. Doch letztlich war es egal.

Magdalenas schlimmste Albträume waren Wirklichkeit geworden. Sie hatten ihn erwischt. Auf frischer Tat überführt. Das Schlimmste an der Sache war die Vorstellung, wie Magdalena reagieren würde. Sie würde weinend zusammenbrechen, und er hatte ihr das angetan. Es war schrecklich. Eberhard machte sich nichts vor. Er würde im Gefängnis landen.

Es sei denn …

Eberhard überlegte fieberhaft. Er hatte Geschichten gehört von Zöllnern, die einem guten Geschäft nicht abgeneigt waren. Vielleicht könnte er ihnen etwas bieten, was sie dazu brachte, ein Auge zuzudrücken. Er wusste auch sofort, was es wäre. Und er hasste sich dafür.

Allein der Gedanke an diese Möglichkeit widerte ihn an. Doch wenn es darum ging, ins Gefängnis zu kommen oder weiter bei seiner Familie sein zu können, war Eberhard bereit, diesen Schritt zu tun. Er würde in die Schatten der Vergangenheit eintauchen und sich ihrer bedienen. Seit Jahren hatte er eine Kiste mit Hitler-Devotionalien weit hinten in einer Kammer versteckt. Obwohl diese Sachen auf dem Schwarzmarkt hoch im Kurs standen und er damit sicherlich hohe Erträge erzielt hätte, hatte Eberhard es nie fertiggebracht, diesen Dreck für den Handel zu verwenden. Es ekelte ihn, und er würde sich vor sich selbst schämen.

Und doch hatte er sich nie überwinden können, die Sachen zu vernichten. Sie waren einfach zu wertvoll. Jetzt wusste er, weshalb. Es war seine Versicherung. Mit etwas Glück würden sie ihn vor der Verhaftung bewahren.

Die Zeit schien ebenso erstarrt zu sein wie Eberhard. Er hatte keine Ahnung, ob eine Sekunde oder eine Minute vergangen war, seit der Befehl, stehen zu bleiben, ihn so eiskalt erwischt hatte.

Jetzt endlich kam wieder Bewegung ins Spiel. Rechts neben Eberhard hörte er leises Tuscheln. Etwas raschelte, und dann brach vollkommen unvermittelt ein Tumult los, der Schreck ging Eberhard durch Mark und Bein.

Unwillkürlich ging er in die Hocke und kauerte sich so klein wie nur möglich zusammen. Die Hände und Unterarme hatte er über den Kopf gelegt, um sich zu schützen. Er hörte Kampfgebrüll, quasi unmittelbar neben sich. Es mochten vielleicht fünf Meter sein, oder zehn. In der Dunkelheit war es wie im Nebel, das Gefühl für Entfernungen ging verloren. Mit zusammengekniffenen Augen versuchte Eberhard zu erspähen, was um ihn herum vor sich ging. Wer kämpfte da?

Ein Schuss knallte so nah, dass Eberhards Trommelfell dröhnte. Ein Schmerzensschrei gellte durch den Wald. Das dumpfe Geräusch von Fausthieben bereitete Eberhard beinahe körperliche Schmerzen.

Endlich löste sich die Schreckensstarre, und Eberhard erfasste die Situation. Jetzt verstand er, was da vor sich ging. Die Zöllner hatten gerade direkt neben ihm eine Schmugglerbande gestellt. Er war, ohne es zu ahnen, mitten in einen tobenden Krieg hineingeraten, doch niemand scherte sich um ihn. Die Dunkelheit hatte ihren schützenden Mantel um ihn gelegt, und vermutlich ahnte nicht einmal jemand, dass es ihn überhaupt gab. Jetzt war Eberhard wieder dankbar für die Wolken.

Das war seine Chance. Kaum hatte er das begriffen, kam wieder Leben in Eberhard. Jetzt oder nie! Das Schicksal hatte ihm eine Chance geschenkt. Er musste nur schnell sein. Und leise. Auch wenn die Kämpfer im Moment vermutlich keine weiteren Geräusche um sich herum wahrnehmen würden, zu laut waren ihre eigenen heiseren Schreie und ihr Keuchen.

Mit aller Kraft riss Eberhard an den Schulterriemen und zerrte den Schlitten auf seinen Rücken. Die Seile brannten in seiner Hand, er konnte jetzt nicht zimperlich sein. Er stand so unter Strom, dass er sein eigenes Blut rauschen hörte. Die Panik verlieh ihm so viel Kraft, dass er das Gewicht des Kaffees gar nicht wahrnahm und auch nicht spürte, wie ihm das Holz seiner Konstruktion gegen die Hüftknochen schlug.

Eberhard rappelte sich auf die Füße und rannte, ohne sich auch nur einmal umzusehen, los, weg von dem Tumult, der sich hinter ihm abspielte, weg von den Geräuschen, hinein in die Nacht. Er rannte um sein Leben. Er rannte, wie er noch nie zuvor gerannt war. Weil er den Weg nicht sehen konnte, stolperte er. Er fiel, und der Schlitten schlug ihm hart gegen den Hinterkopf. Doch Eberhard spürte auch jetzt keinen Schmerz. Was zählte, waren die Kampfgeräusche, die mit jedem Schritt leiser wurden.

Als er beinahe frontal gegen einen Baum lief, blieb Eberhard an einem abstehenden Ast hängen. Er hörte, wie seine Hose riss. Es war egal, er rannte weiter. Verbissen kämpfte er um jeden Schritt. Schweiß lief ihm in die Augen und brannte höllisch. Sein keuchender Atem kam stoßweise. Seine Lunge schmerzte, als würde es sie zerreißen. Eberhard zwang sich weiter. Ein Stück noch. Ein paar Schritte. Bitte, flehte er seinen Körper stumm an, halte durch.

Irgendwann hörte er einen Bach plätschern und verlangsamte seine Schritte. Er versuchte sich zu orientieren.

Ohne Erfolg. Eberhard hatte keine Ahnung, wo er war. Ihm wurde schwindlig, er taumelte und konnte sich nicht mehr auf den Füßen halten. Vollkommen erschöpft ließ er sich fallen.

In seinen Ohren dröhnte es. Vor seinen Augen flimmerten bunte Lichtpunkte. Das Atmen brannte in der Lunge. Eberhard würgte und musste sich übergeben. Immer wieder würgte es ihn.

Verzweifelt lauschte er in die Dunkelheit. Hatten sie ihn gehört? Waren sie hinter ihm her?

Ein Käuzchen schrie. Neben ihm raschelte es, eine Maus huschte Eberhard über die Hand und ließ ihn zusammenzucken. Der Bach gurgelte. Keine Schreie, keine Kampfgeräusche waren mehr zu vernehmen. Nur der Wald und Eberhard.

Als ihm bewusst wurde, dass er es tatsächlich geschafft hatte, flossen Eberhard Tränen der Erleichterung über die Wangen. Eine Welle der Dankbarkeit erfasste ihn, und er schämte sich seiner Tränen nicht.

Er hatte immer gewusst, dass es riskant war. Noch gut hatte er in Erinnerung, wie seine Freundin Isabella ihn bei einem seiner früheren Schmuggelgänge in letzter Sekunde gerettet hatte. Auch damals war er haarscharf einer Verhaftung entgangen. Und dennoch hatte er es nicht so intensiv gefühlt wie heute. Vielleicht weil die Zöllner unerbittlicher geworden waren oder seine Nerven durch die ständige Gefahr dünner. Vielleicht auch einfach, weil ihm die Situation bereits aussichtslos erschienen war und er sich in der Falle gefühlt hatte. Noch nie hatte er so ernsthaft gedacht, verhaftet zu werden, auch damals nicht, mit Isabella. Dass es heute nicht geschehen war, glich einem Wunder.

Weil seine Knie noch immer zitterten, gönnte Eberhard sich eine etwas längere Pause. Er kroch tief in das Unterholz, um vor zufällig vorbeikommenden Zöllnern oder anderen Schmugglern sicher zu sein. Unter einem Busch blieb er liegen, bis er sicher war, dass seine Kraft ausreichte, um sich auf die Suche nach Pepe zu machen.

Die Erinnerung an den Nachhauseweg war bruchstückhaft. Eberhard hatte Stunden gebraucht, bis er das Auto gefunden hatte. Er war in der Villa eingetroffen, als die Familie bereits beim Frühstück saß.

»Eberhard!«, hatte Magdalena erschrocken gerufen, als sie seine zerrissene Hose und seine Schrammen und blauen Flecke sah.

Doch er hatte abgewinkt. »Alles in Ordnung, Magdalena. Es war ziemlich finster letzte Nacht und ich bin ein paar Mal gestolpert. Es geht mir gut.«

Er würde ihr nicht erzählen, was passiert war, auch wenn er im gleichen Moment erkannt hatte, dass sie es längst wusste. Doch er bildete sich ein, wenn sie nicht darüber sprachen, bekamen die Geister nicht so viel Macht.

Doch er hatte etwas anderes vor. Er hatte ein Versprechen einzulösen, das er sich selbst gegeben hatte.

»Was tust du, Eberhard?« Magdalena trat zu ihm an das Feuer, das er hinter dem Stall entzündet hatte und schreckte ihn aus seinen Gedanken. Sie stellte sich nah zu ihm, und Eberhard legte den Arm um sie und zog sie noch ein Stück näher.

»Ich löse eine Schuld ein«, erklärte er. »Und befreie mich von der Versuchung, mich mit diesem Dreck zu beschmutzen.«

Die Bereitschaft, sich mit dem Inhalt dieser Kiste freizukaufen, war da gewesen, das konnte er nicht leugnen. Als er dann ohne diese Notlösung freigekommen war, hatte er sich geschworen, die Sachen zu vernichten. Er wollte nicht mehr darüber nachdenken müssen, nicht in Versuchung geführt werden, gegen sein Gewissen zu handeln, ganz gleich, in welcher Situation auch immer er war. Es war wie eine zweite Chance, und er wollte sie nutzen.

Eberhard nahm eine Hakenkreuzflagge aus der Kiste und übergab sie dem Feuer. Zufrieden sah er zu, wie die Flammen um den Stoff herumzüngelten. Sie tasteten sich langsam vor, und im nächsten Moment hatten sie die Flagge erfasst, und sie brannte lichterloh. Bilder von Hitler und alles Weitere folgte. Magdalena hatte verstanden und half ihrem Mann. Während sie zusahen, wie das Feuer die Dinge verschlang, standen sie eng umschlungen da.

»Ich liebe dich, Eberhard Ahrensberg. Ich habe schreckliche Angst, aber ich bin furchtbar stolz auf dich. Du bist ein guter Mensch.«

»Danke, Magdalena. Das bedeutet mir sehr viel. Und ich liebe dich. Du bist eine wunderbare Frau, und ich bewundere dich für deine Kraft, für deinen Mut und für deine Liebe, die du so großzügig verschenkst.«

Eberhard gab Magdalena einen innigen Kuss. Er sah, dass sie Tränen in den Augen hatte.

»Nicht traurig sein, Lenchen«, tröstete Eberhard. »Du weißt doch: Mit Liebe und Kaffee ist alles gut.«

Magdalena putzte sich die Nase. Sie lächelte ihn traurig an. »Ja, Eberhard, es ist alles gut. Ich wünschte mir nur so sehr, Mutter sein zu dürfen.«

Ihr Leid schnitt ihm ins Herz. Er nahm sie in die Arme. »Das wirst du, Magdalena. Hab ein wenig Geduld, ich bin fest davon überzeugt, dass wir ein Kind haben werden.«

***

Mit großen Augen umrundete Eberhard den funkelnden und glänzenden Trommelröster. Mit dem Tuch polierte er immer wieder das Metall, obwohl alles perfekt war. Es gab kein Staubkorn wegzuwischen, keine Schliere beeinträchtigte den Glanz.

Jean-Paul hatte sein Versprechen gehalten. Gestern hatte sein Kontaktmann den Trommelröster geliefert und Eberhard heute gleich in der Früh eine Gasflasche besorgt. Nun stand er vor seinem neuen Schatz, und sein Herz pochte vor froher Aufregung.

Gleich würde er zum ersten Mal in seiner Karriere als Kaffeehändler wirklich professionell Kaffee rösten. Seine Hände waren vor Aufregung schweißfeucht.

Er hatte sich von Barbara ein Schulheft geborgt, darin wollte er alle Faktoren eintragen, die zum Rösten gehörten. Menge der Kaffeebohnen, Qualität der Bohnen,

Rösttemperatur, Röstdauer und das Ergebnis. Von heute an würde er das Röstverfahren nicht mehr auf gut Glück vollziehen, sondern mit Sachverstand und Planung. Sein Kaffee würde die Kunden in Verzücken versetzen. Mit weniger wollte Eberhard sich nicht zufriedengeben. In der Vorfreude auf den Trommelröster hatte er sogar bereits begonnen, für *Ahrensberg Kaffee* zu werben.

Eberhard hatte Magdalena in ihrem schönsten Sonntagskleid auf einem Stuhl sitzend mit einer Tasse Kaffee in der Hand fotografieren lassen und das Bild zusammen mit einem Werbeslogan auf Plakate drucken lassen.

Ahrensberg Kaffee – Der Name steht für Qualität

An Werbewänden und Litfaßsäulen in ganz Aachen prangte der Spruch.

Seine Frau war so stolz und glücklich, dass er sie gefragt hatte, ob sie das machen würde. Und er war von Stolz auf seine wunderschöne Frau erfüllt.

Nachdem er seinen Trommelröster ein weiteres Mal umrundet hatte, fasste Eberhard sich ein Herz. Er war in Gedanken längst alles zigfach durchgegangen und beherrschte die einzelnen Handgriffe theoretisch im Schlaf.

Er öffnete den Gashahn und entzündete die Flamme. Dann wartete er einen Moment, während die Trommel sich langsam erhitzte. Seine Anspannung und Ungeduld stieg mit jeder Minute.

Als er gerade die ersten Bohnen in die Trommel geben

wollte, wurde die Tür geöffnet, und Magdalena kam ein wenig außer Atem herein.

»Warte auf mich! Ich muss doch dabei sein, wenn du deine ersten perfekten Bohnen zauberst.« Sie zwinkerte ihm zu, stellte sich neben ihn und forderte ihn keck auf: »Los jetzt, ich bin bereit.«

Das ließ er sich nicht zweimal sagen. Es freute ihn, dass Magdalena an seiner Arbeit wirklich interessiert war, solange es nicht darum ging, Schmuggeltouren zu planen. Er konzentrierte sich wieder auf den Röster und gab eine Schütte voll Bohnen hinein. Für den Anfang sollte das reichen, schließlich musste er sich erst noch herantasten. Er schloss die Trommel und jetzt hieß es warten. Er nahm seine Taschenuhr, beobachtete die Zeiger und lauschte auf die Geräusche aus dem Inneren der Trommel. Für Eberhard klang das wie Musik.

»Es beginnt zu duften«, sagte Magdalena ehrfürchtig, beinahe flüsternd.

Eberhard nickte. Um nur ja nicht den richtigen Moment zu verpassen, zog Eberhard immer wieder die kleine Testschaufel heraus und betrachtete die Bohnen. Sie begannen nun, sich langsam zu verfärben.

»Nun kommt es darauf an. Jetzt muss ich nicht mehr nur die Farbe im Blick behalten, sondern auch auf die Geräusche achten.«

Magdalena stand mucksmäuschenstill da und beobachtete ihren Mann, der sich voll und ganz auf den Trommelröster und die darin langsam braun werdenden Kaffeebohnen konzentrierte.

»Da«, rief Eberhard ein paar Minuten später. »Hast du es gehört?«

Magdalena beugte sich etwas nach vorn. Nur kurz darauf strahlte sie und nickte. »Es knackt und knistert.«

»Der First Crack«, erklärte Eberhard. Sogar er selbst konnte die Aufregung in seiner Stimme hören. »Noch ein paar Umdrehungen, dann müssen die Bohnen raus und gekühlt werden.« Mit sicheren Handgriffen führte er alle weiteren Schritte durch, bis die Bohnen auf einem Sieb lagen, auf dem sie erkalten konnten.

»Ach Eberhard«, Magdalena seufzte. »Ich freue mich so sehr. Dieses Gerät war wirklich genau das, was du dringend gebraucht hast. Und ich freue mich auch, dass du nicht mehr so oft selbst über die Grenze gehst. Es ist so unglaublich gefährlich. Gestern Nacht haben sie einen Schmuggler auf der Flucht schwer verletzt.«

»Ich weiß, Liebling. Ich habe davon gehört. Und ich verstehe dich. Zunächst bedeutet es, dass ich weniger Gewinn mache, aber dafür kann ich nun größere Mengen verkaufen und meinen Kundenstamm erweitern. Du wirst sehen, Magdalena, das Geschäft wird schneller wachsen, als wir es uns jetzt gerade ausmalen.«

Eberhard hatte nach seiner Beinahe-Verhaftung gemeinsam mit Jean-Claude nach einer anderen Lösung gesucht und sie gefunden. In Zukunft würde er die Kaffeebohnen auf deutschem Gebiet in Empfang nehmen. Dadurch wurden sie teurer, schließlich trug jemand anders das Risiko der Schmuggeltour für ihn. Trotzdem war der deutlich bessere Kaffee noch immer ein Schnäppchen, verglich man es mit der minderwertigen deutschen Ware, die Eberhard selbstverständlich auch noch immer zukaufte, damit niemand misstrauisch wurde und seine Bücher sauber blieben.

Natürlich war auch die Übergabe auf deutschem Boden nicht ohne Risiko, Eberhard war ständig auf der Hut. Doch es war ein Klacks im Vergleich mit dem Risiko und dem zeitlichen Aufwand, den seine eigenen Touren ihm abverlangt hatten.

»Ich freue mich, den ersten Kaffee aus deinem neuen Röster zu verkosten«, sagte Magdalena nun.

Eberhard konnte ihre Erleichterung darüber, dass er sich nicht mehr ständig der Gefahr einer Verhaftung aussetzte, beinahe greifen. Wenn sie jetzt sogar bereit war, von seinem Kaffee zu trinken, schien sie mit seinem Handeln versöhnt zu sein. Zu Beginn hatte sie sich immer geweigert, etwas zu genießen, wofür Eberhard seine Freiheit oder gar sein Leben aufs Spiel setzen musste.

»Ich werde dir einen wunderbaren Kaffee kochen, Magdalena«, versprach Eberhard jetzt. »Aber du musst dich ein paar Tage gedulden. Die Bohnen brauchen Zeit, um ihr volles Aroma zu entfalten. Der beste Zeitpunkt ist etwa eine bis zwei Wochen nach dem Rösten. Mindestens aber sollten wir zwei Tage warten.«

»Was du alles weißt, Eberhard. Kaffee ist wirklich deine Leidenschaft. Oh, stell dir vor, da fällt mir gerade ein: Heute Morgen beim Metzger hat mich übrigens eine Frau angesprochen. Sie hat mich erkannt und gefragt, ob ich die Frau auf dem Kaffeeplakat bin. Sie wollte wissen, was für Öffnungszeiten *Ahrensberg Kaffee* hat. Das hat mir vor Augen geführt, dass wir uns um das Ladengeschäft kümmern sollten. Seit wir in Aachen leben, hast du dich um die Großkundenakquise gekümmert, Gaststätten, Hotels, Cafés. Durch die Werbung werden nun auch Privatkunden aufmerksam, und ich glaube, es ist der richtige Zeitpunkt, das Ladengeschäft nicht nur nach Bedarf zu öffnen, sondern regelmäßige Öffnungszeiten festzulegen.«

Eberhard wusste sofort, dass Magdalena recht hatte. Sie sprach einen wunden Punkt an. In letzter Zeit begannen sich die Beschwerden zu häufen, weil immer wieder Kunden am Laden vor verschlossener Tür standen.

Aber Eberhard konnte sich nun mal nicht zweiteilen. Wenn er Kaffee auslieferte, konnte er nicht gleichzeitig im Laden stehen und dort auf Kunden warten.

»Du könntest mich einarbeiten, Eberhard. Ich würde dir sehr gern helfen«, schlug Magdalena vor.

Zuerst wollte Eberhard ablehnen, doch wenn er recht darüber nachdachte, war ihr Vorschlag gar nicht so schlecht und brachte ihn auf eine Idee. »Ich würde mich freuen, wenn du mich im Laden unterstützen würdest, Magdalena. Allerdings ist eine Bedingung daran geknüpft, und darüber verhandle ich nicht. Wenn du bei *Ahrensberg Kaffee* an zwei oder drei Tagen den Verkauf übernimmst, wirst du dafür diese elende Strumpfstopferei aufgeben. Einverstanden?«

Magdalenas innerer Kampf stand ihr deutlich ins Gesicht geschrieben. Aber schließlich lächelte sie und nickte.

»Einverstanden«, sagte sie. »Ich glaube an dich und deinen Traum, Eberhard. Und ich bin davon überzeugt, dass *Ahrensberg Kaffee* sich so entwickeln wird, wie du dir das wünschst. Ich möchte ein Teil davon sein und dich darin unterstützen.«

Erleichtert lächelte Eberhard seine Frau an und besiegelte ihre Vereinbarung statt mit einem Handschlag mit einem innigen Kuss.

Kapitel 16
Unter der Gürtellinie

Aachen · Oche · Aix-la-Chapelle · Aken · Aquae Granni

Gegenwart: Juli

»Hallo, kleine Mia-Maus! Oh wie schön, dich endlich wiederzusehen«, trällerte Alexander und warf Corinne einen vorwurfsvollen Blick zu. »Ich finde ja, es müsste ein Gesetz geben, das Familienzeit verbindlich regelt. Brüder der Mutter sollten ihre Nichte mindestens einmal die Woche sehen dürfen.«

Natürlich kam Alexander nicht mit leeren Händen. Er hatte einen Quietschefrosch für Mia dabei, weil sie so gern badete und Gummitiere liebte. Sie hatte inzwischen sicher schon zehn verschiedene quietschende Schwimmtiere.

»Wenn du mir einen Zeitumkehrer schenkst, wie Hermine einen hat, ist das gar kein Problem«, konterte Corinne. Sie waren beide Harry-Potter-Fans und taten manchmal so, als wären sie Teil dieser Zauberwelt, in der es ein kleines Gerät gab, dass es den Magiern ermöglichte, ein und dieselbe Zeitspanne mehrfach zu nutzen und so Zeit zu gewinnen. »Aber vermutlich kommen Muggel an so etwas nicht dran«, erklärte sie schulterzuckend und bedachte Alexander bewusst mit dem Begriff Muggel, der in der Welt von Harry Potter gewöhnliche Menschen ohne magische Fähigkeiten bezeichnete.

Corinne dachte an den Band, in dem die junge Hexe Hermine vom Schuldirektor einen Zeitumkehrer bekommt, was in ein unglaubliches Chaos ausartet. »Wenn ich so darüber nachdenke, will ich, glaube ich, doch lieber keinen«, entschied Corinne deshalb. »Richtig gut getan hat Hermine die viele zusätzliche Zeit nämlich nicht, sie war phasenweise ziemlich durch den Wind.«

Corinne versuchte sich nicht anmerken zu lassen, wie durch den Wind sie selbst gerade war – und das ganz ohne Zeitreisen. Über ihren Ärger konnten sie später noch sprechen – wenn überhaupt. Vielleicht sagte sie auch gar nichts, sonst würde sie ihnen allen nur die gute Stimmung verderben.

Jetzt jedenfalls war erst einmal Mia wichtig und ein wenig unbeschwerte Zeit mit Alexander und Thomas. Genau dafür hatten sie die beiden nämlich eingeladen. Ein bisschen Spielzeit mit Mia, ein gemeinsames Essen und später Zeit für die Erwachsenen, sich zu unterhalten. Familienzeit war wichtig, sie versuchten sich zumindest alle paar Wochen zu sehen, auch wenn sie alle viel zu tun hatten.

Wenn Corinne nur nicht gerade eben noch ein wenig im Internet gesurft und über diese Aachen-Seite gestolpert wäre, auf der auch ihr *Öcher Böhnchen* gelistet war. Energisch schob sie den Gedanken daran weg und zwang sich zu lächeln.

»Muggel? Wen bezeichnest du hier als Muggel?«, mischte sich nun ihr Schwager Thomas in das Geschwistergefecht ein. Er kam auf Corinne zu und umarmte sie herzlich.

»Danke für die Einladung, Corinne. Wir haben uns sehr gefreut.« Er schwenkte eine Papiertüte vor ihrem Gesicht. »Und ich habe etwas mitgebracht. Selbstgemachte Kaffeepralinen. Na? Bekomme ich einen Orden als bester Schwager der Welt? Das wäre das Mindeste, oder?«

Er lachte und begrüßte auch Noah mit einer Umarmung. Dann widmete er sich umgehend ebenso säuselnd und fröhlich der gut gelaunten Mia, wie Alexander es gerade getan hatte.

Mia hatte wirklich Glück mit ihren Onkeln. Die beiden liebten sie abgöttisch.

Alexander hatte Corinne vor einiger Zeit verraten, dass Thomas und er darüber nachdachten, vielleicht selbst ein Kind zu bekommen. Sie wussten nur nicht, welcher Weg für sie der richtige war.

»Wenn die Zeit dafür reif ist, werden wir es wissen«, hatte Alexander das Thema lächelnd abgeschlossen. »Also mach dich darauf gefasst, irgendwann Tante zu werden.«

Corinne hatte Alexander umarmt. »Das Kind, das euch als Eltern bekommt, ist unter einem Glücksstern geboren«, hatte sie ihm versichert und das auch von Herzen so gemeint. Die beiden würden ein Kind mit Liebe überschütten, davon war sie überzeugt.

Nachdem Mia von Alexanders Arm auf den von Thomas gewandert war, hob Corinnes Bruder einen Korb hoch. »Ich habe auch etwas dabei«, verkündete er. »Selbst …« Er überlegte kurz. »Selbst machen lassen«, sagte er und grinste. »Ich habe Klara bezirzt und sie hat uns eine große Schüssel *Oma Lilo Bavaroise* zubereitet.« Er warf sich in die Brust und sah sich Anerkennung heischend um. »So. Und wer hat jetzt einen Orden verdient?«

»Was habt ihr denn heute mit euren Orden? Wollt ihr einen Karnevalsverein gründen, oder wozu braucht ihr die?«, fiel Noah scherzend ein. »Aber ich stelle fest: Das Dessert ist gesichert. Gut, dass wir nur Eis und Obst besorgt haben. Ihr dürft euch trotzdem auf was gefasst machen. Es ist ein weiter Weg bis zu der Kaffeecreme. Zuerst müsst ihr die Suppe auslöffeln, die ich euch gleich einschenke, und danach gibt es Backofenkartoffeln mit Quark und einen bunten Salat mit Kräutern und Radieschen aus unserem Garten. Ich hoffe, das ist okay, ich dachte, wenn wir als Erinnerung an Sarah eine deftige Fleischsuppe mit Gemüse essen, brauchen wir im Hauptgang nicht noch einmal Fleisch.«

»Hast du das gehört, Mia?«, fragte Thomas. »Wir bekommen feine Suppe. Hast du auch schon Hunger?«

»Mam«, machte Mia und zeigte auf Thomas' Lippen.

»Ganz genau.« Thomas lachte. »Mam.« Er drehte sich zu den anderen. »Also Mia und ich wären so weit. Unsere Bäuche gurgeln schon vor Hunger.«

»Mia wird von Tag zu Tag bezaubernder«, sagte Thomas. Nach der Suppe hatte Mia sich die Augen gerieben, und Corinne hatte sie zu Bett gebracht. Es hatte nicht lange gedauert, und ihr Sonnenschein war mit einem Lächeln auf den Lippen und ihrem Schnuffeltuch im Arm eingeschlafen.

Noah servierte den Hauptgang, und während alle das gute Essen genossen, plauderten sie zuerst über den Garten und das Wetter und kamen dann automatisch zum geschäftlichen Teil ihres Lebens. Das war immer so, irgendwann landeten ihre Unterhaltungen bei Kaffee.

»Wie läuft es denn mit deinem Stiftungsprojekt, Corinne?«, wollte Alexander wissen. »Du hast noch gar nicht viel erzählt, seit du aus Brasilien zurück bist.«

Alexander hatte recht. Sie hatten sich lediglich über den verdorbenen Kaffee ausgetauscht. Die Ware war zwischenzeitlich unter Aufsicht der Behörde vernichtet worden.

Inzwischen wusste Corinne ohne jeden Zweifel, dass es ein gezielter Anschlag gewesen war. Fernando hatte ein Schuldeingeständnis und arbeitete gerade eine Ratenzahlung mit dem Plantagenbesitzer aus, der das Elend zu verantworten hatte.

Sie hatten sich gegen eine Anklage entschieden, weil sie hofften, die Situation entspannen zu können, wenn sie dem Quertreiber die Hand zur Versöhnung reichten. Diese Entscheidung schien Früchte zu tragen.

»Das Projekt läuft ausgezeichnet«, beeilte Corinne sich zu beteuern. »Wir hatten ein paar Probleme, aber meine Anwesenheit hat etwas bewirkt, und Fernando hat den Rest fantastisch gelöst. Ich bin wirklich froh, dass ich so gute Leute habe, die mich unterstützen. Trotzdem war es gut, dass ich dort war und den Frauen noch einmal erklären konnte, worum es geht und dass ich selbst auch Mutter bin und trotzdem arbeiten gehen kann.«

Wenn es hier doch nur halb so gut laufen würde, dachte Corinne. Sie wollte gern mit Alexander und Thomas über ihr neues Problem sprechen, aber sie wusste nicht genau, wie sie anfangen sollte. Die beiden ahnten nichts von Sarahs angeblichem Bruder und dem damit verbundenen Ärger.

»Ich kenne dich inzwischen schon ziemlich gut, Corinne«, sagte nun Thomas. »Ich möchte dir auf keinen Fall zu nahe treten. Aber dafür, dass alles so gut läuft, machst du ein ziemlich besorgtes Gesicht. Irgendetwas treibt dich doch um. Willst du uns nicht sagen, was los ist?«

Erwischt. So direkt darauf angesprochen, hatte sie gar keine andere Wahl mehr, als die Wahrheit zu sagen. Mit einem Seufzen stand Corinne auf. Sie holte den Brief von Maximilian Rosenbaum und ihr Notebook.

Zuerst legte sie den Brief auf den Tisch. Sie wartete, bis Thomas und Alexander ihn gelesen hatten, und erklärte ihnen dann die Situation, noch bevor die beiden Fragen stellen konnte.

»Dieser Maximilian Rosenbaum hat mir zwischenzeitlich eine Kopie seiner Geburtsurkunde und seines Ausweises zukommen lassen. Aber es sind Ersatzpapiere. Angeblich gab es ein Feuer. Ich habe ihm gesagt, dass ich das prüfen werde. Er wurde ziemlich ausfallend. Dieser Mensch ist schrecklich. Er war schon vom ersten Telefonat an sehr unfreundlich, inzwischen ist er unerträglich. Er beleidigt mich, bezichtigt mich der Verschleppung und der Erbschleicherei. Er hat es sehr eilig und behauptet, dafür sorgen zu wollen, dass ich ins Gefängnis komme, wenn ich ihm nicht gebe, was ihm zusteht. Und wenn ich Theater mache, würde ich am Ende noch viel mehr zahlen als nur das Erbe, droht er mir ständig.«

»Aber du lässt dich nicht von so jemandem ins Bockshorn jagen, oder?«, fragte Alexander und das Entsetzen war seiner Stimme anzuhören. »Die ganze Sache stinkt doch zum Himmel. Warst du bei der Polizei?«

»Nein, zur Polizei möchte ich nicht. Auf jeden Fall nicht, solange ich nicht sicher weiß, ob die Geschichte stimmt oder nicht. Zuerst wollte ich einen Anwalt einschalten. Doch Noah und ich haben besprochen, dass es eigentlich keinen Grund für mich gibt, als Erste aktiv zu werden. Wenn dieser Mensch wirklich Sarahs Bruder ist und kein falsches Spiel treibt, wird er zu einem Anwalt gehen und sein Recht einfordern. Dann kann ich immer noch reagieren. Soweit ich es bisher recherchiert habe, dürfte er eigentlich gar keinen Anspruch haben. Ganz sicher bin ich noch nicht, weil ich nicht weiß, ob es in der Schweiz andere Regelungen gibt. Aber so schlimm, wie er es darstellt, kann es für mich nicht werden. Ich bin vor lauter Arbeit noch nicht dazu gekommen, aber diesen Punkt werde ich auf jeden Fall mit einem Anwalt besprechen. Jedenfalls habe ich diesem Herrn ordentlich die Stirn geboten.«

»Sehr gut«, lobten Thomas und Alexander unisono.

Noah lächelte. »Corinne ist echt tough, die lässt sich nicht so schnell in die Enge treiben. Bis jetzt hat dieser Mensch sich jedenfalls nicht wieder gemeldet. Ich denke, der Spuk ist vorbei. Er hat es versucht und musste einsehen, dass es doch kein so leichtes Spiel wird, wie er es sich erhofft hatte.«

Es war verrückt, aber der Zuspruch, den sie von den drei Männern bekam, ließ Corinne plötzlich weich werden. Ihre mühsam bewahrte Haltung brach in sich zusammen, und sie begann zu weinen.

»Liebling, was ist denn los?«, fragte Noah erschrocken, rückte mit seinem Stuhl vom Tisch ab und zog sie von ihrem Stuhl auf seinen Schoß.

»Es tut mir leid, es ist nur alles ein bisschen viel im Moment. Seit Sarahs Tod bin ich kaum noch zur Ruhe gekommen. Und dann … ich habe es zuerst gar nicht richtig ernst genommen, aber seit einigen Tagen geht unser Umsatz im *Böhnchen* zurück. Eigentlich ist jetzt Urlaubszeit, das bedeutet viele Leute, die sich als Andenken eine Packung *Öcher Böhnchen* mitnehmen. Unsere Hausmischung kommt normalerweise sehr gut an.«

»Was heißt das, die Umsätze gehen zurück?«, wollte Noah wissen. »Hast du eine Zahl?«

»Es hat mit ein paar Prozent weniger angefangen. Heute hatten wir nur etwa die Hälfte des Umsatzes, den wir sonst an einem Freitag haben. Wir haben unsere Stammkundschaft, das ist stabil. Aber fast alles, was an Laufkundschaft normalerweise zu uns findet, fällt plötzlich weg.«

»Gibt es vielleicht eine Baustelle, die den Zugang zur Rösterei erschwert?«, wollte Alexander wissen. Diese Erfahrung hatten sie bereits kurz nach der Eröffnung schon einmal gemacht. Doch Corinne schüttelte den Kopf. »Nichts dergleichen. Aber vorhin, kurz bevor ihr gekommen seid, habe ich noch ein bisschen im Internet gesurft. Seht euch das einmal an.«

Sie klappte das Notebook auf und öffnete die Seite, die ihr eben so sehr die Laune verhagelt hatte.

Alexander, Thomas und Noah beugten sich über den Bildschirm und lasen mit immer stärker werdendem Kopfschütteln die Bewertungen.

In den letzten Wochen hatte das *Öcher Böhnchen* reihenweise schlechte Bewertungen bekommen. Von unhygienischen Zuständen war die Rede. Schlechter und überteuerter Ware und unhöflichem Personal.

»Das ist eine Unverschämtheit, Corinne. Da will dir jemand ganz offensichtlich schaden«, empörte sich Alexander.

»Wir werden das aus der Welt schaffen, Corinne. Mach dich bitte nicht verrückt. Wenn du möchtest, kann ich morgen den Seitenbetreiber kontaktieren. Es ist offensichtlich, dass es sich bei diesen Bewertungen um Fakebeurteilungen handelt. Das ist Rufmord. Dagegen kann man vorgehen.«

»Manchmal ist es doch gut, wenn man einen Computerspezialisten in der Familie hat, nicht wahr?«, fragte Thomas. »Corinne, überlass das bitte mir. Ich werde ein paar Fäden ziehen und mit den richtigen Leuten sprechen. Dieser Spuk hat ganz schnell ein Ende, darauf darfst du vertrauen.«

»Und wir alle ahnen ja bereits, wer der Geist ist, der hier sein Unwesen treibt. Wie es scheint, ist ein gewisser Möchtegernerbe ziemlich ungehalten, weil ihm die gebratenen Täubchen nicht in den Mund fliegen. Aber diesem Herrn wird Hören und Sehen vergehen. Der weiß nicht, was es heißt, sich mit dem Ahrensberg-Clan anzulegen.« Alexander rieb sich die Hände, während er sprach, als würde er sich darauf freuen, jemandem eine Abreibung zu verpassen.

»Auf den Schreck kann ich jetzt das Dessert vertragen«, sagte Noah, und damit war das Thema für diesen Abend vorerst abgehakt. Er stand auf und kochte Kaffee. Corinne holte Schälchen und Löffel aus dem Schrank und stellte die Kaffeecreme und auch die Kaffeepralinen auf den Tisch.

Die Zuversicht der Männer tat ihr gut. Sie fühlte sich noch immer ausgelaugt, aber nicht mehr so mutlos wie noch vor einer halben Stunde. Sie hatte so viele Menschen hinter sich, die ihr den Rücken stärkten.

»Liebling, ich habe heute auch etwas entdeckt. Eigentlich wollte ich dich morgen damit überraschen, aber ich glaube, du kannst heute schon etwas Schönes vertragen. Ich habe Frieda und Sebastian gefragt, ob sie morgen Abend auf Mia aufpassen würden. Wir beide gehen miteinander aus.«

Corinne sah ihn überrascht an und überlegte, wie sie reagieren sollte. Sie wusste, dass Noah sie ablenken und auf andere Gedanken bringen wollte. Sie fand es auch sehr lieb von ihm, aber im Moment stand ihr nicht der Sinn nach Essen gehen oder Kino.

Noah hatte sie beobachtet. »Ich weiß, dass du am liebsten zu Hause bleiben würdest, um dich um die Lösung deiner Probleme zu kümmern. Aber Liebling, du musst zwischendurch auch mal etwas anderes machen. Thomas kümmert sich um das Internetproblem, also kannst du jetzt ohnehin nichts weiter tun. Komm, gib dir einen Ruck. Ich verspreche dir, du wirst entzückt sein.«

Jetzt hatte er es geschafft. Neugierig fragte Corinne: »Entzückt? Wohin könntest du mit mir gehen, um mich in Entzücken zu versetzen? Komm, gib mir einen Tipp.«

Noah lächelte und stellte eine Tasse Kaffee vor sie auf den Tisch. »Ich kann dir eine Tasse Kaffee geben. Das ist Tipp genug.«

»Ach komm. Wie soll eine Tasse Kaffee denn ein Tipp sein?«, versuchte Corinne es noch einmal. Aber Noah blieb stur und lächelte sie nur vielsagend an.

***

»Noah, das ist ja fantastisch!« Corinne strahlte, als sie Arm in Arm mit Noah das Theater betrat. »Die Kaffee-Kantate. Wie bist du denn auf die Idee gekommen?«

Corinne konnte nicht anders, sie musste ihm einen Kuss geben. Den ganzen Tag hatte sie fieberhaft überlegt, was er wohl im Schilde führen könnte. Dann hatte er sie gebeten, sich ein wenig schicker zu machen als gewöhnlich. Sie würden also nicht einfach ins Kino oder zum Essen gehen, hatte sie daraus geschlossen und noch weniger Ahnung gehabt, wohin er sie entführen wollte. Auf einen Theaterbesuch war sie nicht gekommen.

Die Kaffee-Kantate, oder auch *Schweigt stille, plaudert nicht*, war ein weltliches Musikstück für Sänger und Instrumente von Johann Sebastian Bach. Es ging darin um einen bürgerlichen Herrn, der seiner Tochter das Kaffeetrinken verbieten will, dabei aber nur mäßigen Erfolg hat.

Corinne war als Zwölfjährige mit ihrem Großvater bereits einmal bei einer Aufführung des Stückes gewesen. Sie erinnerte sich noch, wie stolz sie gewesen war, hübsch angezogen zwischen all den Erwachsenen sein zu dürfen. Das Bühnenbild hatte sie fasziniert. In der Mitte der Bühne hatte eine riesengroße Kaffeekanne gestanden. Links davon ein Milchkännchen, das so groß gewesen war, dass es als Tisch hatte fungieren können. Obwohl Corinne sich gewundert hatte, wie man etwas auf einem Milchkännchen abstellen konnte – das war doch eigentlich oben offen. »Das ist künstlerische Freiheit«, hatte ihr Großvater ihr erklärt, als sie es hatte genauer wissen wollen.

Rechts der Kanne war eine sehr große Kaffeetasse samt Unterteller in Szene gesetzt gewesen. Als der Sänger die Tasse gedreht hatte, hatte sie sich als Sessel entpuppt. »So einen Sessel möchte ich so gern auch haben«, hatte Corinne ihrem Großvater später erklärt. »So einer gehört in das Haus einer Kaffeefamilie.« »Ja, eigentlich hast du recht«, hatte ihr Großvater bestätigt und mit einem Augenzwinkern hinzugefügt: »Nur wer töpfert uns die?«

Die Vorführung hatte Corinne ausgesprochen gut gefallen. Die Kaffeeleidenschaft der jungen Frau, um die es in dem Stück ging, konnte sie schon damals nur allzu gut nachvollziehen. Auch wenn sie die Zusammenhänge nicht zu hundert Prozent begriffen hatte, sie hatte sich wie eine Prinzessin gefühlt und wunderbar amüsiert.

Und auch heute erfasste Corinne wieder ein ähnliches Glücksgefühl wie damals.

Sehr spannend fand sie das modern aufbereitete Bühnenbild. Es gab kein großes Orchester, nur eine Handvoll Musiker saß direkt mit auf der Bühne. Das überdimensionierte Kaffeegeschirr war ausgemustert worden. Stattdessen gab es die Theke einer Kaffeebar, auf der viele unterschiedliche Kaffeekannen dekoriert waren. Statt des Kaffeetassensessels hatte man einen Bartisch samt Hockern mit Lehnen auf der Bühne arrangiert. An der Garderobe hingen Zeitungen, die in Halter eingespannt waren. Ganz so, wie man es in einer Kaffeebar erwarten konnte.

Die Musik und Handlung war natürlich unverändert und packte Corinne genau wie damals.

Sie war vollkommen hingerissen und applaudierte am Ende so wild, dass ihre Handflächen brannten.

Nach der Aufführung lud Noah Corinne zu ihrem Lieblingsitaliener ein. Sie schwebte wie auf Wolken. So einen schönen Abend hatten sie lange nicht gehabt.

»Ei! wie schmeckt der Coffee süße, lieblicher als tausend Küsse«, sang Corinne leise, sodass nur Noah sie hören konnte, und trank dann einen Schluck ihres Rotweins.

Sie fühlte sich beschwingt und so viel leichter als während der letzten Wochen.

»Mir scheint, meine Idee war ein Volltreffer.« Noah freute sich und prostete Corinne zu.

»Die Katze lässt das mauhahausen nicht«, fuhr sie fort und kicherte übermütig, bevor sie einen weiteren Schluck Wein nahm.

»Ich bin so froh, dass zwischen uns wieder alles gut ist, Noah«, sagte Corinne irgendwann. »Es hat mir einen ziemlichen Schreck eingejagt, diese Wand zwischen uns zu spüren, nachdem ich entschieden hatte, nach Brasilien zu fahren.«

Sie griff über den Tisch und nahm Noahs Hand in ihre.

»Lass uns bitte immer miteinander sprechen, wenn wir irgendetwas auf dem Herzen haben. Auch, oder besonders, wenn es uns beide betrifft. Nur wenn wir ehrlich zueinander sind, können wir Probleme aus der Welt schaffen. Und wir werden immer einen Weg finden, Noah. Davon bin ich fest überzeugt. Solange wir reden, gibt es immer Lösungen.«

Noah warf Corinne einen nachdenklichen Blick zu. Es schien, als würde ihn etwas beschäftigen. Corinne aß ein paar Spaghetti und ließ ihm Zeit.

»Natürlich war ich ein wenig besorgt um dich, Corinne, als du allein nach Brasilien reisen wolltest. Und selbstverständlich weiß ich, dass das Quatsch ist. Du bist eine starke Frau, bringst dich nicht unnötig in Gefahr und weißt, wie du mit den Menschen umgehen musst. Außerdem warst du gar nicht allein. Es war auch nicht der einzige Grund, weshalb ich so heftig auf deine Reise reagiert habe, nur musste ich das auch mir selbst erst eingestehen. Es fällt mir nicht leicht, das zuzugeben, aber dein Geständnis vor ein paar Tagen hat etwas bei mir ausgelöst. Ich habe viel nachgedacht, und ich glaube, auch ich bin manchmal ein bisschen eifersüchtig. Eifersüchtig auf das Böhnchen und deine Arbeit. Versteh mich nicht falsch. Ich würde für Mia jederzeit wieder die gleiche Entscheidung treffen und meine Rösterei aufgeben. Aber es fehlt mir eben auch, mit Kaffee umgeben zu sein. Dich mit deinem *Öcher Böhnchen* zu sehen, wie du Tag für Tag deine Leidenschaft für Kaffee ausleben kannst. Dann auch noch die so wichtige und wertvolle Stiftungsarbeit. Ich dagegen bin nur der exotische Hausmann, den all die Mütter da draußen auf den Spielplätzen, beim Schwimmen und Babysport oder bei Spielverabredungen bestaunen und sich hinter vorgehaltener Hand gegenseitig beteuern, dass sie so einen tollen Mann auch gerne hätten. Ehrlich, Corinne, manchmal geht mir das ganz schön auf die Nerven. Als hätte ich eine Medaille verdient, nur weil ich das tue, was eigentlich selbstverständlich ist. Vielleicht sollte ich noch stricken lernen, um das Klischee vollständig zu erfüllen. Manchmal habe ich das Gefühl, dass all diese Frauen mich als Mensch überhaupt nicht wahrnehmen. Sie sehen nur den Mann, der sich entschieden hat, Hausmann zu spielen. Stell dir vor, ich habe sogar schon Hilfsangebote fürs Kochen, Wäsche waschen und Bügeln bekommen. Gibt es eigentlich irgendwo ein Regelwerk, in dem steht, dass Männer von Geburt an für solche Dinge zu blöd sind?«

»Was ist das nur für eine verrückte Welt«, sagte Corinne. »Ich habe von Kunden, die wissen, dass ich schwanger war, schon unverhohlene Vorwürfe bekommen, weil ich es wage, mein Kind in die Obhut seines Vaters zu geben. Und ich selbst mache mir immer wieder schlimme Vorwürfe, dass ich keine gute Mutter bin. Würde ich mein Kind lieben, würde ich mich auch darum kümmern. Du kannst dir nicht vorstellen, wie oft das Wort Rabenmutter in meinem Kopf aufgetaucht ist, während ich in Brasilien war.«

Noah und Corinne saßen da und hielten Händchen. Sie gaben dem anderen Kraft. Nun lag es auf dem Tisch. Ihre selbstgewählte Rollenaufteilung hatte im Alltag durchaus Tücken.

Was sollten sie nun tun?

Corinne wusste es noch nicht. Aber sie vertraute darauf, dass sie eine Lösung finden konnten.

Kapitel 17
Neue Ufer

Aachen · Oche · Aix-la-Chapelle · Aken · Aquae Granni

August 1949

Seit dem frühen Morgen arbeitete Eberhard ohne Pause. Er musste alle Bestellungen für die heutige Lieferfahrt richten, neuen Kaffee rösten und die Bestandslisten der anderen Waren auf Vordermann bringen.

Magdalena war mit ihm aufgestanden. Nach einem schnellen Frühstück hatte sie die Tiere versorgt, die Milch verarbeitet und den Garten gegossen. Pünktlich um zehn Uhr hatte sie, wie inzwischen jeden Tag, die Ladentür zu ihrem kleinen Kaffeegeschäft geöffnet und die ersten beiden Kundinnen begrüßt, die bereits auf Einlass warteten.

Eberhard hatte schon die dritte Charge Kaffeebohnen im Röster, als Magdalena in der Tür zum Röstraum auftauchte. Sie trug eine kaffeebraune Schürze, auf deren Latz das Firmenlogo gestickt war. Das war Eddas Werk. Sie hatte Eberhard zu Weihnachten sechs *Ahrensberg Kaffee*-Schürzen geschenkt. Auch auf den Kaffeetüten prangte inzwischen das Logo. *Ahrensberg Kaffee* hatte sich in den letzten Monaten zu einem angesehenen und gut florierenden Betrieb gemausert und wuchs immer weiter.

»Eberhard, kannst du mir bitte einen neuen Sack nach vorn bringen? Ich habe fast keine Ware mehr.«

»Kommt sofort, Magdalena. Sobald ich diese Röstung fertig habe«, sagte Eberhard mit erhobener Stimme, um sich über das Rauschen des Trommelrösters und das Rascheln der herumwirbelnden Kaffeebohnen hinwegzusetzen.

»Danke«, kam es kurz von Magdalena zurück, dann war sie auch schon wieder vorn im Verkaufsraum.

An diesem Vormittag war wieder einmal jede Menge Betrieb. Und das, obwohl Eberhard in den letzten Monaten den Anteil des offiziellen Kaffees und damit notgedrungen auch die Preise angehoben hatte. Diese Verteuerung war ein langwieriger Prozess, ein Drahtseilakt. Immer mit der Angst im Nacken, dass die Kunden abspringen könnten. Aus diesem Grund konnte Eberhard diese Anpassung nur in kleinen Schritten vorantreiben.

Bisher aber hatte die notwendige Preiserhöhung ihm keine Nachteile gebracht. Man merkte, dass *Ahrensberg Kaffee* inzwischen eine treue Stammkundschaft hatte, die nicht mehr jeden Penny in der Hand umdrehte. Dafür achteten seine Kunden jetzt stärker darauf, was sie für ihr Geld bekamen.

Das spielte Eberhard in die Karten, denn was man an geröstetem Kaffee auf dem Schwarzmarkt kaufen oder tauschen konnte, war oft den Namen Kaffee nicht wert. Meist fanden sich zwischen den Bohnen noch Steine und

Dreck. Die Händler machten sich nicht die Mühe, die Ware zu kontrollieren, das hätte nur den Preis in die Höhe getrieben.

Aber es waren nicht nur die unerwünschten Beigaben, auch die Röstungen waren nicht auf den Punkt. Von Laien und Banausen auf die Schnelle und ohne jede Fachkenntnis geröstet – genauso schmeckte der Kaffee auch.

Wurde der Röstvorgang zu früh abgebrochen, konnte Kaffee nicht die Kraft seines vollen Aromas entfalten, und die Restsäure war zu hoch. Zu lang geröstet, hatte sich zwar die Säure in den Bohnen abbauen können, dafür brachte der Kaffee aber zu viele Bitterstoffe mit sich. In beiden Fällen blieb der erhoffte Kaffeegenuss aus.

Eberhard kam das sehr zupass. Sollten all die laienhaften Schwarzhändler die Leute ruhig mit schlechter Ware vor den Kopf stoßen. Die auf diese Weise verprellten Kunden landeten über kurz oder lang bei ihm. Und er sorgte dafür, dass sie den Händler nicht wieder wechseln wollten.

Bei *Ahrensberg Kaffee* käme schlecht gerösteter oder verunreinigter Kaffee nie in den Verkauf. Nicht, solange Eberhard mit seinem Namen für beste Qualität einstand. Es gab Punkte, bei denen er absolut nicht kompromissbereit war.

Zu Anfang hatte Eberhard selbst Stunde um Stunde abwechselnd Kaffeebohnen geröstet und dann die Bohnen über den Sortiertisch geschleust. Er hatte alles persönlich akribisch kontrolliert und Fremdteile – meist waren es Steine – entfernt.

Inzwischen hatte Hans diese Arbeit übernommen. Für Eberhard war das eine enorme Entlastung, und sein Freund blühte mit seiner neuen Aufgabe richtiggehend auf. Auch jetzt saß er gerade wieder am Sortiertisch, direkt neben dem Fenster, und schob Kaffeebohne um Kaffeebohne in den unter dem Tischrand bereitstehenden Sack.

Eberhard sah zu Hans hinüber und lächelte. Vielleicht lag das Aufblühen ja auch gar nicht an der Arbeit, sondern an Schwester Mechthild, die für Hans und die ganze Familie inzwischen längst nur noch Mechthild war und zum Kreis ihrer Freunde gehörte.

Auch nachdem Hans genesen war, hatte sie ihre Besuche bei ihm fortgesetzt. Als sie es vor ihrem Chef nicht mehr hatte rechtfertigen können, war sie in ihrer Freizeit gekommen. Mechthild hatte Hans bei der Anpassung der Prothese geholfen und streng darauf geachtet, dass er es vorsichtig anging. Die überstandene Entzündung sollte auf keinen Fall neu aufflammen. Durch ihre fachkundige Hilfe hatte Hans gelernt, die Gehhilfe richtig anzulegen. Langsam hatte er gemeinsam mit Mechtild die tägliche Tragezeit erhöht und seinem Stumpf so erlaubt, sich behutsam an das fremdartige Gefühl und die neue Belastung zu gewöhnen.

Es hatte nicht lange gedauert, dann sah man Hans und Mechthild kleine, immer länger werdende Spaziergänge durch den Garten unternehmen. Sie unterhielten sich, lachten zusammen, alberten herum. Aber sie hatten auch intensive Momente, wenn Hans Mechthild vorlas, was er geschrieben hatte. Oft saßen sie auf der Wiese neben der Villa unter dem Apfelbaum. Eberhard hatte dort zwei Bänke und einen Tisch aufgestellt. Es war ein lauschiges Plätzchen, an dem sich alle Bewohner gern aufhielten und so manch gemütliche Abendstunde dort verbrachten.

Von seiner Röstwerkstatt im Gesindehaus aus konnte Eberhard einen Teil des Parks einsehen. Er liebte es, zum Fenster hinauszublicken und seinen Freund zu beobachten.

Hans hatte sich verändert. Zu der Melancholie und dem Entsetzen über das im Krieg Erlebte hatte sich eine Weichheit und Offenheit gesellt, die ihm ausgesprochen gut zu Gesichte stand. Schatten und Licht vereinten sich nun. Es war nicht mehr nur die Bitterkeit zu sehen, sondern dazwischen auch die Süße, die das Leben ebenfalls bereithielt. Es war ein bisschen wie mit dem Kaffee, schoss es ihm durch den Kopf, und er musste lächeln. Auf den richtigen Umgang kam es an, dann entfalteten sich alle Aromen, die ihn vollkommen machten. Eberhard war davon überzeugt, dass diese Veränderung den Ausschlag gegeben hatte für Hans' Veränderung beim Schreiben.

Hans trug nun nicht mehr nur den Traum mit sich herum, ein Buch zu schreiben, sondern er arbeitete intensiv daran. Hatte er früher nur einzelne kleine Texte geschrieben, die seine innere Dunkelheit wiedergaben, wurden es nun mitreißende Geschichten.

Zu Beginn hatte Hans noch viele Seiten zerrissen und von vorn begonnen. Manchmal hatte auch die Familie seinen kurzen Lesungen lauschen dürfen, und Eberhard war jedes Mal ergriffen gewesen von der Tiefe, die Hans mit seinen Worten aufs Papier bannte.

Die anfänglichen Texte waren geprägt gewesen von Trauer, Wut und Schmerz. Der Hass auf Hitler und das gesamte Regime hatte in jeder Zeile mitgeschwungen. Selbstverständlich zu Recht, das stellte Eberhard nicht in Zweifel, und auch das hatte ihn berührt, hatte es doch so oft seine eigene Sicht der Dinge wiedergegeben. Doch es war die Verzweiflung gewesen, die ihm aus Hans' Texten entgegengeschlagen war, die ihn mitgenommen und traurig gemacht hatte. So manches Mal hatte sie ihm die Tränen in die Augen getrieben. Die Texte waren – heute wusste er das – eindimensional gewesen. Aus jeder Zeile hatte ihnen der Schmerz entgegengeschrien.

Wenn er dagegen die aktuellen Texte hörte, dann schwang in dunkelstem Schmerz immer auch ein Licht mit. Hans erzählte von den Leiden an der Front, vergaß aber nie die Hoffnung auf bessere Zeiten. Seine Erzählungen waren noch immer ergreifend, und teilweise war es kaum zu ertragen, von all dem Leid zu hören. Doch Hans schaffte es, seine Zuhörer aufzufangen. Er ließ niemanden mit dem Schmerz allein, sondern reichte jedem mit seinen Worten die Hand, erzählte von dem Weg ins Licht. Mechthild hatte nicht nur Hans' Körper, sondern auch seine Seele geheilt.

Während Eberhard über seinen Freund und die wunderbare Entwicklung nachdachte, ließ er seinen Trommelröster und die sich langsam verfärbenden Kaffeebohnen nicht aus den Augen. Er horchte aufmerksam hin. Als das erste Knacken zu hören war, begann er zu zählen. Ein letztes Mal zog er die kleine Kontrollschaufel heraus, um die Bohnen zu begutachten, dann war es so weit. Er drehte das Gas ab und kippte die frisch gerösteten Bohnen in das Abkühlsieb.

Nun hatte er Zeit, um Magdalena einen Sack Kaffeebohnen nach vorn zu bringen. Das war schließlich gleich erledigt.

Doch so einfach wie gedacht, gestaltete sich das leider nicht, denn es war eng in den Räumen. Eberhard hatte bereits die Lieferung für nachmittags gerichtet und musste sich erst den Weg freiräumen. Als er dann endlich den Sack erreichte, der für den Ladenverkauf gedacht war, stolperte er über einen Karton, schlug sich schmerzhaft das Schienbein an und schimpfte lautstark.

Es war doch wirklich verrückt. Hatte er im letzten Jahr noch gedacht, wenn er einen Trommelröster hätte, stünde dem Aufstieg der Firma nichts mehr im Weg, tauchte inzwischen immer deutlicher das nächste Problem auf. Das ehemalige Gesindehaus war für den stark wachsenden Betrieb zu klein.

Da der direkte Verkauf im Laden sehr gut angenommen wurde, hatte Eberhard sein Sortiment erweitert – so wie er es in Euweiler schon versucht hatte. Damals hatte es nicht gefruchtet. Die Menschen hatten noch zu sehr unter den Kriegsfolgen gelitten. Dann war die große Kälte gekommen. Es war ums Überleben gegangen, nicht um einen über das Notwendige hinausgehenden Lebensstandard.

Doch seither hatte sich viel verändert. Besonders seit der Währungsreform im letzten Jahr war spürbar ein Ruck durch das Land gegangen.

Vor ein paar Tagen hatte einer von Eberhards Geschäftspartnern ihm eine alte Villa in der Lütticher Straße angeboten. Das Gebäude musste saniert werden, aber es war groß genug für ein aufstrebendes Unternehmen. Außerdem stand es auf einem großen Grundstück, das sich hinter dem Haus erstreckte und genügend Platz bot, um in Zukunft den Bau von Produktionshallen zu planen.

»Du sagst doch immer, man muss groß denken, Eberhard«, hatte sein Geschäftsfreund Gerhard gesagt.

Produktionshallen. Das Wort ließ Eberhard seit dem Gespräch nicht mehr los. Gerhard hatte genau ins Schwarze getroffen. Eberhard hatte von jeher davon geträumt, mit seinem Kaffeeunternehmen an die Spitze des Landes zu kommen. Das schaffte man nicht, wenn man klein dachte. Und wieso sollte er es nicht wagen?

Die Geschäfte liefen hervorragend. Seine Zahlen waren so gut, dass die Bank ihm sicher einen Kredit gewähren würde. Der Staat wollte, dass die Menschen aktiv wurden und das Land wieder aufbauten. Die Wirtschaft sollte florieren.

Eine Woche Bedenkzeit hatte Eberhard sich ausbedungen. Übermorgen musste er sich entscheiden. Doch in Wirklichkeit war es ihm nicht um Bedenkzeit gegangen, sondern darum, die Lage zu sondieren.

Er hatte vor einiger Zeit, es war im letzten Herbst gewesen, schon einmal mit dem Inhaber einer größeren

Kette von Lebensmittelmärkten Kontakt gehabt. Sie hatten ihn gefragt, ob er sie beliefern wollte. Doch nachdem man ihm erklärt hatte, wie man sich die Zusammenarbeit vorstellte und welche Mengen er würde liefern müssen, hatte er abgesagt. Er war noch nicht so weit gewesen, auch wenn es ihn fürchterlich geärgert hatte. Er hatte es nicht über sich gebracht, einen Vertrag zu verhandeln, den er vielleicht nicht würde erfüllen können.

Mit der neuen Firmenvilla würde sich einiges verändern. Wenn er das Risiko auf sich nehmen wollte, bräuchte er genau solche Kunden. Also hatte er sich an den Inhaber der Ladenkette gewandt und um einen erneuten Termin gebeten. Für diesen Nachmittag waren sie verabredet. Von dem Gespräch hing es für Eberhard ab, ob er den nächsten Schritt wagen würde oder nicht.

Bei dem Gedanken an den Termin flatterte es nervös in Eberhards Magen. Aber er wusste, wenn er den eingeschlagenen Weg weitergehen wollte, dann musste er sich dieser Herausforderung stellen.

***

Eberhard hatte sich einen Kaffee gekocht und sich damit unter den Apfelbaum gesetzt. Magdalena war noch bei den Tieren im Stall. Edda und seine Mutter arbeiteten im Garten, und Barbara war beim Tanzkurs. Hans hatte er nicht gesehen, vermutlich war er mit Mechthild unterwegs.

Es war Eberhard ganz recht so, denn er brauchte diesen Moment der Stille, um nachzudenken und sich zu sammeln.

Die Luft war lau. Eine sanfte Brise wehte, und die letzten Bienen beeilten sich, nach Hause zu kommen. Der Abend senkte sich über den Park. Nicht mehr lange, und die ersten Glühwürmchen würden auftauchen.

August 1949, dachte Eberhard. Ist das vielleicht der Monat, in dem mein Leben seine Bestimmung findet? Es lag alles genau so vor ihm, wie er es von Kindheit an immer erträumt hatte. Jetzt musste er nur noch den Mut haben und das Angebot, das ihm das Schicksal machte, auch annehmen.

Aber so einfach konnte er es sich nicht machen. Natürlich schien es so, als wäre das alles Fügung. Doch Eberhard wusste es besser. Er hatte sich diese Chance sehr hart erarbeitet. Und vor allem wusste er, dass mit dieser Chance ein enormes Risiko verbunden war. Die Karten waren gemischt und ausgeteilt. Eberhard hatte sein Blatt in der Hand, und es schien ihm verlockend gut.

Spielte er es allerdings aus, ging er auf volles Risiko. Er hatte nach dem überaus positiven Gespräch mit dem Ladenketteninhaber direkt bei seiner Bank vorgesprochen. Wie er es erwartet hatte, stand einem Kredit nichts im Weg. Allerdings würde er sein Anwesen im Preusweg als Sicherheit hinterlegen müssen. Die Villa und alles, was dazugehörte.

Eberhard hatte kein Problem damit, ein Risiko einzugehen, solange es ihn persönlich betraf. Aber das Anwesen war während der letzten Jahre zur Heimat seiner Familie geworden – Hans und Edda zählte er ganz selbstverständlich dazu. Durfte er die Menschen, die er liebte, der

Gefahr aussetzen, alles zu verlieren, nur damit er seinen Traum verwirklichen konnte? Sein Herz sagte Ja, er durfte und er musste sogar, weil es für ihn keinen anderen Weg geben konnte. Sein Verstand aber sperrte sich und fragte ihn, ob er verrückt geworden war. Wie sollte er mit der Schuld weiterleben, falls irgendetwas schiefging?

»Eberhard, wie schön, dass du hier bist. Ich möchte gern etwas mit dir besprechen.« Hans' Stimme riss Eberhard aus seinen inneren Kämpfen. Sein Freund kam Schritt für Schritt über die Wiese auf ihn zu. Er lief mit einem leichten Hinken, aber ohne Krücke, aufrecht und selbstbewusst.

»Setz dich zu mir, Hans. Was gibt es denn?«

Gern hätte Eberhard Hans von seinem Dilemma erzählt, aber das musste warten. Erst einmal sollte sein Freund loswerden, was ihm sehr deutlich auf der Seele brannte.

»Eberhard«, sprudelte Hans schon los, kaum, dass er Platz genommen hatte. »Stell dir vor. Ich habe es getan. Ich habe Mechthild gefragt, ob sie meine Frau werden möchte.« Hans schniefte. »Und das Verrückte ist: Sie hat Ja gesagt!«

Was für wunderbare Nachrichten. Eberhard streckte die Hand aus und gratulierte Hans von ganzem Herzen.

»Das ist fantastisch, Hans. Mechthild ist ein feiner Mensch, und sie wird dir ganz sicher eine sehr gute Frau sein. Wann soll es denn so weit sein?«

»Wir wollen an Heiligabend heiraten«, erklärte Hans. Er machte ein betretenes Gesicht. »Es ist nur …« Verlegen kratzte Hans sich am Kopf.

»Kann Mechthild sich denn vorstellen, zu uns in die Villa zu ziehen?«, fragte Eberhard. »Ist es das, was dich umtreibt? Wir müssen mit den Frauen sprechen, aber von mir aus …«

»Danke, Eberhard. Du bist ein echter Freund. Vielleicht für den Anfang. Wir könnten auch versuchen, eine Wohnung in der Nähe zu finden. Sodass der Arbeitsweg für mich nicht zu weit wäre, weißt du.«

Eine Wohnung, überlegte Eberhard. Was Hans wohl zu einem kleinen Häuschen sagen würde? Vielleicht …

Schon wieder hatte Eberhard das Gefühl, dass sich etwas so fügte, wie es eben sein sollte. War das vielleicht der letzte Hinweis, dass er sich endlich entscheiden und nach vorn schauen sollte?

»Hans, bleib du bitte sitzen. Ich gehe die Frauen holen. Wir haben etwas zu besprechen.« Er würde die Entscheidung nicht allein treffen. Sie alle waren ein Teil der Familie Ahrensberg, und sie alle würden ihre Stimme zu seinen Plänen abgeben.

Schon sprang Eberhard auf und lief ins Haus. Wie er vermutet hatte, fand er die Frauen in der Küche. Sie kümmerten sich um die Ernte. Vieles aßen sie frisch, aber einiges wurde auch eingekocht, damit sie im Winter genug Vorräte hatten.

»Magdalena, Edda, Mutter, könnt ihr bitte nach draußen kommen? Hans und ich haben etwas mit euch zu besprechen. Lasst uns etwas zu trinken mitnehmen – ein wenig Wein –, und wie wäre es mit etwas Obst und Käse? Ich muss zugeben, ich habe Hunger.«

Wie auf Kommando begann sein Magen lautstark zu knurren.

Bereits zehn Minuten später saßen sie alle auf den Bänken auf der Wiese. Hans hatte gerade seine frohe Neuigkeit verkündet und war umarmt, geküsst und mit den besten Wünschen bedacht worden.

»Wo ist denn die glückliche Braut?«, wollte Magdalena wissen.

»Mechthild wollte es zuerst mir überlassen, euch die Nachricht zu überbringen. So habt ihr die Möglichkeit, frei heraus zu sprechen.«

Schnell schluckte Eberhard das Stück Käse hinunter, das er sich gerade genommen hatte.

»Jetzt komme ich ins Spiel«, sagte er. »Also, ich habe Hans angeboten, dass Mechthild zu uns in die Villa ziehen kann. Dazu wollte Hans euch um euer Einverständnis bitten.« Sofort wurde er von begeisterten Zusagen aller Frauen unterbrochen. »Halt, halt! Nicht so hastig«, gebot er ihnen Einhalt. »Zwischenzeitlich kam mir eine andere Idee, doch dazu muss ich etwas ausholen.«

Er erzählte von dem Angebot, ein Grundstück zu erwerben, samt einer Villa, die neuer Firmensitz werden könnte. Die Frauen lauschten seinem Bericht voller Staunen. »Um diese Möglichkeit fundiert erwägen zu können, musste ich noch andere Fragen beantworten. Nur wenn *Ahrensberg Kaffee* einen gesicherten Umsatz und genug Absatzmöglichkeiten hat, kann ich solch eine Veränderung wagen. Und so hatte ich heute weitere Gespräche. Alles fügt sich sehr gut zusammen. Wenn ich möchte, kann ich ab nächsten Monat die Märkte von *Frisch & Co* beliefern. Zuerst einmal die zwölf Geschäfte im näheren Umkreis. Wenn das gut anläuft, wollen wir den Kreis erweitern. Das Ziel ist, alle Märkte bundesweit zu beliefern. Ihr seht also, die Auftragslage ist vielversprechend. Um das alles abzurunden und auch über die finanzielle Grundlage Bescheid zu wissen, war ich heute direkt für ein Beratungsgespräch bei der Bank. Ich bekomme einen Kredit für den Kauf der Immobilie und die Ausstattung der neuen Betriebsräume und der Rösterei. Ein Trommelröster wird für die Liefermengen, die ich dann produzieren muss, schließlich nicht mehr reichen. Doch es gibt eine Bedingung, die der Sache eine bittere Note verleiht, und wir müssen gemeinsam besprechen, ob wir bereit sind, dieses Risiko einzugehen.«

Eberhard zögerte, es fiel ihm nicht leicht, die Sache auszusprechen, die ihm so schwer im Magen lag.

»Sie wollen unser Anwesen hier als Sicherheit«, sagte Magdalena leise. »Ist es das, was dich belastet, Eberhard?«

Er hatte schon immer gewusst, dass er eine kluge Frau hatte, die ihn verstand. Sie hatte es ihm gerade wieder einmal bewiesen. Er nickte und seufzte.

»Um Himmels willen, Junge, sag nicht, dass du kalte Füße bekommst«, meldete sich seine Mutter energisch.

»Ganz genau, Johanna, das wollte ich auch gerade sagen. Das ist doch selbstverständlich, dass die Bank eine Sicherheit möchte. Aber glaubst du an dich und deinen Traum, oder nicht?«, mischte sich nun auch Edda energisch ein.

Eberhard suchte Magdalenas Blick. Es war schon duster, aber er sah, dass sie lächelte und nickte. »Ich glaube an dich und deine Pläne. Wir können das schaffen.«

Auch sie war einverstanden. Und sie würde ein Teil davon sein. Nicht er würde es schaffen, das würden sie gemeinsam tun.

»Ihr seid die Besten«, sagte Eberhard. »Danke, dass ihr mich unterstützt. Dann ist es entschieden. Ich werde morgen die Verträge unterschreiben.«

Eberhard schnappte sich ein weiteres Stück Käse und einen Birnenschnitz dazu und schob sich beides in den Mund. Er kaute, trank einen Schluck Wein und sagte dann beinahe feierlich: »Dann besprechen wir jetzt das, was wirklich wichtig ist.« Er zwinkerte Hans zu. »Wenn *Ahrensberg Kaffee* umzieht, wird das Gesindehaus frei. Wäre das nicht ein guter Rückzugsort für ein frisch verheiratetes Paar? Ich finde, Hans und Mechtild sollten dort einziehen. So sind sie weiterhin ein Teil unserer Familie und haben doch genug Platz, um sich unabhängig von uns ihr glückliches Eheleben aufzubauen. Bis zur Hochzeit sollten wir den Umzug und notwendige Umbaumaßnahmen problemlos fertig bekommen. Was sagst du, Hans?«

Einen Moment starrte der Freund Eberhard nur stumm an, dann fiel Hans ihm um den Hals, und Eberhard spürte, dass Hans vor Rührung ein wenig zitterte. Er sagte nur ein einziges Wort, das jedoch spürbar aus tiefstem Herzen kam: »Danke.«

»Und? Bist du glücklich?«, fragte Magdalena zwei Tage später. Sie lagen bereits im Bett. Eberhard hatte den gesamten Papierkrieg hinter sich gebracht und konnte gar nicht glauben, was für eine aufregende Zukunft nun vor ihm lag.

»Ich kann mir gerade nichts vorstellen, was mein Glück noch vergrößern würde«, sagte er und hielt Magdalena im Arm. Ihre Wangen waren noch erhitzt, denn sie hatten sich gerade geliebt.

Jetzt stützte sie sich auf den Ellbogen und sah Eberhard sehr intensiv an. »Ich glaube, mir fällt etwas ein, Eberhard.«

»Magdalena, du musst dir nichts einfallen lassen«, beteuerte Eberhard. »Ich glaube, ich bin der glücklichste Mann auf der Welt. Mehr zu wollen, wäre unverschämt.«

Magdalena lächelte ihn warm an. »Ich hoffe, du freust dich trotzdem, denn mein Geschenk bekommst du, ob du willst oder nicht. Es dauert nur noch etwas, bis es geliefert wird.«

Magdalena nahm Eberhards Hand und legte sie sich auf den Bauch. »In sieben Monaten etwa sollte es so weit sein.«

Eberhard brauchte Sekunden, bevor er verstanden hatte, was Magdalena ihm gerade offenbart hatte. Fassungslos sah er sie an, dann nahm er sie ganz vorsichtig in die Arme, und drückte sie zärtlich an sich. Er wusste, dass es albern war, und trotzdem hatte er plötzlich eine surreale Angst, etwas kaputt zu machen.

»Jetzt bin ich ganz sicher der glücklichste Mann auf der Welt«, flüsterte er. »Ich werde gut auf dich und unser Kind aufpassen, Magdalena. Das schwöre ich dir.«

Er besiegelte dieses Versprechen mit einem innigen Kuss.

Kapitel 18
Neuer Wind

Aachen · Oche · Aix-la-Chapelle · Aken · Aquae Granni

Gegenwart: Juli

Corinne räumte die Kaffeemühlen aus dem Regal, staubte sie ab und arrangierte sie neu. Sie ließ sich Zeit dabei, schob die Mühlen ein wenig nach rechts, veränderte die Abstände und kontrollierte immer wieder die Wirkung. Diese übertriebene Genauigkeit war lächerlich, das wusste sie selbst, aber irgendwie musste sie sich schließlich beschäftigen. Geröstet und neue Ware abgefüllt hatte sie bereits, das Lager war voll. Sehr viel Nachschub brauchte das Böhnchen gerade nicht, es kamen kaum Kunden. Nachdem ihr für die Kaffeemühlen keine weitere Anordnung mehr einfiel, nahm Corinne sich das Fach darunter vor, auf dem die Karten und Bretter mit den Kaffeesprüchen angeordnet waren.

Frieda bediente eine Kundin, und Corinne hörte unbewusst das Läuten der Türglocke, als sie das Geschäft verließ.

»Du weißt aber schon, dass ich jeden Tag abstaube, Corinne, oder?«

»Wie?« Corinne schreckte auf und sah Frieda überrascht an, die plötzlich neben ihr stand und sie halb amüsiert, halb pikiert musterte. Sie war so in Gedanken gewesen, dass sie gar nicht mitbekommen hatte, dass Frieda zu ihr gekommen war.

»Tut mir leid, Frieda. Nimm das bitte nicht persönlich. Ich weiß, dass du alles super in Schuss hältst. Ich habe die Mühlen heute trotzdem schon dreimal abgestaubt« Corinne hatte ein schlechtes Gewissen. Das fehlte noch, dass sie sich mit ihrer sinnlosen Staubwedelei mit Frieda überwarf. Sie lächelte ihre Mitarbeiterin und Freundin entschuldigend an.

»Ja, das habe ich bemerkt«, antwortete Frieda gespielt vorwurfsvoll und lenkte dann sofort ein. »Ich weiß ja, wie sehr die Situation dich belastet. Aber es wird doch nicht besser, wenn wir zu zweit hier im Laden stehen und uns verrückt machen«, sagte sie in verständnisvollem Ton.

Natürlich hatte Frieda recht. Aber Corinne konnte sich nicht aufraffen, um die Büroarbeit zu erledigen.

»Willst du nicht nach oben gehen und etwas für die Stiftung arbeiten?«, schlug Frieda vor und legte Corinne den Arm um die Schulter.

Das war lieb gemeint, und vom Verstand her wusste sie, dass es durchaus ein sinnvoller Vorschlag war. Doch allein bei dem Gedanken an die Schreibtischarbeit kochte in Corinne Widerwillen auf. Das kam überhaupt nicht infrage.

»Ach Frieda, das ist lieb, aber oben wäre es nur noch schlimmer. Hier kann ich mich wenigstens ein bisschen ablenken. Außerdem habe ich gerade gar nichts für die Stiftung zu tun. Beatrice macht einen super Job und entlastet mich sehr – genau wie ich es erhofft hatte.«

»Das ist wirklich gut. In letzter Zeit hat die Stiftung dich doch viel mehr vereinnahmt, als das anfangs geplant war. Okay, dann musst du also keine Formulare ausfüllen oder Anträge bearbeiten. Unter normalen Umständen wäre ich durchaus froh, dich wieder mehr hier unten im Böhnchen zu haben. Es war schon auch anstrengend, allein die Stellung zu halten. Leider ist jetzt gerade aber nichts normal, und wenn ich dir weiter beim Regale umräumen zusehen muss, drehe ich durch. Deshalb hier mein nächster Vorschlag: Mach Feierabend. Noah und Mia würden sich ganz sicher über einen Nachmittag mit dir freuen. Du vermisst deine Kleine doch sowieso.«

Bei Friedas letztem Satz riss Corinne die Augen auf und sah sie erstaunt an. Woher wusste Frieda, dass Corinne mit ihrer Arbeit haderte?

»Schau mich nicht so überrascht an, Corinne. Ich sehe doch, wie in deinem Gesicht die Sonne aufgeht, wenn Noah mit Mia hier auftaucht. Oder wie die Schatten über deine Augen ziehen, wenn wir von Mia sprechen und du sie vermisst. Deine Seufzer sind eindeutig. Und absolut verständlich. Wieso also nutzt du nicht die Zeit, die dir gerade geschenkt wird?«

Noah und Mia waren im Garten, als Corinne auf das ehemalige Gesindehaus zuging. Corinne hörte Mias Jauchzen schon von Weitem. Als sie um die Ecke bog, sah sie auch, was ihre Kleine so lachen und quietschen ließ. Sie blieb stehen und sah ihren beiden Liebsten beim Spielen zu.

Noah hatte Mia in die Babyschaukel gesetzt und schubste sie sachte an. Sie wackelte mit den Füßen, klammerte sich an den Seilen fest und legte den Kopf zurück.

»An«, rief sie energisch, immer wenn sie zu Noah zurückschaukelte. Das Wort Anschubsen war noch zu schwierig für sie, aber inzwischen wussten sie alle ganz genau, was »an« bedeutete. Mia schaukelte für ihr Leben gern.

Zweimal gehorchte der brave Papa, doch beim dritten Mal fing er den Sitz mitten in der Luft auf und hielt Mia fest. »Dein Papa ist müde, mein Schatz. Ich kann unmöglich weiter anschubsen. Höchstens, wenn du mir ein Küsschen gibst.«

Mia patschte Noah mit ihren Händen ins Gesicht und drückte ihm einen sehr nassen Kuss mitten auf die Nase.

»Genau das, was ich gebraucht habe«, freute sich Noah. Er lachte und ließ Mia mit ihrer Schaukel wieder frei. Als sie nach vorne schwang, nahm er schnell sein Shirt hoch und trocknete sich die Babyspucke vom Gesicht.

»An«, tönte es da auch schon wieder aus Mias Kehle.

Corinne hätte stundenlang dastehen können und ihre beiden Lieblingsmenschen beobachten. Die Innigkeit zwischen Noah und Mia war berührend. Doch gleichzeitig fühlte sie auch wieder diesen gemeinen Stich der Eifersucht. Sie gab sich einen Ruck, setzte sich in Bewegung und rief: »Überraschung!«

»Corinne, was machst du denn schon hier?« Noah wirbelte herum und grinste sie überrascht an.

Mia winkte ihrer Mama mit beiden Händen zu und rief: »An!«

»Es war so wenig Betrieb, da dachte ich, ich mache heute einfach früher Feierabend und leiste euch beim Spielen ein bisschen Gesellschaft. Freust du dich?«

Noah zog sie mit einem Arm fest an sich, während er mit dem anderen immer wieder dafür sorgte, dass Mia in Bewegung blieb. »Und wie! Was für eine wunderbare Idee«, sagte er zu Corinne und küsste sie.

Corinne lachte. »Ja, das finde ich auch. Es ist so eine typische Limonadenaktion, aber hey, lieber Limonade als gar nichts, oder?«

»Ähm?« In Noahs kornblumenblauen Augen tanzten goldene Punkte. Corinne sah, dass er versuchte, sie zu verstehen, aber keine Ahnung hatte, wovon sie sprach.

»Du weißt schon, die Zitronen, die einem das Leben schenkt«, erklärte sie. »Im Moment bekomme ich von jedem Tag neue. Bisher habe ich mich darüber geärgert – ich war sozusagen sauer. Aber heute habe ich beschlossen, aus diesen Zitronen Limonade zu machen. Es ist nicht viel Betrieb im *Böhnchen*. Das ist Mist und es macht mich wahnsinnig. Aber ich kann es gerade nicht ändern. Also nutze ich die dadurch gewonnene Zeit und verbringe sie mit dir und Mia.«

»Logisch. Absolut.« Noah grinste. »Deine Fantasie ist umwerfend. Aber hey, unterm Strich ergibt dieser Gedankengang wirklich Sinn. Dann sind Mia und ich sozusagen der Zucker für deine Limonade. Wenn das nicht Liebe ist«, neckte er Corinne.

»Mach dich nicht über mich lustig, du Schuft«, schimpfte Corinne und versuchte Noah finster anzusehen. Doch sie schaffte es nicht. In seinem Blick lag so viel Zärtlichkeit und Wärme, sie musste ihn einfach anstrahlen.

»An!«, meldete sich Mia wieder.

»Darf ich?«, fragte Corinne, und Noah überließ ihr den Posten des Anschubsers.

»Ah, da seid ihr ja«, tönte Alexanders Stimme zu ihnen. Wie Corinne gerade eben, trat er um die Hausecke herum in den Garten.

»Alexander, gibt es etwas Neues?«, fragte Corinne gleich zur Begrüßung.

»Lass mich erst meine Lieblingsmia begrüßen, wir sprechen gleich. Okay?« Ohne ihre Antwort abzuwarten, schnappte Alexander sich die Schaukel und fing sie ab. »Hey, kleine Maus. Alles klar bei dir?«

»An«, forderte Mia wieder. Ihre Schaukellust war nicht zu bremsen.

»Ich gehe mal ins Haus und koche Kaffee«, sagte Noah. »Kommt Thomas auch?«, wollte er wissen.

Alexander nickte. »Er wollte noch etwas Wichtiges zu Ende bringen und demnächst nachkommen.«

»Wenn ich das gewusst hätte, wäre ich bei Susan vorbeigegangen und hätte Kuchen mitgebracht«, sagte Corinne.

»Wir haben noch eingekochtes Obst von Klara«, meinte Noah. »Wie wäre es, wenn wir Waffeln machen? Das geht ganz fix.«

»Perfekt«, entschied Alexander und rieb sich den Bauch.

»Wenn du mit Mia noch ein bisschen schaukelst, helfe ich Noah beim Teigrühren«, schlug Corinne vor.

»Nicht so viel naschen«, rief Alexander ihnen hinterher. »Und ich meine nicht nur den Teig«, ergänzte er und lachte, als Corinne sich umdrehte und ihm ganz kurz die Zunge herausstreckte. Sie hatte natürlich aufgepasst, dass Mia das nicht mitbekam – als Vorbild sollte sie sich solche Kindereien verkneifen, aber sie war nun mal auch Alexanders Schwester, und in dieser Rolle blieb das Kind in ihr auch immer präsent.

Vielleicht würde Mia das auch irgendwann erleben, wie es war, mit einem Bruder aufzuwachsen. Dieser Gedanke war so unvermittelt in Corinnes Kopf aufgetaucht, dass sie unvermittelt stehen blieb. Wie kam sie denn auf so eine Idee? Ein zweites Kind war bisher überhaupt kein Thema zwischen ihnen gewesen. Noch nicht, jedenfalls. Corinne schüttelte über sich selbst den Kopf. Sie hatte im Moment doch wahrlich genug andere Dinge, um die sie sich kümmern musste. Ein zweites Baby würde alles nur weiter verkomplizieren.

Corinne gähnte und streckte sich, als sie aus dem Kinderzimmer kam. Sie hatte Mia ins Bett gebracht und ihr eine Gutenachtgeschichte erzählt. Am liebsten wäre sie neben ihrer Kleinen auf das Kissen gesunken und eingeschlafen. Zum Glück schlief Mia inzwischen in ihrem Gitterbett, sonst hätte Corinne der Versuchung vielleicht wirklich nachgegeben.

»Pizza kommt in zehn Minuten«, verkündete Noah. Sie hatten beschlossen, heute nicht selbst zu kochen. Stattdessen wollten sie sehen, wie weit sie mit ihren Nachforschungen gekommen waren.

»Ich habe inzwischen die IP-Adresse herausgefunden. Fragt bitte nicht, wie ich das gemacht habe. Wichtig ist: Es hat geklappt. Im nächsten Schritt muss ich die Kontaktdaten in Erfahrung bringen. Ich bin dran. Wenn es sehr gut läuft, bekomme ich die Information heute noch, ansonsten in den nächsten Tagen. Wer auch immer das gewesen ist, er war nicht besonders schlau, sonst hätte ich mit meinen begrenzten Möglichkeiten keine Chance gehabt.« Thomas hob sein Weinglas. »Ein Hoch auf die Dummheit«, sagte er.

»Fantastisch, Thomas, dass du wirklich etwas herausgefunden hast.« Noah nickte ihm anerkennend zu. »Ich hatte offen gestanden befürchtet, dass das eine Sackgasse ist. Eben genau deshalb, weil jemand, der seine Existenz verschleiern will, heute doch relativ einfach die Möglichkeiten dazu hat. Einmal über einen Cloudanbieter gehen, und schon sind die eigenen Spuren verwischt.«

»Na, dann bin ich auch nicht sonderlich schlau«, meldete sich Alexander zu Wort. »Woher weiß man so etwas denn?«, wollte er nun wissen. »Ich jedenfalls höre das zum ersten Mal.«

»Wollt ihr euch jetzt gegenseitig IT-Nachhilfe geben?«, fragte Corinne. »Oder einen Wettbewerb starten, wer der Schlaueste ist? Oder wollen wir mal weitermachen, um die Sache auf den Punkt zu bringen?«

»Entschuldige, Corinne«, lenkte Alexander ein. »Lasst uns weiter analysieren, wo wir stehen. Ich hatte heute ein Gespräch mit Doktor Hartmann.«

»Aber …«, rief Corinne. Sie hatten doch ausgemacht, erst einmal nichts weiter zu unternehmen.

»Entspann dich, Löckchen«, beruhigte Alexander sie sofort. »Ohne dein Okay wird nichts unternommen. Aber Doktor Hartmann ist schon so lange bei uns, mit uns durch dick und dünn gegangen, ich fand es richtig, ihn um Rat zu fragen.«

Corinne atmete durch, wartete, bis ihr Puls sich etwas beruhigt hatte, und fragte schließlich: »Und was hat er zu der Sache gesagt?«

Alexander grinste zufrieden. »Na also«, sagte er. »Du könntest deinem großen Bruder ruhig ein bisschen mehr vertrauen.«

Corinne verdrehte die Augen. »Was hat er gesagt?«, wiederholte sie ihre Frage von gerade.

»Er ist wie wir der Meinung, dass die Sache nicht ganz in Ordnung ist. Der normale Weg, einen Erbanspruch anzumelden, ginge über die Behörden. Dazu müsste er auch das Testament anfechten, das dich klar als Erbin benennt. Ob persönlich oder gleich über einen Anwalt, sei dahingestellt. Aber dieser Brief an dich, die Telefonate und Unverschämtheiten deuten sehr klar auf einen versuchten Betrug hin. Hätte der Kerl eine weiße Weste, müsste er vor dir nicht so mit den Muskeln spielen.«

»Okay, das heißt, wir sind mit unserer Einschätzung nicht allein. Aber bringt uns das weiter?«

Ein Auto fuhr vor, und Noah stand auf, um dem Pizzaboten die Tür zu öffnen, bevor er klingelte und damit vielleicht Mia weckte.

Auch Thomas erhob sich und holte Teller und Besteck aus dem Schrank. Während ihre beiden Männer beschäftigt waren, zog Alexander einen Brief aus der Tasche und legte ihn vor Corinne auf die Tischplatte.

»Doktor Hartmann hat einen Brief aufgesetzt. Ganz unverbindlich. Du sollst ihn dir durchlesen, und wenn du willst, dann schickt er den raus.« Alexander legte seine Hand auf Corinnes und sah sie eindringlich an. »Wenn du mich fragst, ist es höchste Zeit, diesem Menschen Einhalt zu gebieten. Du hast dir schon zu viel von ihm gefallen lassen.«

Statt Alexander eine Antwort zu geben, nahm Corinne den Brief und las. Doktor Hartmann hatte in kurzen knappen Sätzen ganz klar formuliert. Entweder Maximilian Rosenbaum meldete als vergessener Bruder einen Anspruch an – wie das von einem Gericht bewertet werden würde, sei dahingestellt –, oder eben nicht. Eine andere Wahl hatte er nicht. Doktor Hartmann untersagte ihm jede weitere Kontaktaufnahme zu Corinne.

Weiter stand da:

Sollten Sie trotz dieser klaren und eigentlich zweifelsfreien Vorgaben noch Gesprächsbedarf haben, stehe ich Ihnen als Anwalt der Familien Ahrensberg-Engel zu den üblichen Geschäftszeiten als Ansprechpartner zur Verfügung. Sollten Sie entgegen dieser Aufforderung Frau Ahrensberg-Engel

weiterhin belästigen, wird umgehend Anzeige gegen Sie erstattet.
Mit freundlichen Grüßen
Dr. Waldemar Hartmann

»Lasst uns essen, bevor die Pizza kalt wird«, sagte Alexander und nahm sich eine Ecke der Paprika-Schinken-Pizza.

Corinne war ihm dankbar, denn es war offensichtlich, dass er ihr Zeit geben wollte, das Gelesene zu überdenken. Sie lächelte ihrem Bruder zu und nahm sich ein Stück der Spinat-Schafskäse-Pizza und etwas von dem gemischten Salat, den Noah dazu bestellt hatte.

»Hast du denn noch mal darüber nachgedacht, ob du nicht vielleicht doch einen Detektiv beauftragen willst?«, wollte Thomas wissen.

Corinne nickte. »Ja, habe ich. Aber ich habe mich dagegen entschieden. Wenn dieser Mensch ein Betrüger ist, kommt das sowieso raus. Weshalb soll ich jetzt alle Hebel in Bewegung setzen und Geld investieren in eine Angelegenheit, die sich über kurz oder lang klären wird. Wenn ich einen Detektiv anheure, dann eher wegen der schlechten Bewertungen im Netz. Wer auch immer sich da auf mich eingeschossen hat, er hat ganze Arbeit geleistet. Die Umsätze sind dramatisch abgestürzt.«

»Könnte es eine andere kleine Rösterei sein?«, fragte Alexander. »Neid ist in solchen Fällen doch oft der Schlüssel zur Lösung. Hattest du mit jemandem Probleme, Corinne? Vielleicht auch über die Stiftung. Hast du jemanden abgelehnt, der Unterstützung wollte?«

Noah kaute, schluckte und sagte dann: »Apropos Detektiv, mir fällt gerade ein, dass Mia mich unterbrochen hat, als ich gerade eine interessante Seite gefunden habe. Vor lauter Windelwechseln und Kindbespaßen hatte ich das fast vergessen. Moment, ich hole mal eben das Notebook.«

Er schob den Teller ein Stück zur Seite, um Platz für den Computer zu machen. Während er ihn aus dem Schlummer weckte, biss er noch schnell ein Stück Pizza ab. Kauend klickte er, las konzentriert und scrollte durch eine Seite. Corinne sah nur die schwarze Rückwand des Notebooks, sie hatte keine Ahnung, was Noah da gerade trieb. Sie beobachtete ihn gespannt.

Auch Alexander und Thomas ließen Noah nicht aus den Augen.

»Da ist es!«, rief der so plötzlich, dass Corinne vor Schreck die Gabel aus der Hand fiel. Noah murmelte ein leises »Entschuldigung«, las aber hochkonzentriert den Text. Die Augenbrauen hatte er weit zusammengezogen.

»Leute, mir ist jetzt nach einem Glas Sekt«, rief Noah ein paar Sekunden später. »Wir haben ihn.« Er klickte noch ein paar Mal, dann stand er auf, ging zum Kühlschrank und drückte Alexander eine Flasche Sekt in die Hand. »Mach mal bitte auf, Alexander. Ich hole die Gläser.«

»Könntest du uns bitte vorher einweihen, worauf wir anstoßen? Wäre doch schön, wenn wir wüssten, was wir feiern«, sagte Corinne.

»Einen kleinen Moment noch«, bat Noah. »Du weißt doch, dass unser Drucker immer etwas braucht, um aufzuwachen.«

Richtig. Jetzt wo Noah das sagte, hörte Corinne das vertraute Geräusch des in Betrieb genommenen Druckers. Sie stand auf und rannte ins Nebenzimmer, um zu sehen, was Noah da so Wichtiges gefunden zu haben glaubte.

»Das ist unfassbar, Noah. Wie bist du denn da drauf gestoßen?«, rief Corinne und erschrak dann kurz. Sie hatte im Eifer des Gefechts ganz vergessen, dass Mia ja schon schlief und sie besser nicht lautstark hier herumkrakelte. Mit dem Blatt in der Hand kam sie in die Küche zurückgelaufen. Dann erklärte sie Alexander und Thomas, worum es ging: »Sarah hatte tatsächlich einen Bruder. Maximilian Rosenbaum. Er muss ihr Halbbruder gewesen sein, denn zum Zeitpunkt seiner Geburt war Sarahs Vater längst gestorben. Aber egal, der Knackpunkt ist, Maximilian Rosenbaum ist als Teenager gestorben. Hier steht: Die Masern haben unseren geliebten Sohn, Bruder und Neffen aus dem Leben gerissen.« Corinne kamen die Tränen. »Arme Sarah. Sie hat so viel Leid erlebt. Und so viele Menschen verloren, die ihr wichtig waren.«

»Auf Sarah!« Noah hatte inzwischen jedem ein Glas Sekt hingestellt und hob seines nun in die Höhe.

»Auf Sarah«, stimmten alle sofort mit ein.

»Das heißt, dieser Mensch ist tatsächlich ein Erbschleicher. Und was machen wir jetzt?«

»Wir gehen zur Polizei und zeigen ihn an«, kam es von Noah wie aus der Pistole geschossen.

Doch Corinne war nicht überzeugt. »Ich weiß nicht, ob das hieb- und stichfest genug ist, um ihm wirklich versuchten Betrug nachzuweisen. Wenn er gewieft ist, windet er sich aus der Sache raus. Dann war die ganze Aufregung und der Ärger, den wir mit einer Anzeige auslösen, umsonst.«

Thomas' Handy piepte. Er sah kurz auf das Display, dann entschuldigte er sich und nahm den Anruf an. »Hendrik, hey«, meldete er sich. »Hast du was für mich?«

Er lauschte, nickte, machte mehrmals »Hm« und legte dann mit einem herzlichen Dank wieder auf.

»Ich würde sagen, die Schlinge zieht sich zu«, sagte er und blickte sehr zufrieden in die Runde.

»Wieso?« Das fragten Noah und Alexander gleichzeitig. Corinne saß da, trank einen Schluck Sekt und harrte der Neuigkeiten, die nun kommen würden. Sie hatte das starke Gefühl, dass ihre Probleme sich gerade ziemlich auf einen Punkt verdichteten und hoffentlich aus der Welt geschafft werden konnten. Sie war unglaublich gespannt, was für Informationen Thomas nun noch ausgegraben hatte.

»Die schlechten Bewertungen im Netz gehen auf das Konto des falschen Maximilian Rosenbaum«, erklärte Thomas. »Mithilfe eines Freundes konnte ich die zu den Posts gehörende Mailadresse herausfinden.«

Vor lauter Überraschung kippte Corinne den Rest des Sekts auf ex. Das durfte doch alles nicht wahr sein. Was hatte dieser Mensch denn nur für ein Problem mit ihr?

»Jetzt zeigen wir ihn aber an«, sagte Noah. Seine Augen sprühten vor Zorn.

»Ach Noah, sollen wir uns das echt antun?«, fragte Corinne. Allein der Gedanke daran, zur Polizei zu gehen, die Anzeige zu erstatten, jede Einzelheit mühevoll zu Protokoll zu geben, ermüdete sie. »Wieso konfrontieren wir ihn nicht einfach mit unserem Wissen und machen ihm klar, dass er sich verziehen soll und umgehend die schlechten Bewertungen aus dem Netz zu nehmen hat? Ich bin davon überzeugt, dass er mich künftig in Ruhe lässt. Wir können ihm auch noch das Schreiben von Doktor Hartmann zukommen lassen.«

»Ich verstehe genau, was in dir vorgeht, Corinne«, sagte Noah. Er stand auf, trat hinter Corinne und legte seine Arme um sie. Die Nähe tat ihr gut, und sie lehnte sich lächelnd nach hinten. »Aber stell dir doch bitte vor, wie es weitergehen könnte. Vielleicht ist das ein Verbrecher, der genau auf diese Art versucht, sich durchs Leben zu betrügen. Vielleicht wartet morgen schon das nächste Opfer auf ihn? Wäre es nicht besser, wenn wir wüssten, dass diesem Kerl ein für allemal das Handwerk gelegt wurde?«

»Wieso bist du nur immer so klug und weitsichtig …«

»Und unbequem«, ergänzte Alexander und grinste. »Mal ehrlich, Noah, ich bin voll bei Corinne. Das wird Stunden dauern bei der Polizei. Und ob ihm viel passiert – ich hab keine Ahnung, welche Straftatbestände er erfüllt.«

»Nein, Alexander, Noah hat recht. Ganz egal, was unterm Strich rauskommt«, sagte Corinne. »Bei den Beweisen wird er sich nicht mehr rausreden können. Und so sehr es mich nervt, mich mit dem Kram weiter zu beschäftigen, Noah hat recht. Wir müssen diesen Betrüger anzeigen, sonst machen wir uns mitschuldig, wenn noch weitere Menschen ihm zum Opfer fallen.«

***

»Ich bin erledigt«, japste Frieda. Sie knotete die Schürze auf und zog sie sich über den Kopf. »Was für ein Ansturm. Ich glaube, wir müssen morgen schon wieder rösten.«

Corinne lachte. »Sieht ganz so aus«, stimmte sie Frieda zu. Sie war müde. Ihre Füße brannten. Ihr Kopf schwirrte. Aber sie war unendlich dankbar und glücklich.

Zusammen mit Noah hatte sie eine Anzeige aufgesetzt und in allen Zeitungen rund um Aachen drucken lassen. In kurzen Worten hatten sie erzählt, dass das *Öcher Böhnchen* beinahe einem Betrug anheimgefallen wäre und der Verursacher der üblen Nachrede inzwischen aber in Untersuchungshaft sitzt. Corinne hatte ihre Kunden direkt angesprochen und sie um das Vertrauen gebeten, das sie ihr und ihrer Rösterei die letzten Jahre bereits entgegengebracht hatten.

Seit die Anzeige erschienen war, stürmten die Kunden die Rösterei nahezu. Aber nicht nur das. Auch Reporter von Zeitungen und Zeitschriften und regionale Fernsehformate waren auf sie aufmerksam geworden.

Dabei hatte Corinne die Anzeige zuerst gar nicht schalten wollen. Sie hatten den Betrüger entlarvt, und er würde seine gerechte Strafe bekommen, war es wirklich nötig, ihn noch einmal derart in der Öffentlichkeit bloßzustellen? Außerdem hatte sie Angst gehabt, dass etwas von dem Schmutz, um den es da ging, auch an ihr hängen bleiben könnte und der Artikel dem Böhnchen damit eher schaden als helfen würde.

Weit gefehlt. Genau das Gegenteil war geschehen. Seit die Menschen wussten, dass jemand ihr übel hatte mitspielen wollen, war so etwas wie ein Lotus-Effekt entstanden. Alles perlte an ihr ab. Sie ging strahlend rein und als Heldin aus dieser Geschichte hervor. Zumindest wenn man dem Redakteur der Aachener Nachrichten Glauben schenken wollte.

Zwei Wochen war diese ganze Affäre inzwischen her, und ein Tag war seitdem turbulenter gewesen als der andere.

»Was für ein Glück, dass heute Samstag ist«, sagte Corinne. »Morgen können wir ausruhen. Also, geh jetzt nach Hause, spring unter die Dusche, und in zwei Stunden treffen wir uns bei uns zu Hause. Heute wird gefeiert.« Sie zog ihre Schürze ebenfalls aus. »Und ich werde mal sehen, ob Noah noch Hilfe braucht.«

Während Frieda ihre Sachen zusammensammelte, verschloss Corinne die Kasse, warf einen letzten Blick in den Laden und löschte das Licht. Dann schnappte auch sie ihre Jacke und ihre Handtasche und verließ nur wenige Minuten nach Frieda das Böhnchen.

Obwohl sie es liebte, zu Fuß zu gehen, nahm sie heute doch das Fahrrad, um möglichst schnell bei Noah und Mia zu sein. Sie freute sich auf den Abend.

»Ich bin zu Hause«, rief sie wenig später, als sie nach einer erfrischenden Fahrt durch die Stadt in den Flur ihres gemütlichen Zuhauses trat.

»Fantastisch, da bist du ja schon, Liebling.« Noah kam zu ihr und begrüßte sie sehr liebevoll.

»Dafür, dass hier nachher eine Party steigt, bist du aber ziemlich tiefenentspannt«, stellte sie erstaunt fest.

Aus der Küche erklang Tellerklappern. Noah lächelte Corinne an. »Mia schläft noch. Klara hat in der Küche das Zepter übernommen, ich hatte keine Chance, mich dagegen zu wehren. Die Getränke sind gekühlt, und ich darf nachher den Grillmeister geben. Im Moment gibt es nichts zu tun. Und deshalb …« Noah nahm Corinnes Hand und zog sie hinter sich her.

»Noah, was hast du vor?«, fragte Corinne lachend.

So energisch hatte ihr Mann sie schon lange nicht mehr ins Schlafzimmer geschleppt.

Noah warf ihr über die Schulter einen belustigten Blick zu. »Was du schon wieder denkst«, sagte er und zwinkerte ihr zu. »Ich dachte ja, meine Frau sei viel zu müde, aber bitte, wenn du darauf bestehst, können wir natürlich …«

»Noah«, schimpfte Corinne. »Deine Frau ist müde, und du sollst dich nicht über sie lustig machen«, empörte sie sich gespielt.

»Würde mir im Traum nicht einfallen. Ich dachte, du hättest Lust auf eine Fußmassage.«

»Oh.« Mehr konnte Corinne nicht sagen. Noah schaffte es doch immer wieder, sie mit seiner Liebe und Aufmerksamkeit zu überraschen.

Minuten später lag Corinne auf dem Bett, und Noah saß auf einem Kissen davor. Zärtlich und trotzdem mit festen Griffen massierte er ihre Füße. Zwischendurch küsste er sie, oder biss ihr liebevoll in einen Zeh.

»Liebling, ich habe nachgedacht«, begann Corinne. Sie hatte seit Tagen auf den passenden Moment gewartet. Jetzt schien er gekommen.

»Eigentlich solltest du aufhören zu denken, wenn ich dich verwöhne«, protestierte Noah.

»Das stimmt. Aber Noah, ich habe eine Idee, die wir unbedingt besprechen müssen. Es ist mir wichtig.«

»Wohl an, holde Maid. So sprecht«, alberte Noah, und Corinne kicherte.

»Ich hoffe, du erinnerst dich an unsere Gespräche darüber, wie wir beide uns mit unseren Aufgaben fühlen, dass wir manchmal eifersüchtig auf den anderen sind«, begann sie.

Noah brummte zustimmend, sagte aber nichts dazu.

»Und du hast mir offenbart, dass dir deine Rösterei fehlt«, sprach Corinne weiter.

Noah nickte. »Hin und wieder«, sagte er.

»Als ich mit Mia schwanger war, haben wir uns viele Gedanken gemacht und eine, wie wir dachten, sehr gute Lösung für unser Familienleben gefunden.«

»Erinnere mich nicht daran«, bat Noah. »Wir haben nächtelang diskutiert. Es war wirklich nicht einfach, das zu entscheiden.«

»Ganz genau. Trotzdem haben wir gemeinsam die zu diesem Zeitpunkt richtige Lösung gefunden, ich bin stolz darauf, dass wir das geschafft haben. Nur, manchmal merkt man erst in der Praxis, dass die Theorie sich nicht so umsetzen lässt, wie man sich das vorgestellt hat, und dass man das System vielleicht noch einmal ändern und anpassen muss.«

Noah ließ von Corinnes Füßen ab und kam zu ihr aufs Bett geklettert. »Was ist los, Corinne? Worauf willst du hinaus?«, fragte er, und Corinne sah, dass er angespannt war. Sie wusste, dass er noch immer mit seiner Hausmannrolle haderte und befürchtete, wegen vermeintlicher Fehler beschuldigt zu werden.

»Wir dürfen uns nicht darauf versteifen, dass diese eine Lösung die einzig richtige ist. Wenn wir beide nicht vollkommen glücklich mit der Situation sind, dann müssen wir so lange etwas ändern, bis wir das sind. Ich habe wirklich viel darüber nachgedacht, trotz allem, was in letzter Zeit noch passiert ist. Was würdest du davon halten, wenn wir unsere Rollen nicht so strikt in Arbeit und Kind aufteilen, sondern beide von beidem etwas machen?«, sprudelte Corinne heraus. Sie hielt den Atem an.

Sie beobachtete, wie ihre Worte bei Noah sackten. Zuerst sah er skeptisch aus, dann neugierig, schließlich fragte er: »Und wie stellst du dir das vor?«

»Ich denke, es war richtig, dass wir uns entschieden haben, nur eine Rösterei weiterzuführen, trotzdem muss das ja nicht heißen, dass du nicht mehr hinter dem Tresen stehen, Kaffee rösten und kochen und die Kunden bedienen kannst. Wir könnten es aufteilen. Drei Tage bin ich in der Rösterei und du bei Mia, und drei Tage umgekehrt. Die Stiftungsarbeit kann ich zum Teil zu Hause erledigen und zum Teil an meinen drei Arbeitstagen. Wir haben mit

Frieda und Beatrice ganz wunderbare Mitarbeiterinnen, die uns den Rücken freihalten. Wir könnten neuen Wind in unser Leben bringen. Also, was sagst du?«

Noah war noch skeptisch. »Es ist deine Rösterei, Corinne. Würde es dich nicht stören, wenn ich einen Teil davon an mich reiße?«

»Auch das habe ich überlegt und bin ebenfalls zu einer Entscheidung gekommen: Ich möchte gern, dass wir uns die Geschäftsführung des Öcher Böhnchens gleichberechtigt teilen. Noah, wir sind ein gutes Team, waren wir vom ersten Tag an, und ich finde, es ist an der Zeit, dass wir beweisen, dass das auch fürs Geschäftliche gilt. Außerdem hätte es noch einen weiteren Vorteil«, sagte Corinne und lächelte.

»Jetzt bin ich aber gespannt.« Noah sah Corinne an, und sie musste schlucken. Diesen Blick kannte sie. Wenn sie nicht aufpasste, konnte sie gleich keinen zusammenhängenden Satz mehr formulieren, weil er sie mit seinen Küssen verrückt machte.

»Wenn ich nicht mehr Vollzeit arbeiten würde, könnten wir darüber nachdenken, ob Mia vielleicht einen Bruder oder eine Schwester bekommen sollte«, sagte sie.

»Corinne, ich liebe dich«, antwortete Noah und sah ihr dabei intensiv in die Augen. »Heute mehr als gestern und morgen mehr als heute. Du bist der liebenswerteste Mensch, den ich kenne. Und ich sage Ja.«

Eigentlich hatte Corinne gleich konkret besprechen wollen, wie sie ihre Tage aufteilen würden. Doch genau wie sie es geahnt hatte, schaffte sie es nicht mehr, sich zu konzentrieren. Noahs weiche Lippen lagen warm auf ihrem Hals. Er küsste sich abwärts und schaltete alles Denken bei Corinne aus.

»Bist du bereit?«, fragte Noah eine ganze Weile später und streckte ihr seine Hand entgegen.

Corinne legte ihre Hand in seine und sagte: »Bereit, wenn du es bist.«

Gemeinsam gingen sie nach unten, um die ersten Gäste zu begrüßen, die gerade vorfuhren. Klara kam mit Mia auf dem Arm aus der Küche.

»Mama«, sagte Mia, und Corinne kamen die Tränen. Es war das erste Mal, dass Mia bewusst Mama sagte und auch wirklich ihre Mutter damit meinte. Ihr kleiner Liebling streckte seine Ärmchen nach Corinne aus und die nahm Mia liebevoll von Klara entgegen. Noah hatte die Arme um seine beiden Frauen gelegt und auch in seinen Augen schimmerten Glückstränen.

»Pap«, sagte Mia. Sie strahlte ihren Papa an und gab ihm einen nassen Kuss.

Epilog

Der Kreis schliesst sich

Aachen · Oche · Aix-la-Chapelle · Aken · Aquae Granni

Februar 1999

Die Sonne schien schräg durch die frisch geputzten Fensterscheiben. Eberhard saß an seinem Schreibtisch und war tief in Gedanken versunken. Es gab so vieles, was ihm im Kopf umherging. Vergangenes und Zukünftiges.

Wenn er seine Enkelin Corinne sah, wusste Eberhard, dass seine Leidenschaft für Kaffee nicht verloren gehen würde. Sie war noch ein Kind, doch sie war dem Zauber des Kaffees längst verfallen. Ganz so, wie es ihm in jungen Jahren ergangen war.

Als er an Corinne dachte, musste Eberhard schmunzeln. Andere Kinder wünschten sich Ponys oder Rollschuhe. Corinne aber strahlte, wenn sie mit ihrem Großvater in die Firma fahren durfte. Wenn sie wie eine Erwachsene mit ihnen Kaffee verkostete, legte sie eine Ernsthaftigkeit an den Tag, die alle in Erstaunen versetzte. Schon jetzt hatte sie bereits mehr Wissen über Kaffee als mancher Röster.

Während Eberhard sich in sein Büro zurückgezogen hatte, um ein Vorhaben zu beginnen, dass ihm schon länger im Kopf herumspukte, spielte Corinne auf dem Dachboden. Sie liebte es, die alten Schätze zu betrachten, die dort oben abgestellt und vergessen worden waren. Sie hielt Kaffeetafeln mit imaginären Geschäftspartnern und spielte Kaffeerösterin.

Eberhard seufzte noch einmal tief auf und begann dann zu schreiben:

Juni 1999
Mein Name ist Eberhard Ahrensberg. Ich bin der Gründer von Ahrensberg Kaffee, vor allem aber bin ich ein Mensch, der auf nunmehr fast siebzig Jahre prall gefülltes Leben zurückblickt. In der Retrospektive möchte ich sagen: Es war ein gutes Leben, und ich bin voller Dankbarkeit dafür. Aber es gab auch dunkle Zeiten voller Schmerz und Trauer, und auch an sie werde ich immer zurückdenken.
Nachdem ich die Firma an meinen Sohn Günther übergeben habe, bleibt mir nun endlich die Zeit, all meine Erinnerungen festzuhalten. Ich will aufschreiben, was mir wichtig erscheint, Briefe und Fotos durch meine persönlichen Gedanken ergänzen und was verloren erscheint, neu zusammenfassen.
Selbstverständlich fragte ich mich, bevor ich mich an dieses Projekt machte, weshalb ich es denn überhaupt in Angriff nehmen will. So bin ich mein ganzes Leben lang vorgegangen, wann immer ich etwas Neues begonnen habe. Mein Tun sollte nicht willkürlich sein, sondern zielgerichtet. Getreu meinem Lebensmotto: Alles ist für etwas gut. Diesen Leitspruch habe ich

von meiner Mutter übernommen, die mir damit in der schwierigsten Zeit meines Lebens – und in der schwärzesten Zeit Deutschlands – immer wieder Mut gemacht hat, selbst wenn sie nicht bei mir war.
Danke, Mutter. Ich weiß, dass du über mich wachst, und ich trage die Erinnerungen an dich in mir, und auch von ihnen will ich einige festhalten.
Doch warum? Nun, die Antwort ist vielschichtig und beleuchtet nicht nur die Sonnenseite der Familie. Ich fühle mich mitschuldig an den Verbrechen und Gräueltaten meines Vaters. Auch wenn ich aus heutiger Sicht weiß, dass ich nichts hätte verhindern können. Und doch tut es mir auch heute noch in der Seele weh, darüber nachzudenken.
Wenn meine Geschichte, meine Erinnerungen dazu beitragen können, dass auch nur ein Mensch umdenkt, über seine Taten nachdenkt, bevor er handelt, seinen Hass überwindet und sich den Menschen zuwendet, dann ist es wichtig und richtig, dass ich dieses Buch verfasse.
In meiner Vorstellung wird eines Tages Corinne in Besitz dieses Buches sein. Ich weiß, sie wird es in Ehren halten und wissen, wie sie damit umzugehen hat.
Sollte wider Erwarten ein anderes Familienmitglied oder gar ein Fremder sich meiner Niederschrift annehmen, so bitte ich um Respekt. Wer auch immer es sein wird, er wird das Richtige damit tun.

Feinherber Schokokuchen

Aus dem Roman
Drei Schwestern am Meer
von Anne Barns

Herrlich schokoladig und durch den Espresso mit einer feinherben Note.

Zutaten
28 cm Springform

Teig:
250 ml Espresso, 250 g Zartbitterschokolade
320 g Zucker, 320 g Butter, 6 Eier, 400 g Schmand
350 g Mehl, 1 Pck. Backpulver, 80 g dunkler Kakao, 1 TL Salz

Topping:
100 ml Sahne, 300 g dunkle Schokolade
Gehackte Nüsse für die Dekoration

Zubereitung
Den Backofen auf 160 °C Umluft vorheizen.

Espresso kochen und darin die Schokolade schmelzen. Butter und Zucker schaumig rühren und nach und nach die Eier unterschlagen. Schmand behutsam unterrühren. Mehl mit dem Kakao, dem Backpulver und dem Salz in einer Schüssel vermischen und portionsweise unter die Eiermischung rühren. Schoko-Espresso dazugeben und behutsam verrühren.

Die Masse in eine eingefettete runde Kuchenform geben und etwa 60 bis 70 Minuten backen.

Wenn der Kuchen etwas abgekühlt ist, das Schokotopping zubereiten. Dafür die Sahne in einem Topf erwärmen und die Schokolade darin schmelzen. Den Kuchen mit der Masse überziehen und mit den Nüssen garnieren.

Meine liebe Kollegin und Freundin Anne Barns schreibt nicht nur wundervolle Romane, sondern backt auch leidenschaftlich gern und richtig gut.
Danke, liebe Anne, dass du dieses Rezept mit meinen Lesern teilst.

Quellennachweis

Der Tod ist überhaupt nichts:
Ich glitt lediglich über in den nächsten Raum.
Ich bin ich, und ihr seid ihr.
Warum sollte ich aus dem Sinn sein,
nur weil ich aus dem Blick bin?
Was auch immer wir füreinander waren,
sind wir auch jetzt noch.
Spielt, lächelt, denkt an mich.
Leben bedeutet auch jetzt all das,
was es auch sonst bedeutet hat.
Es hat sich nichts verändert,
ich warte auf euch,
irgendwo
sehr nah bei euch.
Alles ist gut.

Dieser Text wird oft Annette von Droste-Hülshoff zugeschrieben. Er stammt aber im englischen Original mit dem Titel *Death is nothing at all* von Henry Scott Holland (1847–1918). Es gibt unterschiedliche deutsche Varianten. https://www.droste-gesellschaft.de/unechtes/

Danke

Nun ist der Bogen gespannt und die Geschichte rund um die Familie Ahrensberg ist erzählt. Das war eine sehr spannende, berührende und teilweise auch heftige Zeit für mich. Besonders die Recherche zum Zweiten Weltkrieg und zur Nachkriegszeit hat mir einiges abverlangt. Doch für mich war es jede Träne wert. Ich bin von Herzen dankbar, dass ich diese Geschichte schreiben durfte. Natürlich besonders auch für die schönen Momente.

Es war mir eine große Freude, das Singer-Songwriter-Duo Mrs. Greenbird auch in diese Geschichte einbauen zu dürfen. Ganz besonders gut gepasst hat das, da Sarah und Steffen im Frühjahr 2020 selbst geheiratet und sich zu diesem Anlass einen eigenen Hochzeitssong geschrieben haben. Nachdem die Welt kurz nach der wundervollen Vogelhochzeit aufgrund von Covid-19 Kopf stand, hat sich Mrs. Greenbird entschlossen, den Song und Ausschnitte ihres persönlichen Hochzeitsvideos, die ursprünglich privat bleiben sollten, mit den vielen Paaren zu teilen, deren Hochzeit durch die Pandemie ausfiel oder nur in kleinem Rahmen gefeiert werden konnte.

Vielen Dank, liebe Sarah und lieber Steffen, dass ihr den Spaß mitgemacht habt. Und auch für die Inspiration durch euer zauberhaftes Video. Ich kann den Tag kaum erwarten, euch beide ganz in echt und live zu erleben.

»Love you to the bone« https://www.youtube.com/watch?v=M96CxvjQ5hQ

https://mrsgreenbird.bandcamp.com/music

Und hier noch der Link zu dem Song *Everyone's the same* von Mrs. Greenbird, den Noah seiner kleinen Mia so gern vorsingt und ihr damit von klein auf vermittelt, dass es richtig ist, sie selbst zu sein und sich nicht zu verbiegen.

https://www.youtube.com/watch?v=YGcRj0udxjA

Dieser Song ist Teil der Initiative: Inklusion schaffen wir!

Mehr zu diesem so wichtigen Thema finden Sie hier: https://www.mittendrin-koeln.de

Erinnern Sie sich noch daran, dass ich im Nachwort zu Band 1 vom vermutlich unhöflichsten Kaffeeröster erzählt habe, den Deutschland zu bieten hat? Nun, es ist mir eine besondere Freude, diese Trilogie damit beschließen zu können, Ihnen von der vermutlich herzlichsten Kaffeerösterin Deutschlands zu berichten.

Petra Oster betreibt gemeinsam mit ihrem Mann Michael mit viel Herzblut und ebenso viel Know-how die *Norder Kaffeemanufaktur*. Im Frühjahr 2021, kurz bevor ich mit der Arbeit an Band 3 der Kaffeetrilogie starten wollte, war ich zweieinhalb Wochen in Ostfriesland, um den dritten Band meiner Strickladenreihe zu beenden und den Schauplatz für eine neue Geschichte zu finden. Eher zufällig stieß ich auf die Kaffeerösterei und wusste sofort – ich muss es versuchen. Also bin ich schnurstracks hineinmarschiert, habe mich mit frisch geröstetem Kaffee eingedeckt – die Hausmischung der *Norder Kaffeemanufaktur* ist ausgesprochen empfehlenswert! – und bei dieser Gelegenheit erzählt, wer ich bin und dass ich mich sehr freuen würde, wenn sie mir ein wenig von ihrer Arbeit erzählen und ein paar Fragen beantworten könnte. Petra Oster hatte gerade Kuchenteig in den Backschüsseln, aber sie erklärte mir im Schnellverfahren die Vorgänge und lud mich ein, doch noch einmal wiederzukommen. Die Einladung nahm ich sehr gerne an, und das Gespräch war überaus inspirierend. Neben den fachlich fundierten Antworten zu meinen Kaffeefragen nahm Petra Oster sich auch Zeit, gemeinsam mit mir über die Stiftungsarbeit nachzudenken.

Zum Abschluss meines Besuchs durfte ich außerdem das zauberhafte Café in der ersten Etage, direkt über der Rösterei, besichtigen. Was für ein wunderbarer Ort. Dort möchte ich gerne einmal sitzen, mit Blick auf die Fußgängerzone, und an einer Geschichte arbeiten. Ich werde auf jeden Fall wiederkommen. Bald. Danke schön für die tolle Unterstützung.

Und wenn Sie jetzt neugierig geworden sind, auf den wunderbaren Kaffee: https://norder-kaffee.de

Sowohl der Förderverein *Wege gegen das Vergessen* wie auch die Stiftung *Zurückgeben*, die Corinne von ihren Freunden als Ziel ihrer Spenden vorgeschlagen werden, existieren wirklich, und es war mir eine Freude, Corinne gerade diese Einrichtungen unterstützen zu lassen und so vielleicht Aufmerksamkeit auf diese Projekte zu lenken.

https://www.stiftung-zurueckgeben.de

http://www.wgdv.de

Ich bin der festen Überzeugung, dass es wichtig ist, die Erinnerung an die Schuld, die unsere Vorfahren auf sich geladen haben, lebendig zu halten. Es ist unser Erbe, unsere Pflicht, gegen das Vergessen einzutreten und dafür zu sorgen, dass solche Gräuel sich nie wieder wiederholen.

#niewieder #gegendasvergessen

Ich danke allen Beteiligten, die geholfen haben, aus einer kleinen Idee eine große Geschichte zu machen. Allen voran natürlich meine Agentin Beate Riess. Die Zusammenarbeit ist so bereichernd und wohltuend.

Danke an das gesamte Team von HarperCollins für die Unterstützung. Meine Lektorin Christiane Branscheid ist immer für mich da. Sie spornt mich an und hält, wenn nötig, auch mal Händchen. Danke, liebe Christiane. Irgendwann trinken wir einen Kaffee zusammen.

Nicht fehlen darf natürlich mein Mann Bernd, der mich immer unterstützt, nie die Geduld mit mir verliert und mich liebevoll umsorgt, wenn ich vor lauter Schreiben das Leben um mich herum vergesse. Mein Sohn Tobias, der mir oft bei gemeinsamen Spaziergängen hilft, Knoten in den Geschichten zu lösen.

Und meine wunderbare Freundin und Erstleserin Kerstin. Sie fiebert bei jedem neuen Buch vom ersten Kapitel an mit und ist mein Spiegel. Danke, du Wunderbare!

Und wie immer natürlich und ganz wichtig:

Danke, liebe Leserinnen und liebe Leser! Es ist mir eine Ehre, dass Sie Corinne und Eberhard ein Stück auf ihrem Weg begleitet haben.

Vergessen Sie nicht: Mit Liebe und Kaffee wird alles gut.

Von Herzen,

Ihre Susanne Oswald

Mias Schnuffeltuch

Wolle: Cottonsoft DK, King Cole
Material: 100 % Baumwolle
Farben: 100 g Mint, ein Stück Faden für die Nase in Creme
Lauflänge: auf 100 g ca. 210 m
Nadelstärke: 4 mm Rundstricknadel und Nadelspiel (4 Nadeln)
Maschenprobe: 10 × 10 cm = 15 M / 23 Reihe

kfb – in dieselbe Masche erst von vorn und dann von hinten einstechen (dadurch wird eine Masche zugenommen)
RM – die letzte Masche wird wie zum links stricken abgehoben, Faden vor der Arbeit. Die erste Masche wird rechts gestrickt.
1 tafM – tiefer gestochen aufnehmen aus der folgenden (noch nicht gestrickten) Masche
1 tavM – tiefer gestochen aufnehmen aus der vorherigen (gerade gestrickten) Masche

Körper – glatt rechts mit RM
5 M anschlagen (doppelter Faden)
1.–16. R: glatt rechts
17.–38. R: glatt re, in Hinreihen die 2. und die vorletzte M kfb (27 M)
39. R: aus der ersten M 10 M herausstricken, alle M re (37)

40. R: aus der ersten M 10 M herausstricken, alle M li (47)
41.–42. R: glatt rechts
43. R: die ersten 10 M abketten, restliche M re (37)
44. R: die ersten 10 M abketten, restliche M li (27)
Glatt re weiter und in jeder Hinreihe die 2. und 3. und die drittletzte und vorletzte zusammenstricken, bis 5 M Rest.
In der Rückreihe jede Masche pfb (wie kfb, nur links) (10)
1 Reihe rechts und dabei verteilt 2 kfb (12)
Jetzt beginnt der Kopf. Dazu die Maschen auf drei Nadeln verteilen und zur Runde schließen. Glatt rechts.
1.–3. Rd: jeweils verteilt 3 M kfb (21)
4.–7. Rd: re
8.–11. Rd: je 3 × 2 M re zusammenstricken (rezsm). Faden abschneiden, durch die restlichen Maschen ziehen.

Ohr (2 x) – glatt rechts ohne RM

4 M anschlagen (doppelter Faden)
1.–2. R: glatt rechts
3. R: 1 re, 1 tafM, 2 re, 1 tavM, 1 re (6 M)
4. R: li
5. R: 1 re, 1 tafM, 4 re, 1 tavM, 1 re (8 M)
6.–12. R: glatt rechts (mit Rückreihe beginnen)
13. R: 1 re, 2 rezsm, 2 re, 2 rezsm, 1 re (6 M)
14.–24. R: glatt rechts (mit Rückreihe beginnen)
25. R: 1 re, 2 rezsm, 2 rezsm, 1 re (4 M)
26. R: li, in der nächsten Reihe alle M abketten.

Alle Fäden vernähen, die Ohren am Kopf festnähen und in der Mitte des Gesichts ein Kreuz für Mund/Nase sticken.

Unten, rechts und links je einen Knoten machen und fertig ist dein ganz persönliches Schnuffeltuch.

Sommerwind Stola

Wolle: Der kleine Strickladen Bobbel »Sommerwind« erhältlich bei www.woolhouse.de
Material: 50 % Baumwolle, 50 % Polyacryl
Lauflänge: ca. 1200 m (ca. 310 g)
Nadelstärke: 3,5 mm, **Größe:** ca. 60 × 200 cm
Die Stola kann breiter oder schmaler gearbeitet werden. Die Maschenzahl muss durch 6 teilbar sein, plus 5.
Maschenprobe – glatt rechts
10 × 10 cm sind 22 M / 28 Reihe
Es geht los: 125 Maschen anschlagen
1. R: 4 re, (3 li, 3 re) wdh. bis zur letzten Masche, 1 re
2. R: 4 li, (2 rezsm, 1 U, 1 re, 3 li) wdh. bis zur letzten Masche, 1 li
3. R: wie die 1. Reihe
4. R: alle M re
5. R: 1 re, (3 li, 3 re) wdh. bis zu den letzten vier M, 3 li, 1 re
6. R: 1 li, (2 rezsm, 1 U, 1 re, 3 li) wdh. bis zu den letzten vier M, 2 rezsm, 1 U, 1 re, 1 li
7. R: wie 5. Reihe
8. R: wie die 4. Reihe
Diese 8 Reihen wiederholen, solange der Bobbel reicht. Letzte Reihe alle M abketten. Fäden vernähen, Stola baden und spannen und den zarten Sommerwind um die Schultern genießen.